W0345103

LA FABRIQUE DES SOUVENIRS

CLÉLIA RENUCCI

LA FABRIQUE DES SOUVENIRS

roman

ALBIN MICHEL

© Éditions Albin Michel, 2021.

Pour Éric, Olympe et Pierre

Que serions-nous sans le secours de ce qui n'existe pas ?

Paul Valéry,
Petite lettre sur les mythes

Les amours qui finissent ne sont pas les nôtres.

Mirabeau,
Lettres à Sophie de Monnier

Qu'importe ce que peut être la réalité placée hors de moi, si elle m'a aidé à vivre, à sentir que je suis et ce que je suis ?

Baudelaire,
Le Spleen de Paris, « *Les fenêtres* »

I

1

L'arrivée de Maître Bustel fit se redresser les mnémophiles présents à cette vente du soir chez Christie's intitulée « Souvenirs de Paris, des Années folles à la guerre ».

Des lots modestes constitués d'anecdotes ouvrirent les enchères : un ferblantier fondant l'étain boulevard Ornano, une dispute entre fleuristes au Carreau des Halles, un rempailleur de chaises tressant son raphia sur le marché Alésia, infimes événements de la vie ordinaire qui ravissaient les collectionneurs. Au dixième lot, le commissaire-priseur annonça, enthousiaste :

> Souvenir d'un visiteur de l'exposition dédiée à Max Ernst à la galerie Sans Pareil.
>
> André Breton et sa fiancée se tiennent à l'entrée en craquant et croquant des allumettes, tandis que Georges Ribemont-Dessaignes crie inlassablement « il pleut sur un crâne », bousculé parfois par Philippe Soupault qui joue à cache-cache avec Tristan Tzara et se sert des visiteurs comme de paravents. Louis Aragon

traverse la galerie en miaulant au visage de quiconque passe près de lui.

Excellent état.

Estimation : 4 000 – 6 000 €

– Pour le souvenir de ce vernissage, nous ouvrons à deux mille cinq cents euros.

Une femme, foulard de soie autour du cou, leva une main soignée.

– Trois mille à ma droite.

Les enchères s'envolèrent et le souvenir fut finalement adjugé pour la somme de neuf mille euros.

La salle poussa un petit soupir de satisfaction. Le flegme et l'humour de Me Bustel, lunettes rouges posées sur le bout du nez, costume bleu et cravate à pois, étaient remarquables. À chaque bras levé, il annonçait tantôt une hausse de cinq cents euros, tantôt de mille, parfois plus, sans raison apparente, suggérant que cette estimation relevait de son bon vouloir.

À partir de cet instant, la vente s'emballa. Georges, l'oncle de Gabriel, acquit le souvenir d'un dîner chez les Noailles en février 1931 :

Invité chez la comtesse, Dalí ne mange rien. Lorsque Anne-Marie de Noailles lui demande s'il est malade, il répond de son accent curieux qui martèle les syllabes et laisse la voix sonner :

« J'ai déjà mangé une desserte chez moi. Une desserte en verre et en bois. C'est le bois qui m'a donné le plus de peine.»

Souvenir vendu par le maître d'hôtel des Noailles. Rare et déroutant.

Estimation : 8 000 – 10 000 €

Les collectionneurs rirent en entendant l'histoire racontée par le commissaire-priseur. Cette vente avait du chic, ils avaient bien fait de s'y rendre, se dit Sara.

L'impatience de Gabriel grandissait. Il voulait remporter le lot 74. Ce souvenir d'une représentation de *Phèdre* l'attirait à deux titres, pour le plaisir d'entendre Marie Bell jouer ces monologues qu'il connaissait par cœur, et pour compléter la documentation d'une série d'émissions sur les mises en scène de *Phèdre*.

Il tapotait son catalogue, anticipait le moment où il devrait enchérir, observant ses concurrents hypothétiques. L'homme au chapeau ne serait sans doute pas intéressé… Peut-être cette femme aux yeux verts et aux ongles rouges, assise sur le côté. Elle était comédienne, Gabriel en était certain. Elle aussi voudrait s'approprier ce souvenir de *Phèdre* afin de s'inspirer du jeu de Marie Bell. André Malraux l'avait dit, « Voir Marie Bell est une chance unique pour quiconque veut savoir ce qu'est le génie français ». Sara vit l'angoisse de Gabriel monter et lui glissa un mot d'encouragement à l'oreille.

Les lots et les minutes défilaient. Sur l'écran, les souvenirs apparaissaient avant d'aller se nicher dans la mémoire de leurs nouveaux propriétaires, désireux de leur offrir une autre vie.

Le lot 74 fut annoncé :

> Souvenir de la première de *Phèdre*, mise en scène de Jean-Louis Barrault, à la Comédie-Française – jeudi 12 novembre 1942.
>
> Vendu par un spectateur placé au deuxième rang du premier balcon.
>
> État de conservation exceptionnel. Un souvenir rare, recherché,
>
> Estimation : 1 500 – 3 000 €.

La tension monta dans la salle. Les enchérisseurs étaient nombreux. Un homme en fauteuil roulant leva le bras en premier, des marchands sur la droite discutaient à voix basse entre deux hochements de tête adressés au commissaire-priseur. Enfin, la femme aux ongles rouges cligna ses jolis yeux verts et fit monter encore les prix. *Phèdre* et Marie Bell dépassaient déjà les sept mille euros quand Gabriel se leva de sa chaise et entra dans la course.

Huit mille. Les marchands se consultèrent avant d'abandonner. L'homme en fauteuil roulant plaça une offre à huit mille cinq cents. Les ongles rouges surenchérirent. Gabriel se leva à nouveau et Me Bustel monta à dix mille. Au premier rang, l'homme retourna son fauteuil en signe d'abandon. Un temps d'arrêt. Le commissaire-priseur relança, rappelant l'occasion exceptionnelle de s'emparer de ce lot. Le plus ancien souvenir d'une représentation de *Phèdre* enregistré dans la mémoire d'un spectateur. Un Jean-Louis Barrault au faîte de sa gloire. Un Racine inégalé. Dix mille une fois… Les ongles rouges hésitaient, tentèrent une offre à onze mille. Gabriel attrapa son regard au vol, lui sourit avant d'annoncer distinctement quinze mille euros. Alors, après quelques instants d'attente qui lui semblèrent une éternité, le commissaire-priseur abattit son marteau qui claqua victorieusement.

Le souvenir était à lui. Il ne pouvait être plus heureux. Ce n'est qu'en se rasseyant que Gabriel eut conscience du montant qu'il venait d'engager. Le désir vient toujours avec un embarras. Il avait été pris par la frénésie du jeu et du spectacle. Si son oncle Georges l'applaudit, la station de radio confidentielle de l'Institut de France pour qui il travaillait ne lui rembourserait jamais cette somme folle. Qu'à cela ne tienne, Gabriel, ce soir, ne bouderait pas son plaisir. Demain, il trouverait une solution, il irait voir un académicien amoureux de Racine et lui ferait réaliser l'importance de ce souvenir pour les archives du quai de Conti. C'était une partie de l'histoire du théâtre qu'il venait de sauver des limbes de l'oubli. Il ignorait que c'était l'histoire de sa vie qu'il s'apprêtait à bousculer.

2

« Celui ou celle qui met ses souvenirs aux enchères n'en perd ni la jouissance, ni la mémoire.

L'acquéreur peut revivre le souvenir aussi souvent qu'il le souhaite, mais ne peut en modifier le cours.

Il est impossible d'intervenir sur le déroulé des événements.

MemoryProject se réserve le droit de refuser un souvenir jugé choquant. »

MemoryProject avait été conçu dans les années quatre-vingt-dix par Charles Aubert, un chercheur français en neurosciences, qui réussit l'exploit de décrypter, d'encoder et d'exporter sur un support électronique ce qu'un individu voit, entend, pense ou ressent, d'extraire de son cerveau ce qui était jusqu'alors intransmissible : ses souvenirs. Étrangement, il y eut peu de réactions officielles à cette invention pourtant révolutionnaire. Les universités ni les fonds de recherche privés n'y crurent vraiment. Alors, pour développer ce projet et multiplier les « donneurs » de souvenirs, les équipes du laboratoire de Charles Aubert, aidées de leurs étudiants bénévoles, collèrent des affiches dans tous les quartiers de Paris avec ce mot écrit en blanc sur fond noir, « MemoryProject », et un numéro de téléphone. Ils furent inondés d'appels. Curieux, bavards, jeunes et vieux, tout le monde voulait participer à l'expérience. Le succès immédiat se mondialisa très vite. Des banques de données furent constituées. Si Charles Aubert fit fortune en dessinant et perfectionnant année après année des casques d'immersion A-Memory, ce ne fut pas aux dépens des « donneurs » qui purent commercialiser leurs souvenirs et bénéficier aussi de ce nouveau marché.

Les maisons de vente aux enchères furent considérées comme un bon canal de distribution et d'échange marchand, les commissaires-priseurs engageant leur réputation pour éviter les faussaires et certifier la qualité des lots.

Grâce à l'ingéniosité de Charles Aubert, le moindre petit fait vrai accéda à l'immortalité, comme la photographie ou les images animées documentaires l'avaient déjà permis un siècle plus tôt.

Gabriel ne pouvait résister, il fallait qu'il s'immerge immédiatement dans le souvenir de la représentation. La description, sur le catalogue, ne précisait pas de quel acte le vendeur-spectateur se souvenait. Était-ce l'ouverture, la déclaration de Phèdre à Hippolyte, la tirade de Thésée à son fils, la mort d'Hippolyte, le suicide de Phèdre ? Il avait tellement hâte qu'en rentrant chez lui, il se cogna à la console de l'entrée, craignit de réveiller son frère, se souvint que celui-ci était à Londres. Il se débarrassa de sa veste sans prendre la peine de la suspendre, Ninon le ferait demain pour lui – car ces deux garçons d'une trentaine d'années vivaient toujours dans le grand appartement de leurs parents et Ninon, qui les avait élevés, continuait d'habiter avec eux. Sans allumer les lumières, il alla dans sa chambre et s'assit dans le confortable fauteuil en cuir sombre. Une sensation de bien-être l'envahit. Il allait adorer ce *Phèdre* aux accents tragiques.

La qualité des souvenirs encodés n'avait cessé de croître depuis que la mémoire était commercialisable. Aux balbutiements de cette technique de transmission, on ne voyait que des bribes d'images, la bande sautait, un bruit de fond continuel proche de celui d'une échographie gênait atrocement la réception. Tandis qu'aujourd'hui, les neuroscientifiques étaient arrivés – lorsque la mémoire captée le leur avait permis – à recréer les odeurs, le toucher, le goût, en plus du son et de l'image.

Gabriel avait hésité à acheter le nouveau modèle de casque A-MemoryVII, beaucoup plus léger, ressemblant à des lunettes de soleil, mais il était attaché au sien, s'y sentait à l'aise et aimait son empreinte sonore. Des capteurs étaient installés sur les tempes pour émettre des pulsations qui reproduisaient les sensations du toucher, et à l'avant, des brumisateurs quasi invisibles se chargeaient de distiller des arômes propres à stimuler la puissance évocatoire du goût et de l'odorat.

Gabriel s'interrogea avant de s'immerger dans le souvenir. Dans la mémoire de quel spectateur allait-il se fondre ? La date de la représentation n'était pas anodine, 1942.

Il se trouva propulsé au Palais-Royal, derrière le théâtre. Les arbres étaient nus en ce mois de novembre. Des vélos le traversaient, conduits par des femmes en jupe-culotte, l'air pressé dans leur tweed épais. Gabriel était surpris que Paris comptât tant de vélocipédistes en ces années de guerre. Des garages étaient installés le long des jardins et aux abords du théâtre.

Celui qui avait mis son souvenir en vente entra dans le vaste hall du théâtre. Les statues de Molière et de Corneille n'accueillaient plus les visiteurs depuis le début de cette guerre, seul le grand Voltaire demeurait en haut de l'escalier qu'il emprunta pour rejoindre le premier balcon. Quelques costumes sombres s'agitaient pour aller trouver au plus vite leur siège. Des femmes au turban brodé d'or ou de sequins le précédaient, tandis qu'une ouvreuse impatiente demanda aux spectateurs déjà assis de soulever leur manchon et leur pelisse pour le laisser rejoindre sa place centrale au deuxième rang.

Les lustres avaient perdu de leur superbe et le

chauffage, comme partout, manquait. Une sensation de froid extrême s'empara de Gabriel.

Les trois coups impérieux retentirent. Le rideau se leva alors sur un palais voûté aux colonnes blafardes. Du fond de la scène, Phèdre apparut, soutenue par Œnone. Elle avançait par l'un des quatre chemins tracés en carrefour. Les projecteurs éblouissaient la reine qui chancelait. Elle avait revêtu son costume d'apparat, diadème et voiles paraient ce visage dont la pâleur accentuait la séduction. Dans un murmure, elle s'arrêta :

N'allons point plus avant. Demeurons, chère Œnone.
Je ne me soutiens plus. Ma force m'abandonne.
Mes yeux sont éblouis du jour que je revois,
Et mes genoux tremblants se dérobent sous moi.

Elle s'assit au ralenti, puis, avec le souffle qui lui restait, expira un *hélas !*

Gabriel sourit, se détendit, il était dans l'acte I, la tirade de Phèdre, les premiers aveux, la scène dans laquelle la comédienne, habile, fait ressentir au spectateur toutes les facettes de son personnage : la mourante, la femme, la reine et l'amante.

L'attention imparfaite de l'homme qui avait vendu son souvenir gênait Gabriel, il aurait préféré le voir se concentrer sur Marie Bell au lieu de laisser son esprit vagabonder. Son regard errait dans la salle et parcourait distraitement les loges latérales des baignoires, certaines remplies d'Allemands en uniforme, bons élèves.

Le vif dialogue de Phèdre avec sa suivante passa dans un murmure jusqu'à ce que la question d'Œnone, *Aimez-vous ?*, ne le réveillât de sa somnolence.

En même temps que la salle, Phèdre se pétrifia. Le récitatif était proche, celui que chacun articulait intérieurement. La comédienne murmura :

De l'amour, j'ai toutes les fureurs

Au moment où il entendit ce vers, le regard de Gabriel quitta la scène, irrésistiblement attiré par la nuque d'une spectatrice assise au premier rang du balcon. Entre les étoles et les manteaux se dégageait son épaule nue.

J'aime…, poursuivit la tragédienne.

Négligeant les aveux de Phèdre, Gabriel se sentit ensorcelé par cette épaule blanche, cette pudique nuque dont la peau satinée captait la lumière de la scène dans une pénombre généreuse et sensuelle, comme un tissu de soie.

À ce nom fatal, je tremble, je frissonne.

Gabriel ne quittait plus des yeux la silhouette de la spectatrice se découpant à contre-jour devant lui.

J'aime…

Il se haussait même, palpitant, pour tenter de voir son visage, dont il imaginait les lèvres, entrouvertes, haletantes, attendant le nom fatal.

Qui ?

La simplicité de la question referma-t-elle cette bouche rosée ?

Tu connais ce fils de l'Amazone,
Ce prince si longtemps par moi-même opprimé…

Œnone le désigna enfin : *Hippolyte ? Grands dieux !* Au premier rang, les épaules et la nuque se tendirent. Habitée par les mots raciniens, l'inconnue releva la tête, d'un geste de défi, et Gabriel l'imagina prononcer avec Phèdre :

C'est toi qui l'as nommé !

Gabriel n'entendit rien de la réponse d'Œnone, qui, en pleureuse antique, gémissait, déambulait comme un oiseau dans la tempête, corbeau affolé qui volait de tous côtés, se heurtait aux cloisons et venait retomber aux pieds de sa maîtresse qui elle, au contraire, semblait s'échapper vers les cieux du théâtre.

Les variations des vers de Racine ne lui arrivaient plus qu'en sourdine, tandis que les plus légers mouvements de cette tête éveillaient en lui des désirs inattendus, des espoirs déroutants, des promesses infinies.

Partagé, Gabriel hésitait entre le désir d'emmitoufler ces épaules qui devaient être transies ou, au contraire, de découvrir encore cette peau nue.

Le récitatif de Phèdre continuait en une alternance de *crescendos* et de *diminuendos*, de respirations et d'élans.

Au lieu d'entendre les vers prononcés par Marie Bell, il observait ce dos, la légère inflexion de cette tête, et son esprit embrasé par la vue de cette nuque s'envolait loin de Phèdre.

Gabriel planait. La voix de la comédienne, douce et pleine, l'emportait dans un océan de sons où il se plaisait à imaginer une vie en compagnie de l'inconnue :

Je le vis, je rougis, je pâlis à sa vue ;
Un trouble s'éleva dans mon âme éperdue ;

Gabriel en arrivait même à croire que l'inconnue partageait ses propres errements, elle dodelinait doucement de la tête puis tressautait. Elle semblait marquer le tempo jusqu'à l'éclat final de la tirade :

Ce n'est plus une ardeur dans mes veines cachée :
C'est Vénus toute entière à sa proie attachée

Le théâtre, saisi, se manifesta soudain par un tonnerre d'applaudissements.

Le souvenir s'arrêtait là. Gabriel retira son casque, en état de sidération. L'image de ces épaules, de cette nuque si sensible, de ce port de tête le poursuivit toute la nuit.

Le lendemain matin, alors qu'il traversait le jardin des Tuileries, l'émotion de Gabriel était intacte. Il emprunta le pont Royal dont il appréciait chaque fois la beauté. Longeant le quai Voltaire et ses galeries, il dépassa les Beaux-Arts pour rejoindre l'Institut. Après ses études de lettres à la Sorbonne, Gabriel avait enchaîné des stages qui l'avaient conduit à devenir programmateur à Radio Académie. Lorsqu'il comprit que cette activité lui permettrait de parler à l'infini de livres, d'art et de musique avec des gens lettrés, il abandonna tout rêve de gloire pour mettre sa destinée entre les mains de l'Institut de France. Depuis bientôt dix ans, il avait appris à connaître les secrets et l'histoire de ces lieux, à aimer la complexité de ses élections, les taquineries et les disputes, les amitiés durables et les candidats malheureux. Certains de ses amis ne comprenaient pas son plaisir à rester dans ce « placard guindé », lui n'imaginait rien de plus agréable. Il était passionné et se sentait libre.

Il réfléchissait à la manière de présenter à Isabelle, sa responsable, directrice des actions culturelles de l'Académie, son achat de la veille chez Christie's. C'était une somme. Il décida de le lui annoncer comme une bonne nouvelle, un investissement même. Oui, il présenterait cette acquisition comme le souvenir vivant de l'Histoire nationale. De toute façon, elle l'adorait. Mariée à un violoniste chef d'orchestre entré jeune à l'Académie des Beaux-Arts, elle trouvait à Gabriel un air de son fils, mais d'un fils littéraire qui n'aurait pas tout quitté pour devenir professeur de plongée à Koh Phi Phi en Thaïlande. Cultivé, poli, doué d'un sens de l'humour discret et approprié, la secondant pour rajeunir l'image de l'institution, il correspondait parfaitement à ses attentes. Gabriel aussi l'appréciait, elle était belle, élégante, et portait encore des boucles d'oreilles rondes à clip qu'elle ôtait pour répondre au téléphone.

Elle le fit entrer, flottait dans son bureau une fragrance aux accords fleuris d'iris poudré et de violette qui suscita chez Gabriel une réminiscence olfactive. Il reconnut dans ce parfum celui qu'il attribua à l'inconnue du souvenir de *Phèdre* et ressentit instantanément une impression de manque mêlée du désir d'embrasser la nuque d'Isabelle.

– Que portes-tu ? lui demanda-t-il d'un ton abrupt, l'esprit agité.

– Bonjour Gabriel, répondit-elle en souriant, habituée aux questions fantasques de son protégé.

– Oui, pardon, bonjour Isabelle. J'ai à te parler d'une révélation que j'ai eue la nuit dernière mais d'abord, réponds-moi, quel parfum portes-tu aujourd'hui ?

– *L'heure bleue*, bien sûr…

Gabriel aurait voulu sauter au cou d'Isabelle pour la sentir jusqu'à s'en imprégner. Elle le regardait, levant les sourcils et souriant gentiment pour l'inviter à expliquer son intrusion matinale.

– Oui, se reprit-il en éclaircissant sa voix, comme revenant d'un rêve éveillé, c'est à propos de notre projet d'émission sur les mises en scène de *Phèdre* au XXe siècle. Nous allons innover en mêlant des souvenirs de spectateurs anonymes aux archives et documents traditionnels.

– Tu as donc acheté un nouveau souvenir…, poursuivit Isabelle sans se départir de son sourire bienveillant et un peu moqueur.

Elle connaissait Gabriel. Il n'avait pas beaucoup de défauts, mais il était dépensier dans les ventes aux enchères. C'était sa passion, il en rapportait bien souvent des trésors, des raretés qui exhumaient de l'oubli des anecdotes négligées par l'Histoire. Lorsqu'il venait la voir, c'était généralement pour justifier un achat d'impulsion.

– Rarissime ! Un souvenir exceptionnel d'une représentation à la Comédie-Française, 1942, Paris occupé,

Marie Bell au sommet de son art, une mise en scène symphonique, magistrale et d'une modernité inouïe.

– Arrête avec tes adjectifs. Ça devait être extraordinaire, fantastique, incroyable, sensationnel, prodigieux, formidable, stupéfiant, et même phénoménal... Je connais aussi mes synonymes. Combien ?

– Tu ris mais tu ne te rends pas compte, Isabelle. Tu n'imagines pas, c'est inconcevable. Les statues de Corneille et de Molière remisées, des uniformes, des croix gammées, des spectateurs frigorifiés, une mise en scène dont on pourrait tout craindre, et, dans le silence du théâtre, la beauté naît. C'est le mélange de l'infâme et du sublime que j'ai aperçu hier soir, et que nos auditeurs, grâce à nous, garderont en mémoire.

– Combien, Gabriel ? répéta Isabelle en le fixant de ses beaux yeux gris.

– Le prix est conséquent, Isabelle, je l'admets. Et je vais même t'avouer quelque chose, je me suis laissé emporter. La salle était comble, cinq d'entre nous se battaient pour l'acquérir, et c'est moi qui, me levant, les ai fait taire.

Son regard s'enflammait à mesure qu'il parlait. Il voulait la convaincre et s'émouvait lui-même. Il revivait l'enchère avec une intensité telle qu'Isabelle n'eut pas le cœur de l'interrompre. À la fin de son envolée, elle l'interrogea du regard, appuyant sa demande d'un signe de tête définitif.

– Quinze mille euros, finit-il par admettre.

Isabelle poussa un soupir de soulagement. Avec toutes ces circonvolutions, elle s'était attendue à pire. Son téléphone sonna, elle fit signe à Gabriel qu'elle devait prendre l'appel et le congédia d'un geste maternel.

– On trouvera une solution, dit-elle avant de décrocher. Mais plus de folies, c'est promis ? Tu me montreras ce souvenir si exceptionnel.

Et elle lui envoya un baiser du bout des lèvres. En sortant, il l'entendit rire au téléphone.

Léger, il se dirigea vers son poste et, avant de se mettre à travailler, ne put s'empêcher de prendre son casque pour s'immerger une nouvelle fois dans le souvenir.

3

Dans une salle de danse du West Village, un cours de claquettes commençait.

Shuffle, shuffle, toe, heal, stamp.

Shuffle, shuffle, toe, heal, stamp.

Consciencieuses, les élèves du jeudi soir mettaient toutes leurs forces à ne pas manquer un pas, garder leur sourire figé, se tenir bien droites. Le tom basse de *Sing, sing, sing* ne leur laissait pas de répit, entre la clarinette et les cuivres, le rythme était épuisant, les bras toujours en mouvement et les pieds se jetant dans ce qui leur semblait au départ un désordre incompréhensible et que l'habitude avait rendu parfaitement coordonné. À la fin de la chorégraphie, elles se sentaient Ginger Rogers, Ann Miller et Debbie Reynolds réunies.

Huit femmes suivaient le cours, deux jeunes filles d'une vingtaine d'années qui entraînaient le groupe, deux retraitées très appliquées, une grande brune robuste et trois nouvelles recrues qui avaient bien du mal à suivre. Face au miroir, Rose, leur professeure, une jolie blonde de la côte Ouest aux longs cheveux ondulant sur les épaules, les yeux d'un vert éclatant, un visage parfait, un sourire attrayant et sain, les encourageait du regard.

À la fin du cours, Rose resta dans la salle de danse pour répéter. Estelle, son agent, lui avait obtenu une audition au St. James Theatre de Broadway pour devenir choriste et doublure de Béa, le premier rôle féminin de la comédie musicale des frères Kirkpatrick sur Shakespeare, *Something Rotten*. Les deux premières auditions s'étaient déroulées avec succès, ne restait ce soir-là que le test des claquettes.

Les élèves, qui rangeaient leurs richelieux ferrés dans des casiers, se regroupèrent devant la porte pour l'admirer. Rose leur fit un clin d'œil et se surpassa, enchaînant les numéros les plus exigeants du rôle avec une maîtrise parfaite. Sous leurs applaudissements et leurs encouragements, elle quitta le Tap Dance Center. Rose ne marchait pas, elle volait. Écouteurs sur les oreilles, elle remonta Christopher Street pour atteindre la ligne 1, la rouge qui relie du nord au sud l'ouest de Manhattan.

Elle sortit à Times Square sur la 42e Rue, éprouvant à nouveau le choc de son arrivée à New York vers l'âge de dix-huit ans : la même stupéfaction devant la féerie étrange des gratte-ciel illuminés de publicités, quand l'odeur de saucisses grillées se mêle à celle saturée des donuts et que les touristes se prennent en photo sur les gradins de métal, les façades des théâtres en décor. D'un pas déterminé, elle remonta vers la 44e Rue.

La nuit était en train de tomber et les rues semblaient plus lumineuses encore. Elle se faufila entre les perches à selfie, les costumes de statue de la Liberté, Superwoman, Hulk et autres Batman, salua des policiers accotés à leur voiture, moteur tournant au ralenti et gyrophare en action. Les mélodies de *Something Rotten* résonnaient dans ses oreilles, couvrant à peine le hip-hop émanant des magasins. Elle traversa entre les *yellow cabs* aux publicités pour stripclubs et les Uber luxueux. Les automobilistes attendaient, pare-chocs contre pare-chocs, radio à puissance maximale. Quand le feu passa au vert, les klaxons redoublèrent et les voitures s'écoulèrent en un ruban désordonné. Un taxi hélé par un passant fit une queue de poisson à un 4×4 qui pila, obligeant la voiture derrière lui, impatiente, à changer de file au dernier moment pour le dépasser.

Rose tourna enfin dans la 44e pour arriver au St. James Theatre. Avant de pousser les portes à double battant aux poignées dorées, elle marqua un temps d'arrêt, inspira, augmenta encore le volume de ses écouteurs et entra dans le hall comme elle serait montée sur scène. Guidée vers l'orchestre, elle se présenta aux frères Kirkpatrick assis au septième rang de la salle déserte. Elle rêvait de ce rôle. Une création originale, à New York, dans un théâtre mythique.

Elle se plaça sur la croix blanche en sparadrap collée sur le plateau anthracite. Le pianiste lança les premières notes et ses pieds suivirent le rythme, les silences, les soupirs, sans que son cerveau s'en mêlât. Elle dansait, claquait le sol de ses embouts métalliques et imprimait sa marque dans le parquet couvert d'encoches. Le trac l'avait quittée. Sous la lumière de l'unique projecteur, elle resplendissait.

Sa performance terminée, elle salua les metteurs en scène. Aux castings, l'ambiance est austère, rien d'autre qu'un « Merci » ne vient conclure la performance.

En s'élançant hors du théâtre, aveuglée par l'adrénaline, Rose heurta trois jeunes filles qui se tenaient bras dessus, bras dessous.

– Tu ne pourrais pas faire attention ?

Une fois la bousculade passée, elles la regardèrent.

– Mais c'est Rose !

– Ça fait mille ans ! Viens avec nous, on allait à SoHo !

Prise au dépourvu, Rose accepta l'invitation et se dirigea avec elles vers la ligne 6.

Entre les gloussements et les retrouvailles, Rose sentit son portable vibrer dans sa poche et s'écarta pour décrocher.

– Rose ? C'est Estelle !

Elle retint son souffle. Si son agent l'appelait si peu de temps après le casting, c'était bon signe, ou peut-être au contraire avait-elle été si mauvaise que les metteurs en scène l'avaient rayée de leur liste. Elle laissa un blanc.

– Je viens d'avoir la production, tu l'as eu ! Doublure d'Heidi Blickenstaff ! Le meilleur rôle féminin de la pièce ! 1 861 dollars la semaine, et tous les soirs, tu chantes dans le chœur ! Tu l'as fait, ma belle !

Rose crut qu'elle allait s'évanouir tant elle était heureuse. Rendue muette, elle s'arrêta au milieu de la rue et fit signe aux filles qui continuaient à bavarder en riant, leur indiquant vaguement qu'elle les rejoindrait plus tard. Elle raccrocha en balbutiant des remerciements à Estelle, la plus vieille des agents de cette ville, la seule qui avait bien voulu s'occuper d'elle il y a huit ans à sa sortie de la Joffrey Ballet School et qui, ce soir, lui avait décroché un rôle !

Elle choisit de rentrer chez elle. Sa colocataire était absente, ce dont elle se réjouit. Elle avait besoin de se recueillir pour prendre conscience de ce qui lui arrivait. À force de se remémorer sa prestation, l'idée lui vint d'immortaliser ces instants. Ouvrant son ordinateur, elle se connecta à MemoryProject afin d'entrer en contact avec le relais le plus proche. Un chercheur du département de neurosciences de Columbia University lui répondit. Il s'intéressa immédiatement à son souvenir et l'invita à venir dans leurs locaux de l'Upper West Side. Il faisait doux, Rose marchait comme sur un nuage et, avant de s'engouffrer dans le métro, elle admira la lune, croissant jaune et brillant qui semblait s'incliner pour la saluer.

Un jeune homme avenant la reçut dans un petit bureau et installa des électrodes sur ses tempes. Lui portait un casque qui le connectait à un écran. Elle souriait en revivant l'audition et l'appel d'Estelle. Il lui indiqua par signes que la captation se déroulait sans encombre. En la félicitant, il lui remit une puce dans une petite pochette matelassée et lui promit d'aller l'applaudir dans *Something Rotten*, ses futurs fans s'arracheraient ce souvenir si elle le mettait un jour en vente.

Elle réalisait *l'American Dream*. Rose Récamier, la petite fille élevée sur la côte Ouest, sans parents ou presque, renaissait à Broadway. D'ailleurs, elle abandonnerait son nom de famille pour la scène, ne serait qu'un prénom, Rose – et ne devrait rien à quiconque. *Welcome to the St. James Theatre ! Good evening New York City !*

4

Il était vingt heures et Gabriel éteignait la lumière en quittant l'Institut. Il aimait la sensation de solitude qu'il éprouvait entre ces murs marqués par l'Histoire et les personnalités immortelles d'hier et de demain.

Il se rappela que son frère revenait ce soir-là de Londres et qu'il organisait une grande soirée chez eux pour fêter le succès de sa mise en scène du *Faust* de Marlowe. Édouard était plus âgé que lui et avait beaucoup plus accompli en trente-sept ans d'existence que Gabriel ne le ferait probablement jamais. De ses débuts remarqués au théâtre de Nesle en 1998 où, avec des comédiens amateurs, il avait monté *Anéantis* de Sarah Kane, sa carrière suivait un cours ascendant avec sa mise en scène de *Sauvés* d'Edward Bond à la Schaubühne de Berlin, puis celle de *Titus Andronicus* de Shakespeare à la Cartoucherie de Vincennes.

S'ils habitaient toujours ensemble dans l'appartement familial, leurs relations n'avaient jamais été simples. Leurs années de naissance d'abord les plaçaient dans des temporalités distinctes. Édouard était de 1977 et Gabriel, de 1983. L'un était né à l'époque du walkman, l'autre à celle du discman. L'un savait réenrouler la bobine de ses cassettes, l'autre descendre les marches du métro trois par trois sans faire sauter le CD. Édouard était aussi blond que Gabriel était brun, tous deux étaient d'une beauté confondante qui semblait s'excuser d'être si visible et les rendait touchants.

En ouvrant la porte de leur appartement du 102, rue du Faubourg-Saint-Honoré, au cinquième étage, Gabriel trouva Ninon occupée à aligner des coupes sur la console de l'entrée galerie. Les meubles, protégés par de simples nappes blanches, étaient poussés le long des murs. Sara était déjà là. Elle venait d'ouvrir un restaurant thaïlandais passage Verdeau et Édouard lui avait commandé le buffet, dont elle supervisait l'installation dans la double pièce qui servait à la fois de salon et de salle à manger. Les cheveux relevés, son visage s'illumina en voyant Gabriel qui la prit dans ses bras. Si son esprit n'avait pas été tourné vers le souvenir de l'inconnue de la Comédie-Française, il aurait perçu que l'attitude de son amie avait changé. Lorsqu'ils se parlaient, le visage de Sara semblait aimanté par le sien, un frémissement la parcourait lorsqu'il la touchait, elle acquiesçait à ses propos en ayant l'air de chercher une façon de l'amener à se déclarer.

Gabriel haussa le son et l'ostinato d'accordéon de *L'orchestrina* de Paolo Conte résonna. Les invités de son frère commençaient à arriver. Joseph, un comédien, écharpe en soie et veste de velours côtelé marron, se débarrassa de la sacoche qu'il tenait en bandoulière et s'avança vers Gabriel, les bras écartés pour une accolade.

Un groupe s'était formé et Gabriel augmenta le volume de la musique. S'apercevant que le remix de Pompougnac du « Portrait d'un oiseau » déclamé par Prévert arrivait sur la liste de lecture, il se dépêcha de passer pour enchaîner avec *Louie Louie* des Kingsmen. Édouard arriva enfin, acclamé par ses amis. Son manteau encore sur les épaules, une écharpe claire nouée autour du cou, un sourire aux lèvres, il passa sa main dans ses cheveux pour remonter une mèche puis tendit les bras vers ses invités en clamant leurs prénoms lorsqu'il s'approchait d'eux.

– Joseph ! Ça me fait plaisir de te voir, as-tu eu le temps de prendre un verre ? Non ? Je vais te trouver du champagne, attends.

Joseph acquiesça. Édouard s'était retourné et saluait déjà de son éclatant sourire un écrivain en devenir et bottines noires.

– Comment avance le roman ?

– Bien, toujours dans ma biographie fictive de Boltanski !

Les Kinks passèrent et Édouard fit un quart de tour pour embrasser une jeune actrice aux cheveux bouclés.

Plus loin, un écologiste chevelu entretenait Sara des

bénéfices pour la santé de l'absence de gluten dans les nouilles de riz. Gabriel capta le regard suppliant de son amie en passant à côté d'eux et vint la délivrer par un affable « Je vous l'emprunte ».

Deux ou trois geeks, créateurs de jeux vidéo, discutaient en terminant leurs phrases à la hache sans quitter leur bouteille de bière, frêle amarre qui les rattachait à la vie réelle. Enfin, deux réalisateurs de films publicitaires dissertaient par anglicismes avec un violoniste en *do* majeur droit comme son étui.

De temps en temps, Édouard jetait un coup d'œil vers la porte d'entrée comme pour provoquer l'apparition d'un convive qui se faisait attendre.

Bientôt surgit un grand brun ni rasé ni coiffé, une fille superbe à chaque bras, en veste froissée de lin beige, accueilli par une rumeur flatteuse, c'était Antoine, l'ami d'enfance d'Édouard, un photographe qui ne se promenait jamais sans ses modèles, russes ou moldaves, dont les robes pailletées faisaient pâlir les lustres et aimantaient les regards.

Il interpella Gabriel :

– Apporte-moi un Moscow Mule, s'il te plaît, et va dire à ton frère que j'ai une remarquable comédienne à lui présenter ! N'est-ce pas ? prononça-t-il plus bas en caressant le visage qui se trouvait à sa droite.

Gabriel, surjouant l'éblouissement éprouvé face à une telle beauté, partit à tâtons.

– Mon frère, mon frère, ne vois-tu rien venir ? gémit-il en s'éloignant.

Il trouva Édouard discourant avec des comédiens et ne l'interrompit pas.

– Il n'y a que deux sources d'expression pour un acteur, tu confirmes bien, Joseph ?

Celui-ci fit un signe d'assentiment prudent, attendant la suite de la démonstration.

– Mais si… deux sources frémissent au rythme du verbe : la respiration et la colonne vertébrale. Je n'invente rien, Jean-Louis Barrault l'a dit avant moi.

À ce nom, Gabriel tendit plus attentivement l'oreille et accepta la coupe que lui offrait un serveur, tout en refusant une brochette de poulet à la sauce satay.

– Ces deux sources, on peut les comparer à un soufflet et à un fouet, elles jaillissent sous l'impulsion du cœur et, de la naissance jusqu'à la mort, elles résonnent à l'infini en un tam-tam obsédant : systole-diastole, systole-diastole, tam-tam, tam-tam…

En prononçant ces phrases, Édouard souffla, profondément, et invita les autres à faire de même. Les acteurs autour de lui étaient captivés et Gabriel se surprit à reconnaître qu'il avait le talent de capter l'attention, d'entraîner un groupe et donc naturellement de diriger une troupe.

Il se détourna pour rejoindre Sara. En chemin, il entendait des éclats de rire, des murmures enjôleurs et des conversations banales :

– Mais tu es enceinte ! Félicitations ! C'est ton premier ?

– Non, j'ai déjà un fils.

– Mais je ne savais pas, bravo ! Comment s'appelle-t-il ?

– Œdipe. On avait hésité avec Hercule ou Ulysse.

Gabriel s'éloigna, doutant d'avoir bien compris, et jeta un regard à l'interlocuteur de la femme qui semblait aussi perplexe que lui.

Quand il retrouva Sara, elle discutait avec Antoine du récent souvenir qu'elle venait d'acheter pour son père. Elle essayait toujours de l'aider à retrouver la mémoire.

– On parlait des souvenirs, de cette forme d'idéalisation du passé que revêt notre époque, lui dit-elle.

– On naît tous avec un Fomo irrépressible qui nous mine pour la vie entière, répondit Gabriel.

– *Fear of missing out ?* demanda Antoine, dubitatif.

Gabriel acquiesça, sourire aux lèvres, et reprit :

– La peur de manquer, de rater quelque chose. Quand on vient au monde, une mélancolie immédiate s'empare de nous, qui nous fait pousser un premier hurlement d'inconfort, peut-être lié, puisque tu as l'air d'aimer ça, au Fobo, *Fear of a better option*. Le ventre ou la vie ? À cette interrogation, nous répondons par le cri. Ensuite, c'est simple, les années quatre-vingt ou les années soixante-dix ? Le XIXe siècle et ses grisettes du boulevard des Italiens ou le XXIe et ses Chinoises de la porte Saint-Martin ? Où est la meilleure option ?

Comme on ne peut par nature tester les deux, étant réduits à ne vivre qu'une fois, cette peur, dont on s'affranchit en une seconde pour une invitation à dîner ou un concert, ne peut être dominée en ce qui concerne le passé. Nous sommes des êtres constitutivement en manque, essentiellement incomplets.

– Hummm… Moi, ce n'est pas le passé qui me manque, répondit Antoine, mais une certaine poudre blanche que toi et ton frère avez l'heur de détester et que je m'en vais aller inspirer dans un endroit calme, un cocon maternel qui me réparera de ce désir originel de vie. Car ce que tu ne dis pas, c'est que grâce à ce manque, on désire ! Ou l'inverse, je ne sais plus.

Antoine s'arrêta, renifla et s'éloigna en ricanant.

Sara enchaîna :

– C'est vrai ce que dit… comment s'appelle-t-il déjà ?

– Antoine, mais ça fait dix fois que tu le vois !

– Je n'arrive pas à retenir ! Mais oui, Antoine, dit Sara en éclatant de rire – Gabriel attribua cette hilarité soudaine aux trois coupes de champagne. C'est vrai ce qu'il dit. Sans manque, pas de désir, sans Fomo, pas de décision. Le regret, les illusions, la peur, les surprises, les palpitations, les progrès, les échecs, l'espoir naissent précisément de ce désir impossible de retrouver le temps. Non pas le temps perdu, mais le temps non vécu.

Gabriel acquiesça et poursuivit :

– On idéalise ce que l'on ne connaîtra jamais. On

n'aime jamais mieux que lorsque l'on sent que l'amour est impossible. Dès qu'il se réalise, tout se délite.

– Je ne suis pas d'accord, rétorqua Sara. C'est ce que les romantiques ont voulu nous faire croire avec leurs muses et leurs piédestaux ! On peut très bien continuer d'aimer ce qu'on a idéalisé. L'amour et l'idéal s'accordent et se perpétuent dans le bonheur.

– Il n'y a point de plaisir qui ne gagne à être connu, dit Antoine qui ressurgit, la pupille dilatée. J'inverse l'aphorisme de Marivaux et suis d'accord avec Sara, sensible à la sincérité de l'instant. Ni inconsolable, ni arpenteur du temps perdu ou mélancolique, je veux vivre !

– Et pourquoi vends-tu tes souvenirs alors ? l'interrompit Gabriel.

– Pourquoi ? Toujours pourquoi ? Gabriel, tu ne changes pas ! Depuis que tu es petit, tu es comme ça, à toujours chercher des raisons d'agir. La question n'est pas pourquoi, mais comment ! Comment j'arrive à vendre mes souvenirs ? En les vivant ! Et en vivant tout court d'ailleurs. On ne désire vraiment que ce qui nous est accessible. Le reste relève du fantasme.

Un serveur passa devant le trio avec des petits croque-monsieur au wasabi. Antoine en prit un. Tout en mâchant, il poursuivit :

– Ça, par exemple, cette petite merveille de délicatesse – il en avait plein la bouche et posa la main sur ses lèvres pour éviter de postillonner –, je ne savais pas que je la désirais, et la satisfaction de ce manque inconscient grâce à ton talent de chef cuisinière, ma jolie Sara, me comble.

À cet instant, Édouard rejoignit leur groupe, Anya et Varya à ses côtés, tous passablement éméchés.

– Voulez-vous nous faire l'honneur de cette danse ? demanda-t-il en prenant le téléphone de la poche de son frère et en augmentant encore le son de *Summer in the City* des Lovin' Spoonful. J'ai les deux sœurs de *La Cerisaie* avec moi ! Laquelle des deux est adoptée ?

– C'est moi, répondit Varya. C'était l'année du V quand on est venu me chercher.

Elle sourit et commença à danser avec Édouard, tandis qu'Antoine entraîna Sara qui ne regardait que Gabriel.

Presque tous les convives se mouvaient dans les limbes exquis où l'esprit et la raison s'éteignent, où le corps s'abandonne. Les uns, arrivés déjà à l'apogée de l'ivresse, marquaient le rythme à contretemps d'un vague mouvement de tête. D'autres, plus timides, continuaient à discuter tout en bougeant les pieds et en remuant un peu les bras. D'intrépides danseurs s'échappaient d'eux-mêmes, alors que les refrains étaient clamés en chœur par les plus emportés. Un autre, debout sur le canapé, battait la mesure de sa main. Lorsque Gabriel enchaîna avec *Killing in the Name*, la fête prit une nouvelle tournure, les garçons envahirent la piste dans un pogo qui leur rappelait leur adolescence. Ce salon de bonne compagnie expulsait la vitalité du monde sur les basses imperturbables de Justice. La rusticité des rifs de Kurt Cobain et la puissance de la batterie de Dave Grohl emportèrent ensuite l'assemblée dans un tourbillon proportionnel à leur joie d'être ensemble.

Alors qu'on apportait des sorbets aux litchis et à la citronnelle, Édouard s'approcha de Gabriel, assis sur l'un des moelleux canapé, les yeux dans le vide, une main dans les cheveux détachés de Sara qui somnolait à ses côtés. Il lui demanda compte de sa tristesse passagère.

– Si je te le racontais, tu te moquerais de moi, répondit Gabriel.

– Mais enfin, pas du tout, ce n'est pas mon genre, petit frère, dit Édouard en s'asseyant près de lui. Raconte. Que se passe-t-il ?

– Je crois bien que je suis amoureux.

– D'elle ? demanda Édouard en pointant Sara discrètement du doigt.

– Non, répondit Gabriel – un peu trop hâtivement au goût de Sara qui n'était que dans un demi-sommeil –, d'une femme.

– Une femme ? On avance ! Il n'est que quatre heures du matin, peut-être que je saurai tout d'ici le petit déjeuner.

Gabriel sourit. La brusquerie de son frère était une façade, un masque qu'il avait dû endosser trop tôt pour s'occuper de lui et de l'appartement.

– Écoute, tu sais, le souvenir que je devais acheter, celui de *Phèdre*…

– La mise en scène de Barrault ? Bien sûr que je m'en souviens, même si je ne comprends pas ce que vous avez tous à vous extasier devant les souvenirs nécessairement imparfaits d'un autre. Moi, chaque fois qu'on m'en a montré, j'ai pensé à tante Simone étalant ses photos de vacances ou au curé nous passant les diapositives de la parabole du fils prodigue.

Gabriel balaya d'un geste les pitreries de son frère.

– Tu ne disais pas cela quand on regardait en boucle le souvenir transmis par un de leurs amis des conseils de Beckett et Schneider à Ruth White pendant les répétitions d'*Oh les beaux jours* au Cherry Lane Theatre…

– Bien sûr ! Mais ça n'a plus rien à voir aujourd'hui ! À l'époque, il n'y avait que des souvenirs exceptionnels ! Maintenant, le premier gugusse venu qui prend le train en face de Guy Carlier vend son souvenir aux enchères. Et tu as vu à New York et à LA ? Ils ne sortent plus de chez eux ! Déjà qu'ils payaient des Mexicains pour faire la queue à leur place dans les magasins, maintenant, ils les envoient assister à des concerts qu'ils écoutent par l'artifice du souvenir rapporté ! As-tu regardé ceux mis en vente après Coachella cette année ? Blur, Phoenix, les Red Hot, le Wu-Tang Clan, tous jouent devant un parterre indifférent assistant à leur concert uniquement pour mettre leur souvenir en vente !

– Tu parles d'à peine un pour cent de la production

mondiale ! Et tu es de mauvaise foi. Puis-je raconter mon histoire ? reprit Gabriel en continuant de caresser machinalement les cheveux de Sara.

– Je veux d'abord que tu m'accordes que la richesse de l'expérience humaine ne peut être décrite de façon adéquate par le langage appauvri de l'informatique, une succession de mots-clefs dont on n'a pas la clef, puisqu'elle est enfermée dans un obscur algorithme.

Antoine s'approcha d'eux, les yeux toujours plus exorbités.

– Vous dansez ?

– Attends, Gabriel me raconte… Il est amoureux.

– Amoureux ? Gabriel ? s'esclaffa Antoine en se laissant tomber de tout son poids sur le bras du canapé. Elle est comment cette fois, brune, blonde, rousse ?

– Arrête de rire, ça a l'air sérieux. Il est tout chose, il a à peine regardé Anya et sa copine…

– Ah oui, alors là, il faut le soigner. « Mon âme a son secret, ma vie a son mystère. Un amour éternel en un moment conçu… »

– « Le mal est sans espoir, aussi j'ai dû le taire. Et celle qui l'a fait n'en a jamais rien su », répondit Gabriel du tac au tac en repoussant Antoine qui s'approchait dangereusement de lui avec une moue grotesque d'amant venant embrasser sa belle.

– Je ne sais même pas comment la retrouver ! Je ne connais ni son nom, ni rien d'ailleurs. Je n'ai vu que ses épaules et sa nuque…, murmura Gabriel.

– Mais quel charlatan celui-là ! ricana Antoine. Un briseur de cœurs, beau parleur romantique ! Et tu l'as rencontrée où cette nuque érotique ?

– Dans un souvenir…

Il n'avait plus de voix, découragé par l'absurdité de sa passion naissante.

– Elle était assise un rang devant celui dont j'ai acquis le souvenir chez Christie's. Dès l'instant où je l'ai vue, Phèdre n'avait plus d'attrait.

– Et si tu te procurais d'autres souvenirs de la même représentation ? proposa Antoine.

– Je ne connais pas même son visage ! Juste l'esquisse de son profil.

Édouard était perdu. Non seulement le sentiment amoureux ne l'avait jamais préoccupé, mais l'amour impossible encore moins. Son frère cherchait à retrouver une femme vue de dos par le biais d'un souvenir datant de 1942… Il lui tapota l'épaule en signe de compassion.

Gabriel eut le tact de laisser là cette conversation. En souriant, il alla se coucher, titubant entre deux ou trois danseurs encore debout, et s'endormit en regardant la cendre de sa cigarette se consumer dans le cendrier posé sur sa table de chevet.

5

Marchant dans Elizabeth Street, Rose et quelques choristes de la troupe de *Something Rotten* se demandaient d'où provenait cette odeur asphyxiante. Une épaisse fumée leur piquait les yeux et ils virent des flammes s'élever au-dessus du dernier étage d'un immeuble situé à la frontière de Little Italy et de Chinatown. À côté d'eux, d'autres personnes s'étaient rassemblées, écharpe remontée sur le visage pour se protéger des escarbilles. Les *Oh my God* se mêlaient aux *Mamma mia*, qui eux-mêmes répondaient aux *Hǎo jiā huo* terrorisés. Toutes sirènes hurlantes, des camions de pompiers arrivaient en trombe pour déployer échelles et lances. Une détonation retentit et des éclats de verre brûlants se dispersèrent du ciel vers le sol en un fracas angoissant.

Sentant bien qu'ils ne seraient d'aucun secours, ils s'éloignèrent. En s'installant dans un bar plus bas dans Prince Street, les jeunes gens étaient encore sous le choc de l'incendie et la conversation en vint naturellement à leurs souvenirs du 11 septembre 2001.

– J'avais douze ans, commença Danielle, l'une des choristes qui faisait ce métier depuis des années. Mes parents habitaient Mercer Street.

– Mercer Street, carrément ! siffla Micky, admiratif.

Danielle ne parlait plus à sa famille depuis cinq ans. Elle ne releva pas l'exclamation et poursuivit :

– À l'angle avec Howard, nous habitions au dernier étage. J'étais en retard pour mon contrôle de maths qui commençait à neuf heures. Je finissais de me brosser les dents dans la salle de bains en regardant par la fenêtre. Le ciel était bleu, et avant de cracher mon dentifrice, j'ai vu le premier avion s'écraser dans la tour. Je me souviens très bien que je n'ai rien compris sur le moment. Mon père m'attendait en bas, j'ai descendu les escaliers en courant et n'ai rien dit. J'avais ma jupette à carreaux verts d'école de filles, on a pris un taxi pour aller plus vite et c'est là qu'on a compris. Les voitures circulaient encore, mais des sirènes retentissaient partout. Le chauffeur écoutait la radio. On lui a demandé de monter le son, et c'est ce jour-là que j'ai appris le sens du mot *hijacking* – détournement. Le reporter n'arrêtait pas de répéter cela, « un terroriste aurait détourné un Boeing 767 American Airlines ». On a pu circuler jusqu'à l'école qui était dans le Village, donc plus haut que les tours, et une fois là-bas, les élèves, les professeurs, la directrice, tous étaient réunis dans le préau, devant un poste de télévision. On a vu en direct la deuxième tour s'écrouler à 9 h 59.

Tout le monde l'avait laissée parler, ne l'interrompant que par de faibles interjections. Aucun des autres n'avait grandi à Manhattan.

– Moi, j'avais quatorze ans, se souvint Micky, l'un des danseurs les plus extravagants de la troupe, j'habitais Atlanta, donc je n'ai rien vu, mais un de mes oncles y est mort, il est de ceux qui ont sauté. C'était affreux. Avec ma mère, je me souviens qu'on a disséqué toutes les images. À l'époque, on ne pouvait pas zoomer sur les écrans, alors avec notre loupe, on regardait en boucle les reportages et on tentait de le repérer. On a fini par avoir l'impression de l'identifier.

Rose posa une main affectueuse sur son épaule et Danielle héla la serveuse.

– On va se remettre d'aplomb, dit-elle en commandant une nouvelle tournée.

Cinq minutes et plusieurs souvenirs du premier attentat du millénaire étaient passés lorsque Micky demanda à Rose ce qu'elle faisait, elle, ce 11 septembre 2001.

– Je suis plus vieille que vous, rougit Rose. Et puis, cela n'a pas d'importance.

– Mais si, l'encouragèrent-ils en chœur. On ne te connaît pas encore bien, on ne sait même pas d'où tu viens ! Raconte, chérie, on n'attend que cela.

– Oh ! C'est très banal, hésita Rose, gênée, en remettant son verre en place sur son sous-bock. Je n'ai rien su pendant plusieurs jours.

– C'est impossible ! Ça tournait vingt-quatre heures sur vingt-quatre sur toutes les télévisions ! Vous viviez coupés du monde ? s'exclama Danielle en étouffant un rire.

– Ça devait être cela, répondit Rose, éludant la question.

Elle n'aimait pas parler d'elle, raconter sa singulière enfance. Plus jeune déjà, elle ne se confiait guère et fuyait la curiosité des autres.

Ses amis sentirent qu'il valait mieux changer de sujet et la soirée se termina dans les rires et les chants au fond de ce café sombre de Prince Street, éclairé parfois par les gyrophares des camions de pompiers qui continuaient à se diriger vers Chinatown.

6

Sara était en cuisine, s'essuyant le front sous sa toque, son chef n'était pas venu ce matin-là et elle préparait à la chaîne bo-bun et pad thaï ; dans les poêles, les dim sum étaient en train de frire, le saumon au frais attendait d'être sorti, tandis que les avocats étaient prédécoupés pour être déposés sur les tartares de riz.

Gabriel, installé au comptoir, parcourait les horaires des ventes de l'après-midi dans *La Gazette Drouot*, lorsqu'un clerc que Sara connaissait bien et qui venait régulièrement déjeuner seul au bar s'assit à côté de lui. Elle lui présenta Gabriel, qui l'entreprit aussitôt sur les ventes de souvenirs :

– Je cherche plus précisément des souvenirs des représentations du *Phèdre* mis en scène par Jean-Louis Barrault.

Il espérait que celui-ci lui donnerait des pistes, mais visiblement, ce n'était pas son jour.

– Ah... Encore un mnémophile... Tout est disponible sur le site de Drouot..., lui répondit le clerc d'un ton distant, un cheveu sur la langue. Cherchez, vous les trouverez, vos souvenirs.

– Non, justement, insista Gabriel, il y a beaucoup d'enchères sans catalogue. Ne connaîtriez-vous pas quelqu'un dans l'administration qui pourrait m'aider ?

Le clerc jouait à celui qui était occupé, son téléphone à la main. Il releva la tête, l'air absorbé.

– Dans l'administration, que voulez-vous dire ? À MemoryProject ? Au gouvernement ? Non, malheureusement, jeune homme, je n'ai pas mes entrées au ministère de la Culture…

– Bien sûr, c'est vrai, répondit Gabriel, déçu, baissant le nez dans son assiette de nems. Mais peut-être…

Cette fois-ci, le clerc reprit ostensiblement son téléphone et se mit à pianoter d'une main, en plongeant de l'autre ses baguettes dans son poulet croustillant.

Le service terminé, Sara lui proposa de passer chez Drouot avant de le raccompagner à l'Institut. Ils prirent les escaliers roulants qui conduisaient au premier étage et, passant de salle en salle, les deux amis se trouvèrent nez à nez avec le clerc zozotant et désagréable qui assistait une enchère. Gabriel se détourna, mais Sara le retint, lui montrant sur l'écran à l'entrée une mention de *Phèdre* dans la liste des lots de souvenirs. Sans catalogue ni annonce dans *La Gazette*, Gabriel ni personne ne pouvait en être informé.

Cette vente n'avait ni queue ni tête, s'y trouvaient pêle-mêle un souvenir vendu par un électricien d'une panne de courant à New York la nuit du 9 novembre 1966, celui d'une spectatrice d'un concert imprévu d'Amy Winehouse et Pete Doherty au White Trash Fast Food à Berlin en 2008, ou encore celui de l'explosion de quatre cents litres de whisky, une journée de mars 1960, vendue par un docker de Glasgow. On soupçonnait à la mine exaltée du jeune homme qui acquit ce lot pour une somme dérisoire l'auteur en quête de matière pour nourrir un roman en cours d'écriture.

Enfin, le commissaire-priseur annonça le lot sur *Phèdre*, représenté en 1942 à la Comédie-Française. Incrédule, Gabriel regarda le clerc qui se contenta de hausser les épaules.

Il enchérit, l'autre en prit note, indifférent. Sara observait la scène, se demandant aussi les motifs de son silence au restaurant.

Ils eurent leur réponse en voyant au fond de la salle un homme, sûrement un marchand, qui levait la main. Le commissaire-priseur enregistra l'offre et, se tournant vers Gabriel, l'interrogea du menton. Gabriel suivit. Le marchand le considéra, intrigué. Ils n'allaient tout de même pas se battre pour un souvenir dont l'estimation était de cinquante euros. Frémissant de colère, il leva franchement le bras. Gabriel ne sourcilla pas et fit un signe d'assentiment au commissaire-priseur. Le marchand céda, ses moustaches blanches fumant d'exaspération. Quelques minutes plus tard, il quittait les lieux en maugréant, non sans foudroyer le clerc du regard. Celui-ci, qui était en train de rédiger le procès-verbal de la vente, garda la tête baissée.

Gabriel et Sara se regardèrent, étourdis par ce duel à la violence feutrée. Qui était ce marchand, s'il était bien marchand ?

– On le suit, dit Sara, impétueuse. Je pars tout de suite, récupère ton lot et appelle-moi.

Et elle fila. Gabriel descendit au service magasinage de la rue Rossini et se vit remettre, après dépôt de sa pièce d'identité au comptoir, son souvenir de *Phèdre*, dont la puce était enfermée dans un livre factice à la couverture vieillie. Dix minutes plus tard, Gabriel sortit à son tour et téléphona à Sara, qui se trouvait dans le bus 74 en direction de Clichy.

– Le prochain arrive dans huit minutes, se désola Gabriel. Laisse tomber, Sara. Je dois retourner quai de Conti, ajouta-t-il, déçu lui aussi de ne pas jouer aux apprentis détectives.

– Attends, dit-elle tout bas, portant une main sur sa bouche pour assourdir encore le son de sa voix. Il se lève, je raccroche, je te rappelle.

Et elle sortit du bus.

L'homme n'hésita pas sur le chemin à emprunter. Il tourna dans la rue Legendre qu'il descendit rapidement et entra dans un magasin à la vitrine désuète : « Au coin des Arts, Antiquités et Souvenirs». Sara attendit un temps raisonnable puis poussa la porte en cliente.

Le marchand était assis au fond de son local étroit face à son ordinateur. Il releva à peine le menton en entendant les cliquetis des clochettes placées au-dessus de la porte. Sara resta muette un long moment, se promenant entre les affiches originales de théâtre et de cinéma des années quarante et les électrophones La Voix de son Maître. Elle s'approcha d'un instrument qui ressemblait à un piano. Des ondes Martenot ! Elle resta émerveillée, n'osant toucher cet ancêtre du synthétiseur, et finit par se diriger vers le marchand.

– Auriez-vous des affiches de *Phèdre* ? demanda-t-elle de sa voix la plus neutre.

– De *Phèdre* ? répéta-t-il, levant un sourcil soupçonneux. Je dois en avoir quelques-unes, oui. Vous cherchez quelle période ? demanda-t-il en s'approchant d'un présentoir aux images fanées.

– Années trente, quarante…

– Voilà, une affiche du ballet de *Phèdre* dessinée par Cocteau. Musique de Georges Auric, représenté à l'Opéra Garnier en… 47, 48… Je ne me souviens plus. Il retourna le papier. Non, 1950.

– Ce n'est pas exactement ce que je cherche, répliqua Sara. Laissez-moi vous donner des précisions. Elle sortit son téléphone, feignant de chercher sur Internet. Oui, c'est cela. Une représentation de *Phèdre* à la Comédie-Française, avec Marie Bell dans le rôle-titre. Elle prononçait ces mots en tâtonnant. C'est pour un ami, dit-elle en plongeant ses yeux dans ceux du marchand.

S'il devait la reconnaître, autant que ce soit tout de suite. Il la dévisagea en silence, pencha la tête sur le côté droit, puis gauche, et, plissant les yeux, il ouvrit la bouche. Sara se crut prise, mais il la referma.

– Je ne crois pas en avoir, dit-il en feuilletant les affiches dans le présentoir. En revanche, j'ai des posters de films avec Marie Bell si vous voulez...

– Non merci. Je voudrais lui offrir quelque chose d'unique, un objet non encore référencé.

Le vieux marchand mit les mains dans les poches de son pantalon trop large en velours côtelé, sourit, se détendit enfin.

– Une affiche de théâtre me paraissait une bonne option, poursuivit Sara, mise en confiance par l'attitude plus avenante du bonhomme. J'y pense... puisque je l'ai vu écrit sur votre vitrine... peut-être avez-vous des souvenirs liés à la comédienne ?

Il la laissait venir, se balançant d'avant en arrière dans ses Mephisto aux semelles fatiguées.

– Un souvenir ? reprit-il. C'est bien ce que je pensais ! C'est vous qui étiez tout à l'heure avec votre ami, le dégingandé, à la vente aux enchères ! Vous m'avez suivi ?

Sara hocha la tête, confuse.

– Que lui veut-il à Marie Bell, votre entêté ?

– À elle, rien, mais… je ne pourrais pas vous le dire, il est complètement fou.

Un regard interrogateur du marchand invita Sara à poursuivre. Elle se demandait quelle stratégie adopter maintenant – l'attaque ou la confession lacrimale… ? Le mensonge peut-être ? Pourquoi pas.

– Pour tout vous avouer, c'est mon frère. Un membre de notre famille a assisté au spectacle en novembre 1942, nous en sommes certains. Il nous reste à découvrir qui l'accompagnait.

– Hum, commenta l'antiquaire, voilà pourquoi il m'a arraché ce souvenir tout à l'heure.

– Pourquoi y teniez-vous tant, vous ? interrogea Sara, presque insolente.

– Ça, ce sont mes affaires. Je prépare une collection…

– Vous en avez donc d'autres ?

– Oui, de quasiment toutes les scènes. Il me manque les aveux de Phèdre à Hippolyte. Je ne peux concevoir de vendre mon coffret sans cette apothéose racinienne. J'espérais la trouver dans le souvenir mis en vente cet après-midi à Drouot… Son visage se ferma. Vous savez que je devrais vous mettre à la porte, vous, votre frère, votre famille et votre joli minois ?

– Faites-le, si vous le voulez, mais j'ai un marché à vous proposer. Je ne vous les achète pas, ces souvenirs, je vous les loue, et mon frère s'engage à vous rendre celui qu'il vient d'acheter si la scène des aveux s'y trouve.

Le marchand la regarda, suspicieux.

– Et j'y gagne quoi, moi, dans cette affaire ? grogna-t-il.

– De la publicité ! Mon frère en parlera dans ses émissions.

Le marchand l'observait, incrédule.

– Il travaille pour la radio de l'Académie française. Cela donnera aux auditeurs le goût des souvenirs. La rareté crée le désir et, dans dix ans, dit-elle en claquant des doigts, votre collection vaudra le double !

Après quelques minutes d'hésitation, trouvant amusantes les acrobaties verbales déployées par la jeune fille, il lui topa dans la main.

– Les voulez-vous vraiment toutes ?

Voyant qu'elle hochait la tête, il sortit méticuleusement les puces de leur coffret et les glissa une par une dans des enveloppes à bulles sur lesquelles il inscrivit le numéro des scènes.

En marchant dans la rue sous le soleil, elle ne pouvait s'empêcher de compter les enveloppes pour s'assurer qu'aucune ne s'échappait de son sac. Arrivée rue du Faubourg-Saint-Honoré, elle les déposa dans la boîte aux lettres de Gabriel et écrivit « Surprise » sur la première. Elle avait tenté de trouver quelque chose de spirituel, mais, à défaut, s'était repliée sur ce simple mot.

Le rideau se leva, lentement. L'action commençait à l'aube. Une lumière bleue poignait. Le décor apparaissait progressivement, fantomal, blafard. Du troisième plan, à droite, un faisceau lumineux très mince, comme un premier rayon de soleil, traversait la scène. Hippolyte entra : le plus bel éphèbe de Grèce. Ses cheveux d'un blond chaud, ses pieds nus, son vêtement blanc avec des parures d'un jaune crissant et quelques pointillés de noir s'accordaient avec le hâle de sa peau.

Le dessein en est pris : je pars, cher Théramène,
Et quitte le séjour de l'aimable Trézène.
Dans le doute mortel dont je suis agité,
Je commence à rougir de mon oisiveté.

L'ouverture, se dit Gabriel. Ses yeux s'habituaient à la pénombre. Le spectateur dans les souvenirs duquel il était immergé était assis de côté et très loin de la scène, au deuxième balcon peut-être, ou même au poulailler. Il se penchait par intermittence pour apercevoir les comédiens, fermant le plus souvent les yeux. L'image disparaissait alors, seule la voix subsistait, assourdie par la distance et recouverte par les craquements des sièges. L'odeur aussi était gênante, un mélange de sueur et de pets, malgré le froid.

– Je n'ai pas envie de perdre mon temps avec un

pétomane instable ! ronchonna Gabriel, qui retira son casque pour y installer le souvenir acquis à Drouot.

Oui, Prince, je languis, je brûle pour Thésée,
Je l'aime, non point tel que l'ont vu les enfers,
Volage adorateur de mille objets divers

Il écoutait distraitement la diction insinuante de Marie Bell. Alors que s'amorçait la scène des aveux de Phèdre à Hippolyte, son regard fouillait la salle à la recherche des épaules tant chéries. Il les trouva, à quelques places de lui. Il n'en crut pas sa chance. Le souvenir qui défilait dans son casque était bien celui de la première du 12 novembre 1942, probablement cédé par un journaliste, puisque celui-ci se penchait régulièrement vers ses genoux, stylo à la main, pour y prendre des notes. Gabriel s'en amusait, oubliant pour un temps la nuque divinisée.

Il y revint tout de même lorsque, par un subterfuge habile et perfide, Phèdre vanta à Hippolyte les grâces de son amant sans que plus personne ne sache de qui elle parlait. Gabriel lui-même se laissa prendre au jeu et écouta, les mains moites, ces vers ensorceleurs :

Charmant, jeune, traînant tous les cœurs après soi,
Tel qu'on dépeint nos dieux, ou tel que je vous vois.

Gabriel aurait voulu transposer ces vers à son inconnue, percevoir le goût de sa peau, de sa voix…

Il avait votre port, vos yeux, votre langage.
Cette noble pudeur colorait son visage…

La bouche de Gabriel s'avançait pour embrasser ce visage qu'il aurait tant voulu découvrir. La suite des échanges passa comme un fruit délicieux. Hippolyte le pur, le candide, le sot, accusait Phèdre, mais la passion dévorante de la reine humiliée ne s'arrêtait pas à ces menus obstacles. Et c'est en retrait sur la gauche que le fils écouta dans un coin sombre la déclaration de la veuve :

Ah ! cruel, tu m'as trop entendue !
Je t'en ai dit assez pour te tirer d'erreur.
Eh bien ! connais donc Phèdre et toute sa fureur.
J'aime.

Qu'il aimait lui aussi, Gabriel, ce « j'aime », cet amour nu, impossible, sans complément et sans adresse.

Se délectant d'avance des vers qui allaient suivre, Gabriel, le regard sur l'épaule, mimait en murmurant les mots du *lamento* céleste :

Ne pense pas qu'au moment que je t'aime,
Innocente à mes yeux, je m'approuve moi-même…

Son esprit divaguait, frémissant au rythme des modulations de l'actrice. Il récitait avec Phèdre :

J'ai langui, j'ai séché, dans les feux, dans les larmes.
Il suffit de tes yeux pour t'en persuader,
Si tes yeux un moment pouvaient me regarder.

Oubliant qu'il était derrière son casque dans le monde des souvenirs, Gabriel s'agitait sur sa chaise, toussait, rêvant que son inconnue, dérangée, se retourne.

La fin de la scène passa en un soupir. Tendu, Gabriel redoutait l'interruption du souvenir. De nouveau, sa quête s'arrêterait sans qu'il ait pu regarder en face le sujet de son désir. Il ferma les yeux.

Soulagé, il vit Théramène apparaître sur scène et la pièce continuer. La scène 6 s'accomplit et le rideau se baissa pour l'entracte. La lumière se ralluma, les spectateurs se levèrent et un homme au visage doux et à la raie bien dessinée se pencha vers le détenteur du souvenir que Gabriel avait acheté.

« Attendez-moi à la fin de la représentation, nous irons féliciter Marie Bell, lui dit-il. Ce sera intéressant pour votre article. Oriane sera sûrement des nôtres », ajouta-t-il en montrant l'inconnue.

Elle s'appelait donc Oriane. Ce prénom lui apparut comme un talisman romanesque traversant les siècles, du modèle de la Dulcinée de don Quichotte à celui de la duchesse de Guermantes. Une Oriane héroïque, une Oriane littéraire ! Il voulait que le temps s'étire.

Gabriel vacilla en voyant cet homme providentiel descendre de quelques rangs, s'approcher d'elle et de son compagnon pour leur murmurer quelque chose à l'oreille.

Elle se retourna. La réalité fut plus belle encore que tout ce qu'avait pu imaginer Gabriel. Derrière ces épaules et cette nuque blanche, se dessinaient des yeux clairs, malicieux et rieurs. Ses cheveux créaient une auréole de lumière autour d'un visage fin et élégant. En quelques secondes, une galaxie s'était ouverte à lui.

Le détenteur du souvenir n'avait rien retenu du quatrième ni du cinquième acte, et sa mémoire le conduisait immédiatement à la fin de la représentation, où quitter le premier balcon ne fut pas aisé, entre les soldats allemands, les femmes emmitouflées dans leur pelisse qui vérifiaient à chaque pas que personne ne marchait sur leur robe et ceux qui restaient debout au milieu des travées à échanger sur la pièce ; il fendait la foule qui se dirigeait dans le sens inverse du sien, en s'excusant chaque fois. Il retrouva celui qu'il appela René. Ils patientèrent quelques minutes jusqu'à ce qu'Oriane et son mari arrivent, précédés par des effluves de *L'heure bleue* que Gabriel reconnut avec un plaisir de connaisseur. La compagnie se glissa alors dans les coulisses et, traversant le décor en train d'être rangé à l'arrière du théâtre, s'engagea dans un dédale de couloirs encore plus faiblement éclairés que la salle.

Marie Bell les reçut en peignoir de soie rose, maquillée et coiffée, encore électrisée par les applaudissements. Des bouquets emplissaient sa loge. René l'embrassa.

« Ma chérie, tu étais éblouissante ! Quand je pense que dans un mois, nous allons tourner ensemble dans mon *Colonel Chabert*, tu es tellement magnifique que je n'aurai rien à t'indiquer, tu es la plus juste de toutes nos comédiennes.

– Vraiment ? Tu as trouvé ? Je ne me suis pas sentie dans les retrouvailles avec Thésée...

– Mais que racontes-tu ? Une déesse, c'est bien simple, tu transcendes le rôle ! Mais attends, je ne t'ai pas présentée... »

Il se tourna alors vers le détenteur du souvenir et pompeusement annonça :

« Gilbert Dutort, journaliste à *Comœdia.* »

Celui-ci s'inclina et baisa la main que lui tendit l'actrice, en la complimentant à son tour avant de s'effacer.

« Je te présente aussi l'immense violoncelliste, Oriane Devancière, tu l'as déjà peut-être croisée, elle jouait dans l'orchestre qui a enregistré la musique de *Quai des brumes* et d'*Hôtel du Nord.* Elle travaillera probablement sur mon *Colonel Chabert* d'ailleurs, n'est-ce pas, Oriane ? » Celle-ci acquiesça et félicita la comédienne en ajoutant que c'était un honneur. « Et son mari, Paul, que tu connais peut-être, il est journaliste au *Petit Parisien*.

– Nous nous sommes déjà rencontrés », murmura-t-il en prenant la main de Marie Bell, qui sourit, complice. Oriane leva les yeux au ciel.

Cette rencontre prit fin, interrompue par l'arrivée d'officiers allemands, bouquets à la main, qui s'imposèrent dans la pièce exiguë.

« Nous sommes inexcusables ! Nous n'avons pas même apporté de fleurs ! Tu les recevras demain chez toi », dit René en embrassant son amie, qui lui murmura à l'oreille : « Pas de ça entre nous, laisse donc ces bêtises aux Allemands… »

« *Herr General*, quel plaisir de vous revoir ce soir encore ! Attention, vous allez vous lasser… », et elle referma la porte en riant.

Le petit groupe n'eut que le temps d'entendre le « *niemals* » du général, dont le ton séducteur n'ôtait rien aux accents gutturaux de sa langue.

Le souvenir s'arrêtait là. Gabriel resta immobile quelques secondes. Il retira lentement son casque et fit quelques pas dans sa chambre. Il avait entendu le son de sa voix, il connaissait son nom. Il avait désormais suffisamment d'indices pour redonner vie à cette Oriane Devancière, violoncelliste. Voilà ce qu'il devait chercher sur Google pour trouver son histoire, sa discographie, la liste des concerts auxquels elle avait participé, celle des musiques de films pour lesquels on lui avait demandé de jouer, des anecdotes sur sa vie.

Sur la notice Wikipédia consacrée aux femmes violoncellistes du XXe siècle, le nom d'Oriane s'afficha en rouge. Aucune page n'avait été créée. Pas même l'ébauche d'un article. Il tenta sans succès de la retrouver par René Le Hénaff, qui fut facile à identifier comme metteur en scène du *Colonel Chabert* et monteur des films de René Clair et de Marcel Carné. Un blog mentionnait le livre *Les Aventuriers de la radio*, dans lequel l'auteur, Jacques Pessis, la présentait comme une habituée de Radiola.

Soulagé, Gabriel respira, rassembla les informations qu'il possédait et les nota dans un carnet de cuir noir. Ensuite, il ne résista pas au désir de s'immerger de nouveau dans le souvenir pour imprégner sa mémoire des contours de ce visage qui l'enivrait.

Malgré l'heure tardive, envahi de sensations contradictoires, il ne pouvait se résoudre à s'endormir. Animé d'une énergie nouvelle, il arpentait l'appartement, l'esprit surexcité, fumant, buvant, mangeant des chocolats tout en même temps. Il finit par s'asseoir au piano, sortit la transcription de *La Force du Destin* de Verdi et joua sans souci des voisins, avec toute son âme.

7

– Souvenir vendu par un journaliste, *Trek exceptionnel dans l'Himalaya* une fois, *Trek exceptionnel dans l'Himalaya* deux fois, *Trek exceptionnel dans l'Himalaya* trois fois, adjugé pour cinq cents euros à la dame derrière le pilier. Vous viendrez chercher votre souvenir à la caisse… Poursuivons par un lot unique, le souvenir mis en vente par Maurice Herzog lui-même, d'un dîner à l'Élysée avec Jacques Chirac en 1998. Départ à mille cinq cents euros. Madame, trois mille, on me dit quatre mille euros au téléphone…

Sara avait déjà quitté la salle des ventes de la rue Rossini, contente d'avoir obtenu ce qu'elle voulait à si bon prix, et elle allait voir son père d'un pas léger. En ce samedi matin dans les rues calmes d'un Paris mal réveillé, son cœur battait à la pensée du cadeau qu'elle allait lui faire. Ce n'était pas parce qu'il avait perdu la mémoire qu'on ne pouvait pas l'aider à la retrouver en lui fournissant celle d'un autre.

La maison de convalescence où il était installé bordait un parc magnifique. En le traversant, elle respirait. Se trouvaient là des jeunes ou des moins jeunes en rééducation après un accident. Sara connaissait tout le monde, saluait les kinésithérapeutes, encourageait les progrès des uns et des autres. Elle eut le plaisir de voir un trentenaire débarrassé de sa minerve qui s'exerçait avec des béquilles. « Je sors bientôt », lui cria-t-il de loin. Elle apportait comme toujours des petits gâteaux de riz à la mangue qu'elle distribua généreusement.

Adélaïde, qui n'était pas pensionnaire de la maison de convalescence, vint l'embrasser. C'était une femme qui avait une lucidité d'esprit bien à elle. Elle habitait l'immeuble d'en face et passait une partie de ses journées aux Airelles. Fantaisiste, un brin extravagante, elle avait une idée fixe qu'elle développait volontiers devant qui voulait l'entendre. Elle était à la recherche d'un mari dont elle espérait devenir rapidement la veuve. Elle avait été célibataire, mariée puis divorcée, et tenait, avant de mourir, à « cocher toutes les cases de son livret de famille ». C'étaient ses mots et Sara, d'abord choquée par cet étrange raisonnement, acquiesçait désormais d'un sourire.

Elle prit l'ascenseur en saluant la doyenne de la maison en fauteuil roulant, dont la principale occupation était de monter et descendre les étages, attendant sans doute que la Providence lui envoie un liftier. Elle était de mauvaise humeur ce jour-là et n'épargna pas les coups de roue à Sara.

Dans sa chambre, son père, Pierre, en pull de sport et rasé de près, coupé un peu sous le menton, avait l'air absent. Elle en fut bouleversée. Il avait été l'un des plus audacieux alpinistes de sa génération, entraînant avec lui sur les sommets géologues et climatologues mondialement reconnus. Ses expéditions, exploits restés uniques dans l'histoire des ascensions, avaient fait l'objet de nombreux documentaires. Il ne résidait dans cette maison de convalescence que depuis quelques mois ; il avait perdu toute mémoire de sa vie d'alpiniste après une chute vertigineuse dans le glacier des Bossons. Les médecins étaient formels, toute forme de stimulation ne pouvait être que bénéfique.

Sara était persuadée que revoir des images de montagne, revivre des souvenirs, même empruntés à d'autres, lui ferait recouvrer les siens. Elle aimait vivre, aujourd'hui, dans ce monde où les souvenirs étaient transmissibles et où l'espoir résidait dans le passé. C'était toujours bien volontiers que son père se prêtait au jeu. Elle installa dans son casque ce *trek exceptionnel* et l'observa : ses traits se décrispèrent, le soleil de l'Himalaya agissait comme une intraveineuse. Elle se demandait ce qu'il voyait. La description du lot n'était pas claire, mais elle l'avait tout de même pris. Elle le regardait tressaillir, réagir, rire même et murmurer, comme si ses propres souvenirs lui revenaient en mémoire.

Il retira son casque et la regarda, ébloui.

– Si tu en as d'autres comme celui-là, je suis preneur… Quelle ascension ! C'est fulgurant, lui dit-il avec un clin d'œil indéchiffrable.

Il se leva et la prit dans ses bras en esquissant un pas de danse. Elle ne lui posa pas de questions, heureuse de le voir si enthousiaste.

– Allons à la boulangerie, dit-il, j'ai faim.

En sortant, ils croisèrent Adélaïde dans le parc, et Pierre la convia à se joindre à eux. Installés à une table au soleil, ils partagèrent un flan et respirèrent l'air printanier, une cigarette au coin des lèvres. Puis il fallut rentrer. Sara laissa les boucles d'Adélaïde faire briller les yeux de son père.

Rejoignant Gabriel au Hibou à l'Odéon, elle lui raconta la visite qu'elle venait de faire à son père. Tandis qu'il l'écoutait, il remarqua qu'elle s'était coupé les cheveux et qu'un carré court encadrait maintenant son visage. Elle portait une jupe évasée en soie bleu marine et un débardeur jaune vif qui faisait ressortir un bronzage rapporté de quelques jours passés chez sa mère en Toscane. Bien maquillée, jolie et vive, Sara aurait pu lui plaire s'il n'avait pas été obsédé par le visage d'Oriane. Elle, en revanche, n'attendait qu'un signe, depuis des mois, pour oser poser son bras sur le sien, approcher son visage et recevoir un baiser. Il se contenta de lui demander le sucre. Et elle de sourire de sa naïveté.

– Assez parlé de mon père. Et ton souvenir de *Phèdre* ?

– L'extase ! Je l'ai vue, Sara, vue ! Où en étions-nous ?

– À moi suivant le vieux brocanteur – il s'appelle M. Labru d'ailleurs – jusque dans sa boutique.

– Mais oui, le brocanteur ! Il n'y avait rien d'intéressant dans ce qu'il t'a donné. Mais le souvenir qu'on lui a arraché à Drouot, en revanche, celui-là m'a ouvert les portes du ciel !

Ses tractations n'avaient donc servi à rien, Sara fut un peu déçue.

– Non ! Pas à rien du tout, lui répondit Gabriel. C'est vrai qu'entre un spectateur placé au deuxième balcon, un autre à l'orchestre, le troisième dans la corbeille, hélas, aucun ne m'a été utile. Tu es un amour d'avoir fait tout ça, il faut que je te rembourse d'ailleurs !

– Ne t'en fais pas, je m'arrangerai avec lui. En revanche, il faudra que tu lui donnes le souvenir de Drouot.

– Ça, jamais ! Je l'ai vue, te dis-je.

Et il lui raconta dans le désordre l'entracte, les loges, il était intarissable, ajoutait des détails, embrouillait tout.

– Et maintenant, as-tu essayé d'aller sur Internet pour en savoir plus sur Oriane Devancière ?

– Cela n'a pas été facile. Sur Internet justement, il n'y a rien, ou presque. Elle s'est fait connaître en participant à des concerts radiophoniques. Je suis allé fouiller des archives partout, à la BnF, à la SFM, la SFE, la SFAM, l'AFIM, partout... Des sociétés de musicologie, reprit-il devant son air interrogateur. J'ai lu des centaines d'articles sans résultat jusqu'à ce que tout s'éclaire. J'ai repensé à Paul, son mari, et je me suis souvenu de ce qu'il faisait dans la vie, ce bellâtre aux cheveux gominés. Journaliste au *Petit Parisien* ! Bingo ! Je suis allé à la Contemporaine à Nanterre.

Face au regard d'incompréhension de son interlocutrice, qui s'occupait en remuant mollement sa cuiller dans son café crème, Gabriel précisa :

– La BDIC, la Bibliothèque de documentation contemporaine. Je ne sais plus ce que veut dire le I. Peu importe.

Répondant à la brusquerie impatiente de son ami, elle sourit et l'invita d'un mouvement du menton à poursuivre.

– Là, après avoir épluché tous les articles concernant les concerts parisiens des années vingt à trente...

Elle plissait les yeux, tentant de trouver un sens aux explications agitées de Gabriel.

– Je ne t'ai pas dit ? Elle est violoncelliste !

Sara acquiesça, les yeux rieurs, ne voulant pas trop se moquer de la ferveur de son ami.

– En 1926, lors de l'un des concerts dont *Le Temps* se fait l'écho, elle avait dix-neuf ans.

– Elle est donc née en 1907…, intervint-elle. Comme qui… ? Ta grand-mère ? Non, pardon, ce serait une jeunette par rapport à elle. Comme ton arrière-grand-mère alors ?

Elle continuait de sourire et lui prit la main pour se faire la plus apaisante possible.

– Cela n'a rien à voir, dit Gabriel. Telle que je la vois, elle a dix-neuf ans, elle vient probablement de terminer le Conservatoire et elle joue devant un parterre enchanté par sa beauté et sa jeunesse le très difficile *Concerto pour violoncelle* de Schumann. Je n'en ai pas encore trouvé la trace dans un souvenir mais j'ai lu cet article et j'imagine sans peine son *la* mineur à briser le cœur, je perçois son archet d'une souplesse infinie, son jeu sûr, le charme des émotions qu'elle transmet, sa merveilleuse sensibilité, l'harmonie de sa sonorité riche, expressive, ample.

Exalté, il sortit son carnet de sa poche de veste et lut la recension du *Temps* :

> « On sait que beaucoup de virtuoses violoncellistes, même masculins, hésitent à s'attaquer au *Concerto* de Schumann, qu'ils se contentent d'admirer. Oriane Devancière l'a abordé crânement en dépit du fameux final et l'a rendu avec la plus élégante aisance. Ce fut un des concerts les plus attrayants de cette fin d'hiver. »

Ses yeux brillaient.

– Tu peux te passionner pour cette Oriane, commenta Sara, écrire un livre sur elle, même, car personne n'imagine aujourd'hui à quoi ressemblait la vie d'une femme violoncelliste au début du siècle. Tu peux en parler dans tes émissions. Mais il me semblerait absurde de persévérer dans un sentiment amoureux impossible, Gabriel. C'est indécent de folie.

– Cela n'a rien d'extravagant, se défendit-il. Même si ce n'est que par souvenirs interposés, cette femme m'attire, qu'y puis-je ? Si j'étais un groupie, un fan, je vivrais la même aventure, et cela ne te choquerait pas. Laisse-moi tranquille avec ta morale ! Quand tu vas voir ton père en espérant que les souvenirs des autres lui rappelleront les siens, te crois-tu supérieure ? On est dans le même bateau, crois-moi ! Tu n'as rien à m'envier question irrationalité.

Sara baissa les yeux, blessée. Gabriel le remarqua tout de suite et, après un instant pendant lequel il hésita à la consoler, il se leva pour passer un bras autour de ses épaules.

– Je suis désolé, murmura-t-il en l'embrassant. Je ne voulais pas te faire de peine. En ce moment, je ne suis presque jamais à l'Institut, je passe mes journées dans les bibliothèques et mes nuits sur mon ordinateur à consulter les catalogues de souvenirs…

Sara sourit et leva les yeux vers Gabriel. Comment

avait-elle pu rester si longtemps insensible à sa beauté ? Les premiers temps, elle ne l'avait pas même perçu comme un être sexué, c'était juste un compagnon de lectures, de fêtes. Puis, un jour, récemment, son père ou quelqu'un d'autre, elle ne savait plus bien, lui avait fait une remarque sur son charme. Ses yeux s'étaient alors dessillés. Sa mèche brune qui retombait sur son front, son petit geste de la tête pour l'en chasser, ses yeux pénétrants, ses poignets élégants, ses mains fines de pianiste.

Elle l'entendait respirer tout contre son oreille. Elle se recula en essuyant ses yeux et le rassura. Elle était un peu tendue elle aussi en ce moment. Tout était oublié.

– Alors, ces concerts donnés par Oriane ? le relança-t-elle.

– Je n'en ai pas encore vu, mais à force de recouper les informations, j'ai fini par retrouver un souvenir de sa tournée à La Nouvelle Orléans et au Mexique dans les années trente.

Sara ouvrit des yeux ronds de surprise.

– *Le Temps* annonçait son départ à la fin de l'article sur Schumann… Alors, toujours à la Contemporaine… Mais oui, s'interrompit-il en se frappant le front, le *I* de la BDIC, c'est pour Internationale !

Sara le félicita du regard, mais elle voyait dans ses constantes divagations le signe d'un esprit de plus en plus troublé.

– J'ai feuilleté les journaux américains de l'année 1934,

et j'ai trouvé trace de sa présence dans le *Times Picaynes* du 17 février. Elle a joué Fauré, Vivaldi, Ravel et Saint-Saëns ; le critique lui a trouvé des « *qualités exceptionnelles* », lut-il en ouvrant de nouveau son carnet, « *une belle sonorité et un raffinement de l'interprétation et de la technique* ». Un art « *essentiellement féminin, évitant tout effet de tapage ou d'accentuation exagérée, attitude typiquement masculine* », ajouta-t-il en souriant. On ne pourrait plus prononcer cette phrase aujourd'hui. Tu as raison, sa vie est un roman, on pourrait en faire un documentaire radiophonique, il faudrait que j'en parle à Isabelle… Le *Morning Tribune* l'a mentionnée aussi pour décrire son concert au consulat de France à La Nouvelle-Orléans. Hélas, je n'ai trouvé en vente aucun souvenir de René Desage, le consul de l'époque… En revanche, la tournée d'Oriane s'est poursuivie au Mexique. Jean Soiron, le fils de l'ambassadeur, a mis en vente ses souvenirs d'enfance sur MnemoFlix. Tu vois ce que c'est ?

Sara fit non de la tête, perplexe.

– Les équipes de MemoryProject ont développé cette application. Les souvenirs sont classés par catégories ou par salles des ventes, tu peux aussi entrer des mots-clefs dans la barre de recherche. Tout apparaît.

Sara était déjà en train de télécharger l'application sur son téléphone. Elle réagissait aux explications de Gabriel en poussant des exclamations et en lui montrant les fonctionnalités qu'elle découvrait en même temps qu'il parlait.

– Et donc, sur MnemoFlix, j'ai découvert des souvenirs du fils de l'ambassadeur… Il en a mis un en vente avec Oriane, que j'ai acheté aussitôt. Mais il faut que tu le voies ! Viens, on rentre à la maison, je vais te le montrer et tu jugeras par toi-même si tu résistes à la douceur de son archet.

Sans attendre la réponse de Sara, il régla l'addition. Quelques minutes plus tard, ils étaient dans un taxi rue Dauphine, qui attendait au feu en se plaignant des vélos qui passaient à contresens. Une lumière radieuse éclairait le Louvre et la Seine coulait, paisible.

Rue du Faubourg-Saint-Honoré, Gabriel installa Sara dans le fauteuil de cuir de son bureau et lui posa le casque sur la tête.

– Le concert, annonça-t-il.

Quand l'orchestre commença à jouer, elle fut étonnée de la proximité un peu sauvage des sons produits par les cordes. Jean Soiron, le fils de l'ambassadeur, était placé sur l'estrade et Sara entendait les grognements étouffés du chef d'orchestre. La distance qui la séparait des musiciens était si mince que les frictions entre les archets et les cordes n'avaient pas le temps de se neutraliser avant de parvenir à ses oreilles.

Une fois habituée, Sara se concentra sur Oriane et son

jeu. Il lui fallut admettre qu'elle irradiait dans sa robe de satin blanc, avec ses cheveux crantés comme le voulait la mode de l'époque, ses lèvres maquillées d'un rose pâle, son visage qui exprimait la concentration sans rien perdre de sa douceur. Oriane avait vingt-sept ans, sensiblement le même âge que celui de Sara qui, comparée à cet astre de féminité, à cette femme entourée d'habits et de robes du soir étincelantes, perçut le gouffre qui les séparait. En plein désarroi, elle se vit comme une adolescente mal dégrossie dans son débardeur trop jaune et sa jupe trop longue, comparée à cette épurée, cette virtuose, qui ne semblait pas tant jouer une partition que la composer à mesure que la musique naissait.

À la fin du souvenir, Sara dut faire bonne figure et se mettre au diapason de l'exaltation de Gabriel, qui n'attendait rien d'autre de son amie qu'une approbation sans réserve de sa passion pour la suavité de l'instrument qu'il confondait avec la personnalité d'Oriane.

C'était vertigineux, l'expérience le confirme, chaque individu perçoit et mémorise les événements de façon subjective. Prendre conscience de ces mises en abyme perpétuelles donnait le tournis à Sara. C'est donc à l'infini que nous risquons de ne pas nous comprendre, de ne pas croiser le chemin de celui que l'on aime. C'est finalement notre liberté qui nous éloigne l'un de l'autre.

Pour chasser ses idées moroses, Sara se donna une contenance en allant préparer un café dans la cuisine, puis elle ouvrit la fenêtre et alluma une cigarette.

Gabriel la rejoignit et l'emmena vers le piano, où il joua avec ferveur la transcription d'un prélude de Bach pour violoncelle qu'Oriane avait enregistré pour Radio-Paris. La puissance de la musique dissipa l'impression négative qu'avait laissée le souvenir du concert à Sara.

8

À 5 837 kilomètres de distance, Rose répétait chez elle la chorégraphie de Béa, le personnage qu'elle incarnerait le soir même au St. James Theatre. Elle allait pour la première fois quitter les chœurs et jouer le rôle pour lequel elle avait été engagée comme doublure.

Se déplaçant sur le parquet de sa chambre, elle bougeait les pieds à la vitesse de l'éclair, tout en grâce et en virtuosité, essayant de ne pas s'inquiéter de la réaction des spectateurs découvrant dans leur *playbill* un insert annonçant que le rôle-titre ne serait pas tenu par Heidi Blickenstoff, aux multiples Tony Awards, mais par cette jeune Rose au nom inconnu.

Sa colocataire débarqua en furie. Le bruit de ses claquettes effrayait sa souris naine d'Éthiopie. Il fallait qu'elle cesse. Rose sous-louait pour quelques semaines une pièce en mezzanine dans le quartier de Bushwick. La cohabitation se passait bien tant qu'elle admirait les courges que sa logeuse faisait pousser dans le potager et supportait sans broncher les dizaines de néo-hippies qui peuplaient son salon.

Elle se demandait parfois pourquoi elle habitait là, alors qu'elle avait fui la côte Ouest pour échapper à une vie hors norme et communautaire. La présence de cette souris naine d'Éthiopie dont il fallait respecter la sérénité l'avait brusquement ramenée aux errances de son enfance à San Francisco, brinquebalée d'une maison du Sunset District à des *zone trips* dans les Rocheuses en compagnie de semi-adultes illuminés, membres fondateurs de la Cacophony Society. Ils vivaient au jour le jour, ayant admis dans un pacte tacite que leur survie ne dépendait pas de leurs individualités, mais de leur groupe, qui s'était soudé suite à un défi dont ils étaient sortis sans dommage : escalader à mains nues le Golden Gate Bridge un jour de tempête. À la fin des années soixante-dix, avec une superbe insolence, ils avaient fondé une *Communiversity* qui avait attiré beaucoup de monde. Chacun y énonçait sa plus grande peur et le collectif avait pour mission de l'aider à la dépasser.

Ils habitaient tous ensemble, étaient artistes et construisaient des bonshommes de bois immenses qu'ils brûlaient sur la plage au coucher du soleil. Quand elle était petite, ils la laissaient grimper sur la sculpture. Elle s'amusait alors, se balançait, flirtait avec le danger et les adultes riaient.

La notion de propriété ne s'appliquait nulle part, ni dans les biens matériels, ni dans les liens spirituels. Leur mantra consistait à ne pas laisser de traces. Leurs œuvres d'art, pour être qualifiées comme telles, devaient être éphémères, c'est peut-être ce qui les incitait à nier les liens biologiques. Lorsque les femmes accouchaient, les naissances étaient toutes déclarées de père inconnu. Si la ville de San Francisco s'était inquiétée de cette augmentation du nombre de mères célibataires, l'époque n'était pas à la morale et les autorités avaient préféré fermer les yeux. Le nom de famille se transmettait donc par la mère, et c'est sans se réclamer d'un quelconque féminisme que la Cacophony Society se révélait matriarcale. D'ailleurs, le nom avait peu d'importance dans leur communauté puisqu'il était en soi symbole de propriété.

Rose aurait eu du mal à dire si elle avait aimé ou non son enfance en compagnie des *cacophoniques*. Elle avait reçu assez d'amour pour se construire, pourtant elle ne se sentait pas proche d'eux. À l'adolescence, elle n'avait pas partagé leurs idées et rêvait de danse et de théâtre. Eux produisaient des spectacles de rue, comme la *Santanarchy* où, déguisés en Père Noël, ils partaient faire la tournée des bars, elle rêvait de grandes scènes. Elle se souvenait d'une journée particulièrement étrange où, déshabillée, elle avait parcouru la ville dans un tramway en compagnie d'adultes, nus eux aussi. Pour eux, tout se réduisait au geste alors que son élan créatif était plus consensuel et elle avait souffert de ne pouvoir le partager avec eux qui honnissaient bien entendu Broadway,

Hollywood « et toute la production aseptisée, morale et bien-pensante qui aliénait le monde ».

Alors, quand elle eut seize ou dix-sept ans, elle se rebella contre ces rebelles-nés et refusa de participer à leurs *zone trips* dans le désert qu'ils commençaient à appeler « Burning Man ». Joyce, une des fondatrices de la communauté qui avait été la meilleure amie de sa mère, était la seule à cerner la personnalité de Rose et se refusait par principe à l'étouffer. Elle l'aida beaucoup à cette période en l'inscrivant à des cours de chant et de danse. Dans son vieux pick-up transformé par ses amis en un véhicule du futur, elle accompagnait la jeune fille à l'autre bout de la ville et l'encourageait même à passer des castings, idée qui en soi la rebutait. Que notre monde ne tourne qu'autour d'une pseudo-compétition permanente dont elle pensait que, de toute façon, les dés étaient pipés, l'écœurait, mais devant Rose, elle n'en montrait rien.

Rose était la seule à avoir perdu sa mère biologique par défection. Si d'autres enfants s'étaient retrouvés orphelins, c'était dû à un drame, une overdose ayant entraîné la mort ou un suicide. Cette Cacophony Society ne produisait pas que du bonheur. Pour Rose, la situation était plus délicate. Sa mère, Vicky, était partie du jour au lendemain. Elle avait trouvé un nouvel idéal dans le fait de suivre un musicien au rythme de ses tournées. Vivre le punk dans sa plus pure expérience. Rose se souvenait de ce jour où Vicky l'avait quittée, perfecto noir brillant sur le dos, gants blancs en dentelle, breloques dorées aux poignets, aux oreilles, au cou, partout où le corps acceptait de se parer, et bandeau noir à nœud planté dans ses cheveux blonds bouclés. Elle voyait encore sa bouche rouge vif et ses yeux outrageusement charbonneux. Le bus défoncé qui assurait la tournée des Kids Pants Over Dust l'attendait devant la maison de Sunset District. Vicky avait bondi de joie en le voyant se garer dans l'impasse. Il avait klaxonné et elle était allée chercher son sac dans la cuisine, dont culottes, colliers et foulards dépassaient, et c'est quasiment sans un regard pour sa fille qu'elle avait couru rejoindre Jim, le batteur du groupe. Il l'attendait, appuyé sur la portière, en cuir et bagouzes de métal, un chewing-gum dans la bouche, les yeux maquillés. Quand il la vit ouvrir la moustiquaire et refermer la porte, il leva son index et son auriculaire et tira la langue avant de l'embrasser sans vergogne. Puis le bus démarra dans un bruit de pot d'échappement en klaxonnant, musique à fond.

Joyce lui avait raconté bien des fois la scène qui avait suivi, sa tête de petite fille d'à peine six ans, avec sa frange mal coupée, ses deux dents de lait venant de tomber, assise sur la troisième marche de l'escalier, les yeux infiniment tristes. Elle avait caressé sa joue, sur laquelle une trace de rouge à lèvres était restée imprimée du baiser que sa mère lui avait quand même donné avant de disparaître, et elle l'avait entraînée dehors, encore en chemise de nuit, pour acheter une glace au marchand devant la plage. La petite s'était laissé faire sans dire un mot et avait mangé ses deux boules vanille fraise sur un banc face à la mer, ses larmes faisant fondre la crème et se mêlant au sucre pour dégouliner sur ses doigts. Quel désolant spectacle avait dû être celui de ces deux filles, les yeux tournés vers l'Océan, chaussons aux pieds, totalement perdues.

Joyce était persuadée que Vicky leur reviendrait un jour ou l'autre. Elle était déjà partie plusieurs fois depuis qu'elles se connaissaient. Joyce appelait cela ses coups de tête, et c'est ce qu'elle tentait d'expliquer à la petite Rose en cette matinée grisâtre près de l'Océan ; que sa mère reviendrait et qu'elles s'apprécieraient mille fois plus qu'auparavant. Que c'est avec elle qu'elle dégusterait des glaces à la fraise en s'en mettant partout, parce qu'elle rirait cette fois. Il n'y avait pas femme plus drôle que sa maman. Elle le lui promettait.

Alors elles attendirent, des jours qui se transformèrent en semaines, en mois, puis en années, et à la fin, elles ne comptèrent plus. Joyce se tenait informée de la scène musicale punk metal, à la recherche de faits divers ou de gros titres qui pourraient lui ramener son amie, mais rien. Elles ne surent jamais ce qui lui était arrivé depuis ce jour où, gantée de dentelle blanche, elle leur avait adressé un dernier salut avant de sauter dans le bus en éclatant de rire. *Hasta la vista baby !*

La perspective de jouer le soir à Broadway fut salutaire à Rose qui se perdait dans ses pensées. L'habilleuse d'Heidi, la star qu'elle remplaçait, l'accompagna jusque dans sa loge. Son coiffeur personnel et sa maquilleuse attitrée la prirent en charge immédiatement. Cela la changeait de l'espace réservé aux chanteurs du chœur qui s'apprêtaient seuls devant des miroirs contigus, tandis que deux assistants paraient au plus pressé et ordonnaient la kyrielle des costumes sur des portants.

Le soin qu'on apportait à sa personne empirait son trac. L'habilleuse, qui la vit au bord des larmes, la serra dans ses bras au risque de froisser sa robe Tudor verte. Ses amis Micky et Danielle passèrent devant sa loge pour l'encourager.

Ils se dirigèrent ensemble derrière le rideau qu'ils entrouvrirent face à la salle bruissante et Micky, imitant la voix de Sinatra, dit comme tous les soirs :

– Mais que font tous ces gens dans ma salle de bains ?

Les trois coups retentirent. Micky entra sur scène devant le rideau toujours baissé et, dans le halo de la poursuite, il tint le soliloque introductif destiné à chauffer la salle. Rose tremblait, sourire crispé aux lèvres. Ce spectacle, qu'elle avait répété cent fois et qu'elle jouait ce soir-là dans le rôle de Béa, lui semblait un gouffre inconnu. Elle craignait de ne se souvenir de rien.

La minute de Micky approchait de sa fin, le rideau allait s'ouvrir sur un décor Renaissance rougeoyant, chanteurs et danseurs prêts à se lancer. Sans que Rose en prît conscience, son trac disparut.

Elle n'eut le temps de penser à rien. Elle croyait que le plus difficile serait de se rappeler son texte. Elle n'avait pas anticipé les multiples changements de costumes. Heureusement, tout était minuté et calibré hors scène. Rose se laissa porter par la chorégraphie des coulisses, l'efficacité des machinistes, la rapidité des habilleurs, la minutie des régisseurs.

Les applaudissements qu'elle reçut furent à la hauteur de sa prestation, toute la troupe la félicita, les producteurs et le scénographe vinrent la complimenter dans sa loge.

Après ce triomphe, elle décida de ne plus jamais être la doublure de quiconque, de sa mère, de Joyce, de sa colocataire ou d'une autre, de ne plus vivre dans l'ombre, elle tiendrait désormais les premiers rôles dans sa vie.

9

Depuis son immersion dans le souvenir du *trek dans l'Himalaya*, Pierre, le père de Sara, était métamorphosé. Il avait recouvré intacte l'intégralité de sa mémoire. Des études récentes prouvaient que l'hippocampe du système limbique devenait très actif lorsque des sujets voyaient des images de paysages, comme une forêt tropicale en Amérique du Sud ou une chaîne de montagnes au Tibet par exemple. Lorsque cette partie du cerveau est activée par un élément nouveau, aussitôt le réseau impliquant le lobe frontal gauche est mis en jeu et le sujet accède à une multitude d'associations et de connaissances sémantiques. C'était l'explication suggérée par les médecins face au réveil neurologique de Pierre.

Une infirmière avait appelé Sara pour lui raconter le miracle. Son père, d'une humeur de rêve, avait demandé à la cuisine une tartine de miel au petit déjeuner. Il avait l'œil vif, bavardait sans arrêt, de la pluie, du beau temps, et de ses montagnes qui lui manquaient tellement. Il semblait avoir oublié la raison de sa présence dans le centre de convalescence.

Sara sauta dans un taxi, elle ne voulait pas, en ce jour joyeux, risquer d'affronter les grèves qui paralysaient la ligne 9. Arrivée devant le portail des Airelles, elle salua tout le personnel, le jeune homme qui marchait sans béquilles, la doyenne à qui elle glissa une marguerite cueillie dans le jardin, prenant soin cette fois-ci d'éviter les coups de roues, et elle monta dans la chambre de son père, qu'elle trouva avec Adélaïde.

– Ma chérie, que fais-tu là ? demanda-t-il en se levant pour l'embrasser.

Sara n'y croyait pas, c'était la première fois, depuis deux ans, que son père retrouvait le réflexe de l'accueillir. Il était transformé.

– J'ai donné des petits sous aux infirmières et elles sont allées me chercher de la vraie mousse à raser, et mon *Eau Sauvage*.

Il dit ces mots d'un air malicieux en faisant bruisser des billets de banque dans la poche de son pantalon de costume.

– Je leur ai aussi donné mon code de Carte bleue pour qu'elles puissent m'apporter du cash. Ça fait *schlouf schlouf*, n'est-ce pas ? lui lança-t-il, sourire paternel aux lèvres.

Ça y est, il perd de nouveau la tête, se dit Sara en redoutant de voir son père s'enfoncer dans le gâtisme, alors qu'elle le croyait en train renaître de ses cendres.

Quand elle était enfant, c'était leur jeu de froisser les billets de banque et de faire tinter la monnaie dans sa poche. Elle riait de la mise en scène avant de chiper quelques pièces pour courir chercher des bonbons à la boulangerie du coin de la rue. Mais à cet instant, Sara était plutôt inquiète. Pourtant, elle observa qu'il avait troqué son pull de sport contre une chemise et une veste.

– J'ai trouvé ce costume dans le placard, annonça-t-il, goguenard. J'espère que vous ne le réserviez pas pour mon enterrement. J'ai un peu taché la manche avec mes tartines.

Adélaïde éclata d'un rire sonore et Pierre se tourna vers elle, ravi de son effet. À la stupéfaction de Sara, ladite Adélaïde humidifia un gant pour tenter de nettoyer le miel du costume de Pierre. Puis elle lança en sortant :

– Je vous laisse seuls, vous devez avoir beaucoup de choses à vous dire ! Et rien n'est encore certain, rit-elle en montrant son annulaire gauche d'un air mutin.

Pierre la salua d'un baiser de la main, radieux.

– Tu sais qui est cette femme, papa ? l'interrogea Sara, devenue sérieuse.

– Bien sûr, ma fille ! Qui ne connaît pas Adélaïde, la fée de la maison !

– Tu es donc au courant de ses intentions, qui n'ont rien de flatteur ?

– Des rumeurs ! Et puis, qui croirait que je vais

mourir demain, alors que je viens tout juste de me remettre. Dis donc, ma chérie, ôte-moi d'un doute, tu n'es pas venue pour me démoraliser ?

Sara s'assit sur le lit et enlaça son père, « Évidemment que non… », il lui caressa les cheveux.

– J'avais juste envie de t'avertir… et de comprendre. Les médecins m'ont expliqué des tas de choses, mais toi, sais-tu ce qui s'est passé ?

– Absolument pas ! Et cela m'indiffère ! Cet Antoine m'a sauvé la vie !

– Antoine ?

– Le garçon qui a vendu le souvenir ! Extraordinaire ! Courageux et inconscient ! Ça se passe au Népal. Avec ses copains, ils traînent, discutent dans l'arrière-boutique d'un coiffeur. L'un a encore les cheveux mouillés de la coupe qu'on vient de lui faire dans la rue et du sceau d'eau qu'on lui a déversé sur la tête pour les rincer. Ils fument. Quoi ? Je ne sais pas, mais j'en veux bien moi aussi ! Antoine a ensuite des hallucinations très intéressantes. Il enlace deux jeunes filles magnifiques. Je ne sais pas pourquoi je te le raconte d'ailleurs…

– Pas du tout, continue, j'en ai entendu d'autres, tu sais…

Sara pensait à Gabriel qui la tenait informée de ses moindres trouvailles, alors, maintenant, son père dans un plan à trois par procuration… plus rien ne l'effrayait.

– Je te passe les détails. Ensuite, ils se lèvent et errent

dans la ville. Ils n'ont pas de repères. Leur liberté m'a redonné du souffle, de l'oxygène. Katmandou est exactement comme dans mes souvenirs. À mon avis, ils y sont allés dans les années quatre-vingt-dix ou deux mille. Il n'y a plus de hippies comme dans ma jeunesse, mais la ville respire la transgression. Entre les pousse-pousse qui valdinguent, les odeurs d'encens, les poules qui caquettent et les chèvres qui béguètent, la bande déambule. Antoine marche devant, désorienté, comme un corps à cinq têtes dont aucune n'aurait le courage de réfléchir.

» Soudain, un petit singe se pose sur son épaule, descend sur son bras, agrippe sa main, le regarde de ses grands yeux et lui mord sauvagement l'index avant de s'enfuir. Malgré la morsure, Antoine se lance à sa poursuite. Ses amis ne l'accompagnent pas et s'arrêtent dans une échoppe recouverte de fleurs rouges et jaunes. Antoine, essoufflé, continue de courir et ne perd pas le singe de vue. Quant au macaque, il se retourne de temps en temps, comme s'il jouait avec ce grand humain entêté. Plus la course se poursuit, plus le singe semble grandir. Haletant, en nage, Antoine atteint les hauteurs de Katmandou, au sommet d'une colline. Il monte les marches d'un des plus vieux *stūpas* népalais, croise une procession d'hommes et de femmes en blanc venus incinérer un mort. L'animal lui échappe alors et Antoine, exténué, la gorge sèche, s'allonge sur les pierres et regarde sa blessure. Ses sens sont en ébullition, les couleurs des drapeaux se mêlent au bleu du ciel dans des flashs qui font trembler son corps par à-coups. Les parfums et les épices lui tournent la tête. Dans un état second, les yeux à moitié clos, il marche autour du stūpa de Swayambhunath avec les fidèles, fait tourner les moulins à prières en cuivre noirci, apaisé par la beauté et le calme des lieux. Son macaque reparaît alors. Antoine lui lance un signe de la main et embrasse du regard la vallée de Katmandou dominée par l'Everest.

» La fin du souvenir le montre dans une chambre crasseuse, le doigt bandé, en train de dicter un papier par téléphone. Il envoie deux de ses amis prendre des photos du temple en leur précisant qu'il veut des singes à l'image. Il a l'air heureux d'avoir bouclé son article.

Sara réfléchit. Cet Antoine journaliste pourrait-il être leur Antoine, le baroudeur, photographe sans objectif, toujours accompagné de superbes mannequins ?

Elle embrassa son père alors qu'il allait déjeuner avec Adélaïde et demanda à Gabriel d'organiser une entrevue avec Antoine. Quand elle regarda son portable, elle vit les messages de Gabriel : « À l'heure du déjeuner ? Ça me paraît difficile, ses journées commencent rarement avant 16 heures. » Un autre suivait : « Rendez-vous ce soir au Fumoir à 19 heures. »

Gabriel avait changé de stratégie dans ses recherches sur Oriane depuis qu'il avait appris qu'elle avait grandi sur l'île Saint-Louis, tout près d'un café, Le Rendez-vous des mariniers, qui n'existe plus aujourd'hui mais auquel un académicien consacrait un livre.

Assis dans son bureau mansardé au dernier étage du collège des Quatre-Nations, devant une Seine morose et un Louvre chagrin, il décida d'aller à sa rencontre à la fin de la séance du jeudi. Vers dix-sept heures, il se tenait en haut de l'escalier à double révolution tapissé de vert, saluant certains membres qu'il avait récemment interviewés.

L'écrivain qu'il attendait parut enfin, discutant de la féminisation des noms de métier à l'ordre du jour. Gabriel s'approcha, souriant. Il lui dit qu'il s'intéressait à l'île Saint-Louis et au Rendez-vous des mariniers, le café du quai d'Anjou. Les yeux du maître s'éclairèrent. Ils se retrouvèrent au salon Édouard-Bonnefous où le grand prix de la Fondation devait être remis le soir même.

L'immortel débuta leur entretien en lui racontant son enfance sur l'île, et ce qui l'avait conduit à enquêter sur le café disparu qui avait eu son heure de gloire dans les années vingt et trente. Gabriel avait sorti son carnet et, concentré, notait jusqu'au moindre mot.

– Tout le monde s'y retrouvait, Céline et ses illusions brisées, Mauriac dont la voix ne l'était pas moins, Aragon, Chagall, Picasso, Dos Passos, Hemingway, Simenon, Blaise Cendrars et tant d'autres…

– Et parmi eux, se permit de l'interrompre Gabriel,

s'y trouvait-il des musiciens ? Avez-vous eu vent de la célèbre violoncelliste Oriane Devancière ?

– Célèbre ? Vous êtes bien sûr ?

– À l'époque en tout cas, oui. Elle a joué partout, participé à des tournées internationales au Mexique et aux États-Unis. Elle était mariée à un journaliste du *Petit Parisien* très mondain, Paul Devancière.

– Oriane, dites-vous ? Non, cela ne m'évoque rien.

– C'est probablement normal, soupira Gabriel, déçu. Elle a été très remarquée à ses débuts, mais personne ne se souvient d'elle à présent.

– À part vous, jeune homme, sourit l'académicien avec bienveillance.

– À part moi, si l'on veut... Les journaux de l'époque ont trop peu parlé de son extraordinaire talent et je n'arrive pas à retrouver trace d'un enregistrement, sauf par le hasard de souvenirs sur MnemoFlix... Je finis par me demander si elle existe autrement que dans mon esprit, si je n'ai pas échafaudé une collection d'images et de souvenirs assez signifiante pour me persuader de leur profondeur, et donc, de leur véracité.

Gabriel soupira dans un sourire touchant.

– Je suis en train de faire des recherches sur l'île. Moi aussi, j'y suis né, comme votre Oriane, semble-t-il. J'ai réuni une solide documentation. Si vous le désirez, vous pourrez venir les consulter chez moi.

À la fin de leur entretien, il lui raconta la vue qu'il avait, gamin, depuis ses fenêtres... Les péniches fraternellement collées les unes aux autres, les mariniers, les enfants aux cheveux couleur de chanvre et le linge qui séchait sur les cordes tendues. Il était lancé et écrivait son livre en même temps qu'il prononçait à voix haute des phrases dont la poésie séduisait Gabriel. Il imaginait Oriane enfant regarder le même décor, sourire aux habitués du Rendez-vous des mariniers, consultant le menu sur une ardoise déposée à même le marbre.

C'était à une table de bistrot à la terrasse du Fumoir que Gabriel attendait ses amis, une cigarette à la main, regardant sans la voir la façade de la cour carrée éclairée par le soleil qui avait décidé de reparaître en cette fin d'après-midi. Sara arriva la première, rayonnante, suivie d'Antoine, les cheveux lissés en arrière, en veste de lin et chaussons d'appartement, dans un halo de senteurs médicinales d'huiles essentielles. Il habitait tout près, rue Saint-Germain-l'Auxerrois. Lorsqu'il commanda un jus de gingembre, Gabriel s'étonna.

– J'ai tout arrêté depuis que j'ai trouvé l'amour, dit Antoine simplement. Natasha s'est installée chez moi, elle est *vegan* et ne supporte plus mes frasques. J'ai décidé de la contenter. Maintenant, c'est graines à foison et matcha au petit déjeuner. Et qu'est-ce que cela change ? Rien ! Si ce n'est que j'ai pris trois kilos… Je te jure, le monde moderne !

Il passa une main dans ses cheveux pour les ébouriffer. Sara étouffa un petit rire.

– Heureusement que ce ne sont pas tes souvenirs d'aujourd'hui que tu mets en vente ! Ça n'aurait pas aidé mon père.

Antoine la regarda, interrogatif.

– C'était bien toi, le mordu de singes à Katmandou il y a une quinzaine d'années ?

– Le mordu de singes… On ne m'avait jamais encore défini comme ça… Mais Katmandou, ça oui, je connais, l'un de mes premiers reportages pour *Paris Match*.

Il se souvenait de quelques articles qu'il avait écrits alors pour le journal, sur les singes de Swayambhunath au Népal, les marques de baskets des moines à Lhassa, les fumées des centrales à charbon vues depuis le Transsibérien, le temps de séchage des bouses de vache sur la rive du Gange à Bénarès…

– C'étaient les angles que je choisissais pour mes papiers. Je n'abordais pas les questions géopolitiques attendues par les lecteurs de *Paris Match*. Mon rédacteur en chef, un intuitif, m'a suggéré de m'essayer à la photographie, et ça a été une révélation ! Les mots ne sont rien face à l'image. Je n'avais pas l'esprit du journaliste, la patience de l'enquêteur, mais l'âme de l'esthète, du rêveur dans un monde sans illusions.

– C'était donc toi, reprit Sara. Tu as sauvé mon père.

Elle ouvrait de grands yeux, n'arrivant pas à croire

elle-même ce dont elle était en train de prendre conscience.

– Te souviens-tu de ce que tu as vendu cette fois-là au moins ? rit Gabriel. Il met ses souvenirs aux enchères comme les héros d'Eugène Sue leurs chemises à jabot « chez ma tante ».

– Ce qui ne m'empêche pas d'aller parfois saluer les guichetières de la rue des Francs-Bourgeois. Quand je n'ai plus de souvenirs en stock, il me reste toujours des meubles !

– Mais comment vis-tu ? demanda Sara.

– Dans l'espoir de te plaire, beauté, répondit Antoine, sourire ravageur.

Il n'avait pas perdu ses réflexes de séducteur. Gabriel le regarda, sidéré, et tourna la tête de gauche à droite. Antoine ne reculait devant aucune conquête, même en ayant commencé la conversation par les éloges de Natasha.

– Et comment gères-tu l'abstinence ? Tu t'es inscrit aux AA comme Brad Pitt et Bradley Cooper ?

– Ce serait tellement chic ! Mais non, j'ai bien mieux. MnemoFlix gère les amnésies visiblement…, dit-il à l'adresse de Sara qui sourit en confirmant, mais aussi les addictions. Je ne prends plus de drogue – et ses mains de toucher ses narines, comme deux organes indépendants de sa volonté –, je ne bois plus une goutte d'alcool – par réflexe encore, il avala une gorgée de son jus de gingembre et fit la grimace. En revanche je m'immerge dans des souvenirs de fêtes, je vis ma vie en casque !

Il releva ses cheveux de ses deux mains et ajouta :

– Le premier qui lancera l'équivalent en un MnemoPorn sera couvert d'or, et l'application s'érigera en modèle de régulateur de sexualité et de santé publique !

– Et donc ? Les souvenirs de fêtes, comment les trouves-tu ? le relança Gabriel pour recentrer la conversation.

Antoine prit la mouche :

– Tu as toujours posé trop de questions ! À ton avis ? Je m'immerge dans des afters de concerts de Mick Jagger, d'Aerosmith, des soirées avec Beigbeder ou Johnny Depp, les plus grands drogués de la planète ! Ça te va ? Ma vie est-elle assez triste pour toi ?

Antoine avait bien perçu le ton ironique de son copain et Gabriel regretta. Il avait voulu parader devant Sara en dévalorisant l'ami de son frère.

– Donne-moi une cigarette, tu m'as énervé.

– Mais tu viens de nous expliquer…

– Je n'ai rien dit du tout. Dis donc, toi, qui es-tu ? Ma mère peut-être ? Allez, une cigarette, petit, dit Antoine en lui tapotant l'épaule.

– En tout cas, conclut Sara qui n'aimait pas le conflit, mon père et moi te devons une fière chandelle, parce qu'avant ta course-poursuite avec un singe dans les temples népalais, aucun souvenir n'avait réveillé sa mémoire. Alors merci. Et merci aussi d'avoir menti sur le titre.

– Quel était-il déjà ? demanda Antoine, retrouvant sa gaieté.

– « Trek exceptionnel dans l'Himalaya ».

Il éclata de rire.

– Ce n'est pas faux, j'ai grimpé, et en courant, près de cinq cents mètres de dénivelé abrupt. Et toi, Gabriel, où en es-tu de tes amours ?

– J'ai bien progressé, je connais son nom, quelques-uns de ses concerts, mais là, je suis dans une impasse. Cette femme est une énigme.

– C'est ce qui te la rend plus chère encore ! C'est assez simple, l'amour, tu sais…

Gabriel poussa un soupir. Qu'en savait-il de l'amour ? Il n'allait tout de même pas lui faire la leçon, ce don Juan de mannequins *vegan*.

– Je te taquine, mais il y a un fond de vrai. « Le désir s'accroît quand l'effet se recule », comme dit ce bon Corneille. Et j'ai bien dit, « l'effet ». Depuis combien de temps dure cette obsession ? demanda-t-il en se tournant vers Sara.

– Pas loin de trois mois.

– Si ta recherche avait porté des fruits immédiats, ne serais-tu pas déjà passé à autre chose ?

– Probablement, murmura Gabriel.

– Tu l'as enfin vue de face, rassure-moi ?

– Mais bien sûr, et cela te plairait. À chacune de ses

apparitions, je la vois rajeunir. Spectatrice de *Phèdre* à la Comédie-Française, elle devait avoir trente-cinq ans, puis de souvenir en souvenir, elle n'a plus qu'une vingtaine d'années. Je défie les lois du temps et tu ne peux imaginer comme c'est beau. Plus je la vois rajeunir, plus je suis amoureux. C'est un ange.

– Sais-tu où elle habitait, ton *anche*, comme dirait le vieux Nucingen ?

– Sur l'île Saint-Louis, mais cela n'a rien donné. Je connais le quartier comme ma poche maintenant, le frémissement de ses arbres, les transformations de ses devantures, mais rien, rien qui me relie de près ou de loin à elle.

Antoine réfléchit et s'exclama :

– Son violoncelle ! Sais-tu d'où vient son instrument ? C'est signé ce genre d'objet ! Les concertistes cajolent leur instrument !

Le visage de Gabriel s'éclaira. Il se souvint que le mari de sa chère Isabelle, élu récemment à l'Académie des Beaux-Arts, était chef d'orchestre et violoniste.

II

10

– « De l'austère pudeur les bornes sont passées », *Phèdre*, acte III, première scène. Je n'ai rien à apprendre à un spécialiste. Édouard insista sur ces mots avec ironie. Tu nous as déclaré ta honte, mais laisse là tes espoirs, qu'ils ne glissent pas dans ton cœur.

– Mais de quelle honte parles-tu ? Je ne suis pas Phèdre, et je n'ai aucune de ses fureurs. Je suis à la recherche d'une femme. Ne comprends-tu donc rien ? Deux académiciens viennent de me porter secours. L'un met à ma disposition son savoir sur l'île Saint-Louis et l'autre son expertise en instruments de musique. Mon enquête progresse. Mes chemins me mènent peut-être vers un ailleurs qui ne t'est pas accessible, mais je m'appuie sur des indices plutôt prometteurs. François-Bernard, le mari d'Isabelle, a identifié le violoncelle d'Oriane. C'est un modèle du XVIIIe siècle, dont on peut retracer l'histoire. Grâce à MnemoFlix, je sais qu'un certain Giacomo Francese, luthier italien installé à Paris dans les Années folles, a enregistré ses souvenirs. Il est originaire de Crémone, comme le concepteur du violoncelle d'Oriane.

– Et ?

– Et j'ai besoin d'argent. Je n'ai plus un sou et je ne peux pas impliquer l'Institut dans ma recherche. Isabelle doit justifier nos investissements, or aucun programme musical n'est en préparation pour la radio. C'est un prêt que je te demande, et non pas d'adouber ma conduite. Je t'enjoins de ne pas me juger, seulement d'aider ton frère qui a besoin d'enfin vivre pour quelque chose.

– Non mais tu t'entends, Gabriel ? Viens me voir cet après-midi aux Bouffes du Nord en répétition et tu comprendras la valeur de ce que tu me demandes. Tu verras l'équipe qui repose sur mes épaules, les comédiens qui ont confiance en moi, les avances colossales que j'ai obtenues pour monter enfin ma première création.

– Moi aussi j'ai confiance en toi.

– Tu n'habites pas le monde réel. Tu es à l'image de ma pièce. Tu en es même le symbole. *Frankenstein contre Prométhée.* Tu te crois *deus ex machina.* En faisant tes recherches stériles, tu cherches à défier les pouvoirs du temps et son écoulement nécessaire. Tu t'imagines titan alors que tu n'es qu'esclave du passéisme de notre modernité. Tu oublies la force des mots, du langage, des hommes, le pouvoir des conteurs. Ne nie pas, continua Édouard, exaspéré. L'homme, lorsqu'il se lassa du feu que lui avaient apporté les dieux, crut pouvoir en construire un lui-même pour reproduire à l'échelle de l'humanité une nouvelle engeance, plus dangereuse encore que les deux bras, les deux jambes et le cerveau qui nous furent fournis au berceau. Une créature fantastico-littéraire, un monstre qui n'a que faire de nous rien montrer, pour mieux nous en imposer.

Gabriel éclata de rire.

– Tu m'accuses de délire, mais tu t'entends ?

Édouard, digne, ne fit qu'un geste, celui de lui indiquer la sortie.

Les relations entre les deux frères s'étaient détériorées depuis que leurs points de vue sur le monde les divisaient. Ils ne trouvaient presque jamais un terrain d'entente, et si Gabriel, attaché à son grand frère, continuait à assister à ses pièces, Édouard, de plus en plus absorbé, ne lui laissait plus la possibilité de le convaincre. Gabriel devrait chercher ailleurs. Il pensa alors à leur oncle Georges, présent chez Christie's lors de l'acquisition du souvenir qui avait modifié sa vie. Il le trouverait probablement dans les salons de l'hôtel Costes où il prenait ses quartiers à la nuit tombée.

Accompagné jusqu'à sa table par une hôtesse longiligne et maussade, il lui expliqua le plus rationnellement possible l'évolution de sa passion pour Oriane, retraçant point par point la chronologie de ses découvertes.

Georges l'écouta, sourire aux lèvres. Il était une parodie d'oncle bienveillant, les yeux vifs, doué dans les affaires.

– Tu veux t'offrir une partie de jambes en l'air virtuelle avec une violoncelliste des années vingt ?

Gabriel soupira, nia, mais Georges lui tapa sur l'épaule, cigare non allumé coincé entre les dents.

– Je te fais marcher. Tu veux exhumer de la mémoire collective une artiste injustement méconnue. Quelle blague. C'est ton père qui aurait été surpris d'avoir congestionné deux intellos comme vous ! Il s'interrompit, songeur. On ne dit pas « congestionné », c'est ça ?

Gabriel confirma, se déridant enfin. Son oncle employait souvent des mots ou des formules à contresens ou même, qui n'existaient pas. Ses « mettre les grands pieds dans les petits plats », ou « roule qui broute n'amasse pas moule » et toute autre déformation qu'il infligeait à la langue étaient aussi irrecevables qu'involontaires.

– Bref, tu m'as compris. Dommage qu'il soit parti trop tôt parce que ce n'est pas un promoteur immobilier, même malin comme un rhinocéros, qui aurait pu imaginer que son aîné deviendrait metteur en scène de pièces écrites par d'illustres inconnus, avant de devenir auteur lui-même, non ? Ton frère est venu me voir pour financer son *Frankenstein contre Prométhée*. Je n'y ai rien compris mais j'ai donné… Tu sais, moi, l'art, le mécénat, je fonce !

Gabriel n'en revenait pas. Édouard-la-Vertu était lui

aussi venu taper Georges-le-Débonnaire ! Monsieur le créateur n'avait donc pas l'odorat assez délicat pour refuser une avance de leur oncle. Il souriait intérieurement.

– Et toi, maintenant ! Je te croyais au chaud chez tes académiciens avec une belle vue sur le Louvre, en fait, tu étais juste en planque, tapi pour mieux sortir du bois ! Un détective privé de la musique de chambre ! Il éclata d'un rire bonhomme. Tu peux compter sur moi, je te fais un virement demain.

En sortant du Costes, il n'avait que quelques pas à faire pour rentrer chez lui. L'ambiance Faubourg-Saint-Honoré était tendue. Édouard l'évitait, marquant ainsi sa désapprobation. Il recevait des amis journalistes et influenceurs pour le lancement de sa pièce. Habituellement, Gabriel aurait été convié, il aurait joué du piano à la fin du dîner et le groupe se serait soudé autour de la musique. Au lieu de cela, il sentit qu'il n'était pas le bienvenu et s'enferma dans sa chambre.

L'application MnemoFlix simplifiait prodigieusement ses recherches, surtout depuis que Christie's, Sotheby's et Drouot y avaient indexé tous leurs lots. Une enchère était en cours concernant un modèle Bérou de Stradivarius restauré par Giacomo Francese, le luthier franco-italien dont il avait découvert la trace. Il enchérit aussitôt, même si Oriane n'avait aucune raison d'y apparaître. Dans les dix dernières minutes de l'enchère, une bataille s'amorça que Gabriel prit au vol. Il se sentait pousser des ailes, doué d'une force de titan, comme disait son frère. Qui de lui ou d'Édouard était metteur en scène en ce moment précis ? La réponse dépendait d'un rapport au monde. Gabriel enchérissait toujours, si bien que, huit minutes plus tard, il se retrouva l'heureux propriétaire du souvenir d'une restauration d'un violon par le luthier Giacomo Francese.

Il transféra le souvenir avec une légère appréhension et mit son casque. Un croissant de lune montante éclairait sa chambre d'un rayon mélancolique, un fil ténu le reliait à Oriane. Sa passion lui soufflait que l'exceptionnel n'allait pas tarder à se produire, tandis que sa raison lui demandait poliment de se taire.

Giacomo, en tablier bleu marine, était en train de retirer d'une casserole un liquide brûlant qui sentait l'orge. Gabriel n'aurait pas imaginé que les ateliers de luthier disposaient d'une arrière-cuisine. Le pan de mur derrière lequel il travaillait était tapissé d'outils, varlopes, équerres, trusquins, limes en tout genre, de pierres à affiler, de compas et de gouges. Il introduisait l'orge odorante et bien échauffée dans le corps du violon qu'il avait installé sur son établi, versa les graines par l'ouverture des ouïes, puis, bouchant les *ff* avec un linge, il agita l'instrument pour que l'orge roulât dans les cavités intérieures. Le grelot de la porte s'ébranla, il fit signe à un homme d'une quarantaine d'années en costume gris rayé de blanc de patienter et continua de remuer le violon dont il fit sortir ensuite l'orge teintée de poussière marronâtre. Le visiteur s'était approché et admirait les violoncelles entreposés dans l'atelier, tous modèles d'exception. Giacomo perçut une nuance de respect dans le regard de celui qu'il avait immédiatement identifié. C'était Jacques Thibaud, le concertiste, ami d'Alfred Cortot. Ils se produisaient régulièrement ensemble pour jouer Beethoven en trio avec Pablo Casals.

« Maître, que me vaut votre visite ? » s'inclina respectueusement Giacomo.

Sa voix avait un chaud accent italien doux à l'oreille. Jacques Thibaud sourit.

« Une toute petite chose. Mon luthier et ami Albert Caressa ne pouvait s'occuper de mon violon aujourd'hui et il m'a recommandé de venir vous voir pour soigner les cordes de ce Bérou. Il a bien fait, je le vois, ajouta-t-il en montrant les Amati et les Stradivarius. Vous possédez même un Carlo Bergonzi ! Il siffla en se retournant vers le luthier. C'est un instrument d'une rareté prodigieuse. Je vous félicite, maître.

Giacomo s'inclina et le concertiste sortit délicatement son Stradivarius de l'étui qu'il avait déposé près de la porte d'entrée.

L'atelier était composé de trois pièces. Un bureau de réception avec une vitrine saturée de violons, altos et violoncelles donnant sur la rue de Liège. Puis, sur la gauche, l'atelier, et en enfilade, une petite pièce en longueur qui devait recéler d'autres merveilles encore. Giacomo s'approcha de l'instrument, la corde du *sol* manquait. Après avoir interrogé Jacques Thibaud du regard, il saisit délicatement le violon par la touche et retourna vers son établi, qu'il débarrassa de quelques copeaux de bois. Il choisit une corde en acier et entreprit de l'insérer.

Une fois la manœuvre accomplie, il tendit l'instrument au violoniste et lui demanda de jouer.

Au même moment, une femme entra dans l'atelier. Son élégance mit tout de suite Jacques Thibaud de meilleure humeur et, sans mot dire, il amorça la *Sonate des trilles du diable* de Giuseppe Tartini avec une virtuosité sublime. La jeune femme, qui s'était assise dans la pièce de réception pour ne pas déranger le luthier en discussion avec un client, tourna la tête et Giacomo ne put réprimer son émotion, due tant aux trilles en *sol* mineur du violoniste qu'aux yeux de sa visiteuse.

Gabriel quant à lui ne se tenait plus de joie. Oriane était là. Qu'il avait eu raison de suivre son instinct ! Plus belle encore que dans aucun des souvenirs auxquels il avait eu accès.

Le sautillement du diable la fit s'approcher du duo. Avant d'attaquer la reprise du thème, Jacques Thibaud la salua d'un hochement de tête, auquel elle répondit par un sourire, ce qui provoqua un pincement au cœur de Giacomo – et de Gabriel en même temps, jaloux deux fois, du violoniste et du luthier.

Le deuxième mouvement tira des larmes à la jeune femme. Sûr de ses effets, Jacques Thibaud redoublait d'invention. Giacomo et Oriane vécurent les dix minutes que joua le violoniste comme un rêve éveillé, éprouvant successivement surprise, ravissement, plaisir, mélancolie devant une exécution si supérieure d'intelligence. Une fois les dernières notes jouées, Jacques Thibaud tendit son violon au luthier d'un air triomphant, puis il se tourna vers la jeune femme et, ouvrant les bras, lui lança un « Oriane Devancière, c'est donc vous ». Oriane le regarda, au comble de la surprise.

« Nous nous sommes rencontrés à une réception chez Darius Milhaud ! Enfin, je vous y ai vue, votre beauté m'avait coupé le souffle. Comme mon violon aujourd'hui…, ajouta-t-il, l'air conquérant, toutes dents dehors sous sa moustache. Vous faites réparer votre violoncelle chez monsieur ? Vous n'allez donc pas chez Caressa ? C'est un ami, je vous le présenterai à l'occasion. Même si le talent de notre cher maître Francese est plus qu'estimable. »

Giacomo fulminait de se voir ainsi rabaissé dans son propre atelier par ce matamore de l'archet. Ne pouvant mettre en jeu sa réputation, il s'inclina avec une pointe d'emphase et remercia son client d'être venu jusqu'à lui.

Jacques Thibault avait l'air de savourer sa victoire, il

avait bien vu le regard qui avait animé l'âme de l'Italien à l'arrivée de la jolie dame et s'amusait de son attaque de flanc. Il proposa son bras à Oriane.

« Vous n'aviez pas apporté votre instrument de toute façon. Venez, je vous emmène au café, puis vous viendrez m'écouter. Je joue ce soir aux Champs-Élysées. »

Sans un regard pour Giacomo, il laissa quelques billets sur son bureau, le remercia puis emmena Oriane.

Pourquoi donc le luthier avait-il vendu un souvenir dans lequel il apparaissait si déprécié ? se demandait Gabriel en reposant son casque. Se dirigeant vers la cuisine, il échafaudait des hypothèses. Était-ce pour le plaisir d'avoir touché ce Bérou mythique de Stradivarius ? Pour la beauté de ce concert impromptu ? Ou alors peut-être pour Oriane ? Avait-elle croisé son chemin à d'autres moments ?

Bien décidé à continuer ses recherches, Gabriel entendit du bruit dans l'entrée, les amis de son frère partaient. Il retourna dans sa chambre et chercha d'autres souvenirs de restaurations d'instruments par le luthier, parcourant à nouveau l'ensemble des catalogues, allant jusqu'à tenter de traduire les annonces proposées par la maison de ventes italienne Cambi.

Il y passa la semaine, dans son bureau à l'Académie et dans sa chambre. Dans chacun des souvenirs vendus par le luthier Giacomo Francese, Oriane était présente : devant un Vuillaume à l'âme brisée, une cheville de Stradivarius au vernis abîmé, parfois juste sortant de l'atelier au début du souvenir, d'autres fois appuyée à l'établi, le visage rieur, face à Giacomo.

Et Gabriel s'interrogeait. La relation qui reliait Oriane à ce luthier était une énigme.

Lorsqu'il n'était pas à l'Institut ou en train de chercher des souvenirs, Gabriel jouait des transcriptions de violoncelle pour piano de Schubert. Il avait une bonne oreille et, depuis son prix de Conservatoire, n'avait jamais cessé de travailler pour garder son niveau. Il aimait la résonance du clavier, la force des octaves, le toucher de l'ivoire. Il découvrait aujourd'hui un pan entier de la musique classique qu'il avait jusque-là ignoré. À son panthéon des virtuoses, le violoniste Yehudi Menuhin rejoignait le pianiste Horowitz, Paul Tortelier dépassait Glenn Gould et Rostropovitch prenait vie hors du mur de Berlin. Non seulement il découvrait toutes les facettes d'Oriane, mais se révélaient à lui des sensations inconnues nées du frottement des cordes, de la connaissance qu'il acquérait petit à petit grâce aux souvenirs de Giacomo sur le bois qui constituait le violoncelle, la poésie des noms donnés à chacune de ses parties, de la table d'harmonie aux volutes ou à l'âme, et une brèche s'insinuait dans la sienne, à la manière de l'orge que Giacomo versait dans les ouïes des violons, un mélange chaud qui dépoussiérait son cœur.

Lorsque le souvenir de la restauration par Giacomo

Francese d'un violoncelle conçu par Castagneri fut enfin ouvert à la vente, Gabriel enchérit, espérant qu'il s'agirait de celui d'Oriane. Il restait encore six heures avant la clôture de la vente, et il voulait faire une offre qui n'admît pas de contradicteur. Il ne comptait laisser aucun espoir aux autres acheteurs. Ce qu'il désirait par-dessus tout, c'était qu'ils ne tentent pas même leur chance. Et le miracle se produisit. Il eut Oriane pour lui tout seul.

11

– C'est vraiment gentil de m'accompagner.

– Mais non, ce n'est pas gentil, c'est normal. À quoi sert, sinon, d'avoir des amis ? répondit Sara sans réfléchir, en tassant de son mieux le petit oreiller fourni par la SNCF aux voyageurs de nuit. Et puis, moi aussi je suis intriguée. Pourquoi ce Giacomo a-t-il décidé que le seul souvenir qui concerne directement le violoncelle d'Oriane serait celui où elle n'apparaît pas ?

– C'est comme si cela l'enchantait, répondit Gabriel. Il m'a rendu fou. On aurait dit une vidéo de présentation, une publicité sur YouTube, son souvenir de la réfection du Castagneri ! Tant d'efforts pour un souvenir sans sentiments alors qu'ils transparaissent dans chacun de ses gestes. Quel supplice de le regarder rehausser le vernis à certains endroits, redresser le chevalet, caresser la table d'harmonie comme si c'était la peau d'Oriane qu'il avait sous la main ! Un vrai pervers.

– Je me demande quand même qui est le plus pervers

de vous deux, rit Sara. Toi qui fantasmes sur les intentions du luthier, ou lui qui les aurait eues.

Gabriel sourit à son tour.

– Ça te dérange si j'allume une cigarette ? On est seuls dans le compartiment, je vais ouvrir la fenêtre.

– Mais ça ne se fait plus ! Tu te rappelles nos parents qui fumaient sans complexe dans les trains et dans les voitures ?

Gabriel dégagea la fenêtre du compartiment du sac à main que Sara avait posé sur la tablette et entreprit de l'ouvrir. Si les poignées rondes et symétriques existaient toujours, les vitres étaient scellées. Après s'être énervé deux minutes, cigarette éteinte au coin des lèvres, Gabriel abandonna et retomba sur sa couchette.

– Bien, j'attendrai Milan alors. Allez, on éteint ?

– On éteint, souffla Sara en s'allongeant sous la couverture après l'avoir secouée pour en réduire l'électricité statique.

Bercée par le ronronnement des roues, elle s'endormit immédiatement et se réveilla en sursaut vers quatre heures du matin. Elle releva un peu le store. Le train était arrêté dans une gare italienne de Lombardie. La faible lumière des lampadaires perçait dans le compartiment et illuminait le visage de Gabriel d'un fin rayon. La bouche ouverte, il dormait. Sara rêva qu'il ouvre soudain les yeux, tende ses bras vers elle et lui demande de le rejoindre, lui murmurant qu'ils avaient assez perdu de temps, que ce premier voyage en Italie était un signe, qu'en allant chercher ce qui réunissait Giacomo et Oriane, il souhaitait en fait nouer leurs deux âmes pour l'éternité. Y avait-il plus romantique qu'un voyage à deux en train de nuit pour Milan ?

Gabriel se retourna en soufflant. Elle ne vit plus que son dos et la plante de ses pieds. Elle soupira, espérant qu'il entendrait sa respiration, comme un amant attentif, que ses paupières se soulèveraient en même temps que son corps et qu'il viendrait la recouvrir tout entière. Ce voyage n'était qu'un prétexte. Pensait-il réellement trouver une matière quelconque à Crémone pour nourrir ses chimères ? Dans cette ville dont ni lui ni elle ne connaissaient le nom il y a encore un mois ! Perdue entre Milan et Parme, à équidistance de Vérone et de Bologne.

Elle connaissait bien l'Italie, elle y était allée skier avec son père, et sa mère possédait une oliveraie au nord de Florence. Elle avait même assisté à un mariage sur le lac de Garde et en avait gardé le souvenir d'un ciel plombé et d'un décor austère, mais elle n'y était jamais partie en voyage en amoureux. Cela signifiait tout de même quelque chose. Gabriel ne pouvait pas ne pas y penser, ou alors c'était un monstre d'insensibilité.

Sara n'arrivait pas à se rendormir, son corps n'était qu'attente. Son esprit divaguait de son lit à celui de Gabriel et parfois aussi à celui de cet Olivier insignifiant qu'elle voyait quelques soirs par semaine. Elle n'avait pas encore dit à Gabriel qu'elle le trompait avec un prof de bio… Elle pensait « tromper », mais savait au fond d'elle-même que c'était inexact. Son absence de jalousie l'aurait dévastée.

Une annonce retentit, le train arriverait en gare de Milan dans un quart d'heure. Il n'entendit rien, continua à dormir. Elle secoua gentiment son bras en lui chuchotant « On arrive ».

Ils avaient quatorze minutes pour changer de quai. Sara avait bien essayé d'imposer une halte à Milan pour saluer le Duomo et son marbre aux veines rosées, mais Gabriel avait été intraitable. « Au retour, si on a le temps. » Son impatience l'empêcherait d'admirer quoi que ce soit avant d'avoir atteint Crémone. Il avait aussi refusé un détour en Toscane. Que lui avait-il pris d'accepter ce voyage ? Elle se le demandait en suivant les grandes jambes pressées de son ami dans les sous-sols de la gare ferroviaire de Milan.

Elle se détendit dans le *regionale*. La campagne était magnifique, l'aube poignait à peine et la rosée conservait son empreinte humide sur les champs. Elle somnola et ce fut Gabriel qui la réveilla, sourire aux lèvres, « On y est ». De cette exclamation naissaient mille espoirs.

Sac au dos, ils empruntèrent la via Dante, une longue rue au sol pavé bordée d'universités et de centres de recherche consacrés à la musique et à la médecine, réunissant ainsi deux pratiques qui soignent et stimulent les âmes. Gabriel se frottait les mains, « on y est », répétait-il. Il flairait le succès.

Sans avoir besoin de s'immerger à nouveau dans le souvenir déclencheur de sa passion, il revoyait la nuque d'Oriane se détachant des spectateurs, nue, triomphante, frémissant pour *Phèdre*. En descendant la via Palestro de Crémone, il revivait les tirades des comédiens du Français. Sara observait en coin la transformation opérer en lui. Ses épaules se redressaient, son regard prenait de l'assurance, il avait un but et son corps semblait obéir à une détermination indestructible.

Ils prirent le temps de lever le nez pour admirer le campanile de la cathédrale sur la piazza del Comune. Quelle que soit la ville en Italie, l'abondance de marbre, les façades ocre, les pavés, le ciel bleu, la chaleur, tout concorde à rendre les places et les églises plus belles qu'ailleurs.

Arrivés devant le musée du Violon, leur déconvenue fut réelle, mais de courte durée. La façade massive d'architecture fascisante du bâtiment ne rendait guère justice à sa fabuleuse collection. La pléiade d'instruments admirablement éclairés dont les cartels indiquaient la rareté et l'inestimable valeur, des Amati sculptés, des Stradivarius ornementés, des Guarneri au bois finement ciselé, acheva de les enthousiasmer. Une salle était consacrée à la reconstitution d'ateliers de luthier où ils purent toucher les matériaux, les outils, caresser les bois venus du monde entier, de l'érable à l'ébène en passant par l'élégant palissandre. Ils entrèrent ensuite dans une coupole où vingt-quatre haut-parleurs leur donnèrent l'impression d'être au cœur d'un orchestre. Immergé ainsi, Gabriel eut le sentiment d'entrer dans l'univers d'Oriane, un organisme ouaté aux tonalités inclusives.

Une autre partie du musée proposait une exposition de photos grand format rendant hommage aux Triennales internationales de lutherie. Gabriel se trouva nez à nez avec le portrait de son rival d'outre-tombe, Giacomo, en 1976. Pour la première fois, il découvrait son visage. En s'immergeant dans ses souvenirs, il avait aperçu ses mains, ses avant-bras, mais rien qui pût lui donner une idée complète de sa silhouette. Il ne l'aurait pas imaginé si élégant, une veste sombre simplement jetée sur l'épaule, le visage souriant, des traits fins où riait la bonté, une auréole de cheveux blancs semblant même le rajeunir. À la façon dont il tenait le violon pour en juger les caractéristiques, on distinguait l'homme affable, le généreux, l'esthète. Gabriel sentit soudain sa rancœur s'ébranler. L'homme avait l'air d'un sage, d'un maître.

À la fin de la visite, ils firent un détour par la librairie du musée où Sara, dans un italien approximatif, demanda à la responsable, très avenante, s'il existait toujours un atelier au nom de Giacomo Francese. Celle-ci lui répondit, navrée, qu'il avait fermé voilà des années, mais que sa fille vivait dans la maison qui l'avait vu naître, quelques rues plus haut, à côté de la cathédrale. Ils pouvaient toujours s'y rendre, Claudia Francese ne refusait jamais un visiteur. Elle aimait transmettre la légende de son père.

C'était l'heure de la fermeture, ils étaient les derniers et la libraire sortit en même temps qu'eux, leur indiquant le chemin. Si Sara émettait des réserves à l'idée de déranger une inconnue, Gabriel l'attendit à peine. Sa volonté était irréfrénable et il ne cessait de partager son enthousiasme. Elle se laissa convaincre en remontant vers la cathédrale et ils apprécièrent la magie des ruelles crémonaises aux murs orangés, des échoppes de luthiers qui constellaient la ville de la couleur ambrée, fauve, châtaigne de leurs violons en devanture.

Au moment de frapper au numéro 2 de la via Galantino, Gabriel se demanda comment aborder cette Claudia. Il faudrait feindre une admiration pour l'œuvre de Giacomo, ne pas introduire Oriane tout de suite. Sara lui conseilla de prétexter une recherche sur le mélange de culture entre les luthiers de Crémone et ceux de Mirecourt, fief vosgien de la lutherie française. Ainsi pourrait-il évoquer l'expérience parisienne de Giacomo.

À peine Claudia eut-elle ouvert la porte à ses visiteurs et entendu le motif de leur venue qu'elle leur proposa d'entrer, s'excusant du désordre. Ils s'assirent dans un petit salon clair. Elle était accueillante et le cuir vert de ses canapés, moelleux.

– C'est rare que l'on me parle de cette période, dit-elle, pull échancré rose en cachemire à même la peau et collier de corail torsadé autour du cou.

Lorsqu'elle posa sa main sur son menton pour réfléchir, ses yeux bleus lumineux révélèrent un éclat charmant qu'elle tenait de son père. Elle avait de jolies dents, blanches et saines, et un sourire engageant.

– Plus les années passent, plus les gens oublient le travail de Giacomo. C'est pour cela que j'ai mis ses souvenirs sur MnemoFlix. Les avez-vous vus ?

Devant l'acquiescement fervent de Gabriel, elle poursuivit, vantant les avantages d'une telle application pour la mémoire collective. Elle bénéficiait d'un rappel automatique pour remettre régulièrement les souvenirs en vente et faire perdurer leur existence.

– Vous m'entendez ? Je parle comme une maison de ventes ! Les algorithmes modernes sont prodigieux ! Airbnb fait de nous des hôteliers scrupuleux, Expedia et Booking de brillants voyagistes, Tripadvisor nous promeut au rang d'inspecteurs culinaires, Twitter à celui de journalistes, Instagram de photographes, Wikipédia d'encyclopédistes, et grâce à eux, nous sommes tout cela en même temps ! Mais je divague… Vous vous intéressez donc à la différence entre les écoles de Mirecourt et de Crémone ?

Gabriel tint vingt minutes sur le sujet, avec une écoute attentive et ravie de Claudia. Il lui demanda enfin pourquoi elle parlait si bien le français.

– Mon père est tombé amoureux de la France, de sa

langue, et même de ses femmes. Il n'imaginait pas ne pas nous transmettre sa passion.

– De ses femmes ? répéta Gabriel, qui voyait enfin une brèche dans laquelle s'engouffrer. C'est pour elles qu'il est revenu en Italie ?

– Malgré elles, vous voulez dire, soupira Claudia. Je n'ai jamais bien su ce qui avait provoqué son retour. À l'écouter, et malgré la quarantaine d'années qu'il a vécues à Crémone, rien ne valait Paris. Il y avait émigré en 1922 pour y faire carrière. Ici, toutes les lutheries étaient gangrenées, saturées de père en fils et il ne se sentait pas accueilli. Il s'est lancé dans l'aventure. Il a d'abord travaillé dans une lutherie de la rue de Rome avant d'ouvrir son propre atelier dans le même quartier, je crois…

– Rue de Liège, l'aida Gabriel. Il y a rencontré les plus grands ! Et restauré des violons d'une qualité exceptionnelle. Il devait tout de même avoir gardé des liens avec sa ville natale… De tous les souvenirs que vous avez mis en vente, la plupart des instruments sont italiens.

– C'est vrai, confirma Claudia, songeuse. Il a fui l'Italie pour trouver un nouveau souffle, une terre d'accueil, et celle-ci l'a renvoyé indirectement à ses racines profondes. Je pense qu'il s'est senti étranger toute sa vie finalement, Crémonais à Paris, Parisien à Crémone, à sa place nulle part.

– Et cette femme, vous avez dû la remarquer, elle fait

une apparition dans presque tous ses souvenirs, cette femme, c'est… votre mère peut-être ? dit Gabriel.

Il observait Claudia, elle devait avoir une soixantaine d'années, et il croyait retrouver dans ses traits, ses pommettes hautes, ses fossettes malicieuses le visage d'Oriane. Il ne retint plus son émotion et des larmes lui montèrent aux yeux. Il échafaudait des hypothèses. Peut-être Oriane avait-elle même vécu dans cette ville, y avait-elle mûri, donné des concerts, qui sait, élevé sa fille Louise et cette Claudia qu'elle aurait eue après avec Giacomo. Mais qu'avait-elle donc fait de son mari, ce Paul Devancière à la moustache bravache ? L'esprit de Gabriel était au comble de l'agitation, le puzzle qui lui résistait depuis des mois trouvait enfin son dessin, les pièces commençaient à s'ajuster. Il se ressaisit pour écouter Claudia, qui avait pris son temps pour répondre :

– Ma mère est italienne…, dit-elle d'un ton doux, respectant le trouble qu'elle percevait chez son interlocuteur. Elle est, je crois, le deuxième grand amour de mon père. Ils se sont rencontrés dans les années cinquante à son retour à Crémone. Cette femme qui apparaît dans les souvenirs, ce n'est pas elle, c'est Oriane Devancière, sa passion, une violoncelliste parisienne. Mes parents m'ont peu parlé d'elle, j'ai parfois entendu des disputes lorsque j'étais enfant. Ma mère reprochait à mon père de se cloîtrer des jours entiers dans son passé, de n'être qu'à son Castagneri et à cette femme. C'était sans doute sa façon à lui de faire le deuil de son histoire avec Oriane. Je ne sais d'ailleurs toujours pas comment ni pourquoi elle s'est terminée.

Gabriel, démoralisé, acquiesça d'un hochement de tête. Alors qu'il se levait, Claudia le retint.

– Je perçois dans vos yeux la lueur qui animait le regard de mon père après qu'il s'était isolé des heures entières dans le grenier…

Gabriel se tourna vers elle, sans arriver à prononcer une parole.

– Je peux vous montrer l'atelier qu'il a aménagé au premier étage si vous le désirez… C'est là qu'il a continué à travailler toute sa vie, surtout sur le Castagneri.

Gabriel hésitait – qu'y trouverait-il de plus ? Sara le poussa à accepter, remerciant leur hôtesse par un sourire pour deux.

Il eut devant les yeux la réplique en miniature de l'atelier de la rue de Liège, qu'il avait regardé tant de fois sous son casque à souvenirs, les outils comme les instruments étaient rangés avec autant de méticulosité.

Elle indiqua le violoncelle d'Oriane. Gabriel le caressa.

Sur une étagère du bureau, bien alignées, il vit des disquettes et des cartes perforées.

– Votre père était passionné d'informatique en plus d'être un excellent luthier !

Claudia rit de bon cœur.

– Et vous n'avez pas vu le grenier ! On a gardé sa

machine ! Tout ce qui se rapportait à la *techné* l'intéressait. Nous avons eu des ordinateurs avant tout le monde, branchés sur des réseaux totalement oubliés aujourd'hui.

– Pas l'Arpanet quand même ?

– Non, ce n'était pas ce mot-là, c'était un acronyme…

– Le NSFNET alors ?

– Je ne sais pas, je ne m'y intéressais pas beaucoup à l'époque… C'est le contenu des disquettes, que mon père avait classées et étiquetées par type de restauration, que j'ai réussi à transférer sur MnemoFlix. En revanche, je n'ai jamais compris comment utiliser les cartes perforées, et il est parti trop tôt pour que j'arrive à le convaincre de me l'expliquer. Mais faites comme chez vous, prenez-les et suivez-moi, je vais vous montrer sa « grosse boîte » – je ne l'ai jamais appelée autrement. Ça nous faisait rire, enfants avec ma sœur, on posait la question, « Où est papa ? », et on pouffait, « Avec sa grosse boîte ». Je ne sais pas pourquoi on riait tant.

Entouré de ces deux femmes pour en retrouver une autre, Gabriel montait à pas lents, savourant son plaisir à mesure qu'apparaissait la « grosse boîte ». Elle était noire, un cube impressionnant en acier poli, opaque, d'où sortait un fouillis de câbles et de fils emmêlés. Gabriel s'approcha, circonspect et intrigué.

– Si vous n'avez plus besoin de moi…, dit Claudia, laissant sa phrase en suspens.

Elle proposa à Sara de rejoindre le salon avec elle,

sauf si une passion pour l'antiquité informatique la tourmentait aussi.

Sara s'empressa de la suivre et Gabriel resta seul. Il sentait qu'il lui faudrait apprivoiser l'objet. Il devinait aussi qu'il pouvait être aspiré par lui et ne jamais en réchapper.

Incertain, il tournait autour comme devant un animal sauvage à la patte blessée qu'il aurait hésité à sauver. Cet ancêtre de l'ordinateur avait probablement été l'un des premiers à être conçu pour déchiffrer et capter des souvenirs. Ce bloc de métal d'où sortaient des électrodes rappela à Gabriel sa conversation avec son frère Édouard. Il repensa à sa pièce, *Frankenstein contre Prométhée*, et se dit que cette « grosse boîte », précédant le numérique, était un premier pas vers la prééminence de la technique sur le feu créatif.

Il se ressaisit. Il allait faire jaillir de l'art de ce tas de ferraille et créer *ex nihilo* un amour impossible tel que Shakespeare n'aurait osé en rêver. C'est par l'immense progrès scientifique que constituait cet assemblage métallique que l'amour le plus pur se révélerait.

En se penchant derrière l'appareil, il vit une feuille de papier ternie par les années, oubliée de tous. Une lettre écrite à la main par Giacomo. Le contraste entre l'écriture calligraphique et appliquée du luthier et la brutalité inquiétante de la machine était saisissant. « Ceci tuera cela », tenta de sourire Gabriel, mais en réalité, son esprit faiblissait et ses membres étaient de plus en plus fébriles. Il s'en voulait d'être aussi inquiet et soulagé que Claudia et Sara l'aient abandonné.

Il lui fallait être seul pour affronter la mémoire de ce Giacomo, dont la présence en ces lieux le transperçait de toutes parts. Il ne croyait pas au surnaturel, mais il fallait bien admettre que cette feuille de papier dont la blancheur, même fanée, attirait l'œil, et que pourtant personne n'avait pris la peine de ramasser, l'intimidait.

Il se pencha et lut : « J'ai voulu raconter l'histoire du grand amour de ma vie, Oriane. » Il fut pris d'un fou rire. Le luthier avait peut-être toutes les qualités, mais pas celles d'un poète.

À sa grande surprise, sur l'avant de la machine, l'ensemble des boutons, lampes, indicateurs et cadrans s'alluma. Il inséra la carte perforée dans l'espace qui lui semblait destiné à la recevoir, un voyant rouge clignota. Il trébucha sur une petite valise dans laquelle il trouva un casque bien différent de ceux fabriqués aujourd'hui. En liège et recouvert de toile avec des couvre-oreilles en cuir, assorti de lunettes cerclées opaques, qui devaient contribuer à confiner le récepteur du souvenir, il ressemblait plutôt à un casque de moto des années cinquante. Gabriel ficha les électrodes dans les connecteurs. Deux restaient sans destination. Il releva les couvre-oreilles et vit qu'elles pouvaient s'y insérer. Il s'allongea sur une méridienne à la tapisserie usée, disposa les lunettes et attendit.

L'expérience allait être unique. Tous ses sens étaient

obstrués. Alors qu'à présent, les casques permettent la création d'une réalité virtuelle apaisée où l'on se sent parfaitement acteur du souvenir, cette calotte antique l'enveloppait dans une coquille isolante. S'inséraient dans son cerveau des sons et des images, l'ensemble produisant un effet cotonneux. Les souvenirs dans lesquels il s'immergea ce soir-là, personne, pas même Claudia, n'y avait eu accès. Il vécut un moment de dépersonnalisation. Il devint Giacomo tombant amoureux d'Oriane dans un *innamoramento* foudroyant.

Il la vit, embellie encore par les yeux amoureux du luthier. Celui-ci était dans son atelier en train de travailler au redressement de la barre d'harmonie d'un violon lorsque Oriane entra, précédée de son violoncelle. Son esprit s'immobilisa sur cette silhouette. Elle avait l'air perdu. L'inquiétude que Giacomo percevait dans son regard instable accroissait encore le charme de son visage baigné dans le soleil de cette fin de matinée. Elle était si jolie, à contre-jour, déesse égarée et vaporeuse. Giacomo restait figé, incapable d'un mouvement et ne voulant pas gâter cette apparition par un geste maladroit. Il la regardait, comme statufié. L'artiste venait de trouver sa muse dans ces yeux clairs, ces pommettes délicates, et à l'inverse du neveu de Rameau, ce ne fut pas lui qui s'agenouilla implorant devant le masque de pierre, mais elle qui esquissa un sourire.

Elle ouvrit la bouche, aucun son ne sortit. Giacomo se reprit enfin. Il s'approcha lentement, découvrit ses cils parfaitement recourbés, le contour de ses lèvres et se pencha vers l'étui. Leurs mains s'effleurèrent, ils échangèrent un sourire. Giacomo lui fit signe qu'il s'occupait de tout et emporta le violoncelle le cœur battant. Il déposa la caisse sur son établi et caressa son bois usé, puis déverrouilla d'un coup sec le fermoir grenouille comme il aurait déboutonné le chemisier de sa belle visiteuse. Elle l'avait suivi et le frottement de sa jupe ajoutait encore à la délicatesse aérienne de sa démarche.

« Ma corde du *mi* siffle », prononça-t-elle enfin, le fixant de ses yeux verts.

Il sourit et déposa délicatement l'étui à ses pieds. Découvrant l'instrument, il fut saisi. Cette femme possédait un trésor du luthier Andrea Castagneri, élève de Stradivarius installé à Paris, où il mourut en 1747. Un modèle fait pour lui !

« Je viens de Crémone, moi aussi, comme votre violoncelle », prononça-t-il, la gorge sèche.

Elle sourit gentiment.

« J'aime votre accent, lui répondit-elle, c'est une invitation au voyage. »

Giacomo, confus, baissa la tête. Maintenant que Gabriel connaissait le visage de son luthier, il s'étonnait, il n'aurait pas cru un homme de sa stature aussi timide. Mais sa gaucherie semblait plaire à Oriane, qui posa les doigts sur l'établi en se penchant vers le maître comme elle lui aurait donné un baiser pour le rassurer.

Giacomo toussota et reprit, professionnel :

« Ce violoncelle a besoin d'être réglé, je dirais même qu'il exige d'être soigné.

– C'est bien pour cela que je suis venue vous voir, "docteur", on m'a dit que vous étiez le meilleur en instruments italiens. »

Giacomo cherchait ses mots, lui qui parlait un français flaubertien.

« Je vais commencer par remplacer le chevalet. Les cordes l'ont profondément creusé et il n'est pas droit. Il n'a pas dû être changé depuis longtemps. »

Oriane confirma.

En observant l'instrument, Giacomo retrouvait ses capacités progressivement.

« Avez-vous un peu de temps ? Vous pouvez vous installer dans ce fautcuil. »

Oriane regarda la fine montre ronde et dorée qu'elle portait au poignet et s'exclama qu'elle devait retrouver son mari à l'Opéra, elle était terriblement en retard.

Giacomo sentit une flèche lui traverser le cœur en voyant cette jolie femme prononcer le mot de « mari ». Elle appartenait donc déjà à un autre ? Quelle folie. Un si joli pied, un talent si précieux.

Giacomo divaguait en s'écartant de l'établi pour s'installer derrière son bureau au cuir noirci. Il sortit une fiche sur laquelle il inscrivit : Oriane Devancière, 29, boulevard Malesherbes, Paris VIIIe.

« Je pourrais vous le déposer, mais le mieux serait de repasser dans deux jours pour que je puisse vous entendre jouer. »

Oriane acquiesça et disparut en un sourire.

Le souvenir de Giacomo s'interrompait alors, dans l'évanouissement de cette première rencontre. Gabriel vacillait dans un état de douce torpeur. Quand il voulut lancer un nouveau souvenir, la machine, dans une série de cliquetis, s'enraya. Il sentit une odeur de fil électrique brûlé et, dans un toussotement, la grosse boîte s'éteignit et refusa de se rallumer. Il s'allongea sur la méridienne, rêvant à tous les fragments de la vie d'Oriane qu'il allait découvrir s'il réussissait à percer le mystère des cartes perforées. À son retour à Paris, il chercherait une solution pour transférer les contenus sur un support plus actuel.

Lorsqu'il redescendit les escaliers jusqu'au salon de Claudia, les lumières l'agressèrent. Était-il donc resté si longtemps que la nuit était déjà tombée ?

Des jeux d'enfants l'accueillirent. Ils chantaient en italien avec Sara qui ne devait rien comprendre, mais se prêtait gaiement aux amusements. La fille de Claudia lui avait déposé ses enfants pour la soirée et l'heure du bain avait visiblement sonné car la joyeuse troupe de bambins fonça dans la baignoire. Épées et baguettes magiques à la main, ils criaient *arriva per primo, arriva per primo*, enlevant au fur et à mesure jupe et tee-shirt. Le dernier finit la course en couche, titubant, une chaussette encore à moitié enfilée sur son pied potelé.

Gabriel se détendit dans cette ambiance joyeuse. Il s'installa avec Sara dans le canapé du salon pour lui raconter sa découverte. Il était encore ému lorsque Claudia sortit de la salle de bains, essuyant de la mousse sur son front, le pantalon trempé, pour leur dire que s'ils voulaient, il y avait une chambre d'amis à l'étage. Elle jeta un regard de connivence à Sara, que bien sûr Gabriel ne perçut pas. Il était trop tard pour prendre le train et attraper ensuite celui de Paris, Sara lui avait dit qu'ils n'avaient pas réservé de chambre d'hôtel. Sa maison était la leur.

Sara avait tout raconté de sa relation avec Gabriel à Claudia, et celle-ci avait reconnu dans sa situation le souvenir douloureux de celle que sa mère avait vécue avec Giacomo… et pour la même femme. Sa compassion avait été à la hauteur de ses conseils :

– Fuis-le, n'espère plus rien de ton histoire, tu as de la chance, il ne t'a pas épousée. Il ne t'appartiendra jamais vraiment. Cette femme est une sirène née pour ensorceler les hommes. Ne crois pas en la force du destin, il ne sera jamais de ton côté. Un homme qui ose ne pas te vouloir maintenant, qui te préfère une femme des années vingt, une figurante des concerts des Années folles à l'évanescence programmée, inéluctable, cet homme ne te désirera jamais. Fuis tant qu'il en est encore temps.

Sara avait tenté de trouver des excuses à Gabriel. Percevant la profondeur de son attachement, Claudia adapta ses conseils. Dans la chambre d'amis, il n'y avait qu'un lit double, ils pourraient y passer la nuit ensemble.

Elle n'en eut pas l'occasion, Gabriel lui laissa le lit et monta dormir dans le grenier. Il apporta le violoncelle d'Oriane et s'allongea à ses côtés, le pressant contre son cœur, puis il s'endormit, la main posée sur la longue touche d'ébène, caressant les cordes comme il aurait passé les mains dans les cheveux d'une maîtresse.

12

Rose se réveilla dans le lit d'un inconnu. Elle regarda hébétée ses habits au pied du lit, une guitare posée sur une table basse où deux verres de champagne pleins trônaient encore à côté d'un cendrier qui débordait, d'une perruque rose et d'une jupe en skaï verte. Elle fit l'erreur de se relever trop brusquement et retomba sur son oreiller, avec un mal de tête épouvantable.

Elle souleva la couette, l'homme à ses côtés portait un slip jaune. Elle n'avait aucune idée de la manière dont elle s'était retrouvée là. Des bribes de sa soirée lui revenaient en mémoire. Ils étaient allés fêter la dernière représentation de *Something Rotten* avec Danielle et Micky, ça, elle en était sûre. Le spectacle avait été un triomphe, la pièce partirait en tournée dans les grandes villes américaines pour laquelle Rose et Micky avaient été embauchés dans les rôles-titres.

Ils s'étaient retrouvés au Russian Samovar, à quelques rues du St. James Theatre. Le dîner lui revenait par flashs. Le placeur de tables, Youri, un Russe d'Extrême-

Orient au visage mongol, extraverti et souple comme une anguille, leur apportait shot sur shot, pour déguster à la russe. Au troisième, ses souvenirs devenaient plus flous. Ils avaient dansé, beaucoup, et chanté aussi, dans un russe approximatif, des *kalinka kalinka kalinka moïa* à s'en briser la voix, autour du piano à queue blanc qui séparait le bar du restaurant, accompagnés d'un violoniste bedonnant à la corde raide mais efficace, cheveux longs blanchis par endroits. Elle sourit à cette évocation, malgré son mal de crâne.

La suite était plus obscure. Elle se voyait portée à bout de bras par des drag queens déchaînées sous leurs perruques au Barracuda, un petit bar de la 22e Rue. Micky avait dû les y emmener après le restaurant russe. Elle eut un flash-back dans un Uber extralarge, en compagnie de quatre personnes qu'elle ne connaissait pas, demandant au chauffeur d'accélérer au son d'*Hey Brother* d'Avicii.

Elle referma les yeux et posa un pied par terre sans bouger la tête pour modérer son tournis. Elle réussit à poser le deuxième pied et à se relever lentement. Elle se voyait sur la table du Russian Samovar entourée de Russes lui souhaitant une longue carrière en levant leurs verres dans sa direction. Mais que leur avait-elle donc raconté ? Le visage de Micky enfoui dans la poitrine d'une drag lui traversa ensuite l'esprit. Elle avait des bleus sur les cuisses, un coude écorché et son tee-shirt était imbibé d'un liquide rose. Elle le renfila en se pinçant le nez, tentant de ne pas réveiller celui qui dormait.

L'appartement dans lequel elle se trouvait, plus haut que large, était éclairé par des soupiraux près du plafond. Le bruit des éboueurs reposant les poubelles métalliques sur la chaussée résonna avec une telle intensité qu'elle crut que le dormeur se réveillerait, mais il émit juste un grognement et se tourna sur le dos. Elle découvrit alors ses faux cils, plus longs que ses cheveux qui étaient coupés très court. De plus en plus déconcertée, elle se dirigea vers la salle de bains pour examiner l'étendue des dégâts. À sa grande surprise, elle vit qu'elle portait aussi des faux cils immenses et bien recourbés. Si son rouge à lèvres n'avait pas débordé sur sa joue, elle se serait même trouvée plutôt en forme pour un lendemain de fête. Elle adorait l'aspect ébouriffé que prenait sa coiffure, ses mèches bien relevées. Elle rit et entendit son écho dans la pièce d'à côté. Cet appartement était vraiment très sonore.

Elle sortit la tête de la salle de bains et vit son inconnu, réveillé, pris d'un fou rire incontrôlable.

– Comment ça va, ma queen ?

Rose suspendit sa réponse, perplexe.

– Moi drag, toi queen, tu ne te souviens pas ?

Il avait relevé sa tête de l'oreiller et la reposa en continuant à rire.

– Alors on n'a pas… ?

– Consommé ? Bien sûr que non, chérie ! Tu as trop

de formes pour moi, même si elles sont bien jolies ! Tu n'as aucun souvenir ? Mon pauvre amour !

Rose ouvrait de grands yeux face à la familiarité de ce jeune homme remarquablement séduisant.

Elle se mordit la lèvre inférieure, appuyée contre la porte de la salle de bains.

– Tout ce que tu dois savoir, c'est que tu es fabuleuse ! Notre nouvelle reine ! Tu as mis une ambiance hier soir… Quand tu m'as dit que tu habitais Bushwick, mais qu'il ne fallait pas s'en faire pour toi, que tu rentrerais en métro comme d'habitude, mon honneur de mâle – il se redressa et bomba le torse – s'est réveillé et je t'ai installée à côté de moi dans un taxi.

– Mais Micky et Danielle ?

– Micky était assez occupé avec Mister Jack, notre célébrissime barmaid, et Danielle, aux dernières nouvelles, elle twerkait sur *Bubble Butt* au milieu des tables… Vous étiez très en forme tous les trois hier soir. Je crois qu'elle a dit qu'elle habitait à côté et qu'elle rentrait à pied.

Son rire joyeux retentit à nouveau.

– Mais où est-on ici ? demanda Rose.

– Chez moi, mon cœur !

– Ça, je me doute, mais qu'est-ce que c'est que cet endroit, une chapelle ?

– Pas exactement, un peu en dessous. Le curé me loue le sous-sol. J'ai été enfant de chœur, moi, madame.

J'aime l'appeler mes *Caves du Vatican*, ou ma grotte de Platon, selon l'humeur.

Rose remarqua alors le mur latéral tapissé de livres.

Décidément, quelle que soit la situation, Rose se dit qu'elle ne parviendrait jamais à se trouver dans un endroit normal avec des gens classiques, des couples aux enfants prénommés Charles ou William, des Bostoniens habitant New York et retrouvant avec délice Cape Cod l'été venu. Non, elle était faite pour le show, le dérangeant, la bizarrerie.

Lorsqu'elle avait quitté San Francisco et le Sunset District, c'était pour échapper au cabinet de curiosités dans lequel elle évoluait depuis toujours. Elle avait suivi le bel Antoine, un *Frenchie* journaliste bouillonnant et chaleureux venu enquêter sur les communautés aux États-Unis.

Installé parmi eux en immersion comme un ethnologue chez les Bantous, il avait interrogé les fondateurs de la Cacophony Society sur les règles et principes qui régissaient leur communauté, ainsi que sur leur rapport au monde. Il devait ensuite se rendre dans le Maryland à l'autre bout du pays pour étudier par contraste une congrégation de quakers.

Rose avait beaucoup discuté avec lui, et avait vu la possibilité de fuir la côte Ouest et de réaliser son rêve secret d'une carrière à Broadway. C'est sans hésiter qu'elle s'était embarquée dans un bus Greyhound à ses côtés, s'enfuyant comme Vicky, sa mère, laissant à nouveau Joyce seule sur les marches de la maison. Le cœur serré, elle s'était demandé avec qui celle-ci irait partager une glace face à l'Océan et elle avait versé une larme, qu'Antoine avait séchée bien vite par des récits fantaisistes d'un de ses voyages en Inde. Il avait l'art de raconter les histoires, dans son anglais hasardeux. Il avait parcouru les deux tiers de la planète, en train, en bus ou en bateau, rarement en avion, qui lui provoquait des migraines abominables. Avec la quantité de substances qu'il absorbait, son cerveau ne devait pas être très réceptif à la pressurisation des cabines.

Après Oakland, ils étaient passés par San Jose et Bakersfield pour bifurquer aux alentours de Las Vegas vers la route 66. Lorsque Rose aperçut le panneau mythique, elle eut comme Antoine le sentiment de déjà-vu. Hollywood a tout filmé. La culture américaine est tellement visuelle qu'elle permet à chacun d'éprouver le sentiment de reconnaître des lieux dans lesquels il n'est jamais allé.

Leur voyage s'était déroulé dans une ambiance de rire et d'amoureuse complicité. Antoine profitait des nuits confinées dans leurs sièges étroits pour empiéter sur le sien. Elle voyait dans sa présence la libération qu'elle attendait depuis si longtemps. Quel meilleur motif de quitter la Cacophony Society que la passion, et non la rébellion ? Il avait volontiers adopté le rôle de sauveur, elle avait à peine vingt ans et lui approchait de la trentaine.

À Philadelphie, leurs routes s'étaient séparées dans les larmes et les promesses, elle poursuivit vers le nord, tandis qu'il descendit dans le Maryland.

En se maquillant, elle se demanda pourquoi cette histoire vieille de dix ans lui était revenue en mémoire. Probablement parce que Freddy, alias miss Candy, l'avait lui aussi secourue, avec autant de retenue que sa personnalité était extravertie. Elle sourit en le voyant préparer des œufs au plat et un jus d'orange, en slip sous son tablier, à l'aise comme un chef d'orchestre en queue-de-pie.

13

Édouard sortit de scène, chancelant sous les rappels. Le trac ressenti durant les cent cinq minutes de cette première représentation de son *Frankenstein contre Prométhée* l'avait laissé plus en nage que n'importe lequel de ses comédiens, alors qu'il n'avait pas joué. Dans les coulisses, les applaudissements reprirent de plus belle, venant des techniciens, de son agent, du directeur du théâtre.

Il alla s'asseoir dans sa loge pour changer de chemise avant de répondre aux interviews. Édouard adorait cela, il se lançait dans des soliloques sur la pratique théâtrale. Avec sa belle gueule, sa mèche blonde à la Depardieu, la puissance de son regard, alliant beauté et sagesse, intelligence et charme, douceur de son élocution et brusquerie de ses propos, il élaborait à brûle-pourpoint des principes de mise en scène et des théories de l'acteur.

Une fois seul, il alluma une cigarette et repensa à son frère qui était venu l'applaudir et s'excuser de son attitude au cours de leur altercation à la maison. Sa pièce était pertinente, un acte visionnaire, avait-il même ajouté. Édouard avait retenu le mot « acte » qui lui avait plu. Qu'était le théâtre sinon le résultat d'une attaque, d'un choc, d'un acte proprement créatif ?

Quelqu'un frappa à la porte. Édouard fronça les sourcils de surprise. Sam Birdman, le producteur de théâtre américain, se tenait devant lui. Il éteignit en hâte sa cigarette dans un verre et se passa la main dans les cheveux pour se rendre présentable. Il n'avait toujours pas prononcé un mot et Sam attendait, amusé et habitué à l'effet qu'il provoquait en apparaissant.

Édouard finit par bredouiller des mots de remerciements et d'admiration mêlés. Sam garda son sourire indulgent en s'asseyant de tout son poids sur le petit fauteuil club de la loge, acceptant un verre de whisky. Il prit alors l'air sérieux et se lança dans un monologue d'analyse et de critiques positives, aussi bien du texte que de la mise en scène, dont Édouard espérait graver chaque parcelle dans sa mémoire. Il parlait un anglais mêlé d'un français appris à Yale et perfectionné lors de ses nombreux séjours à Paris.

– Tout cela étant dit, ajouta-t-il en se redressant et en levant la tête, inspiré, il faut maintenant que vous preniez des risques. Vous occupez parfaitement le terrain du théâtre de création, j'ai vu votre mise en scène de Marlowe à Londres il y a quelques mois. Une bestialité puissante dans chacun des gestes, des symboles scéniques toujours appropriés, de la force dans l'interprétation. Encore une fois, bravo, maître.

Édouard s'inclina et Sam poursuivit :

– Vous êtes étonnant, car malgré la brutalité de votre propos, j'oserais même le mot, la *cruauté*, vous avez beaucoup lu Antonin Artaud, cela se voit, un humanisme, presque une bonté, ressort de vos mises en scène, et c'est pour cela que j'ai pensé à vous.

Édouard acquiesça, reconnaissant. Il sentait que cet homme élégant au phrasé sans emphase, au coup d'œil vif qui ne dénudait pas pour autant, allait lui ouvrir une porte vers l'inconnu. Sam Birdman, au cours de sa longue carrière, avait produit des succès relevant de multiples registres, allant des *musicals* aux drames. C'était lui qui avait eu l'intuition d'inciter les stars d'Hollywood à remonter sur les planches, comme à la grande époque d'Humphrey Bogart ou d'Ingrid Bergman. Il remplissait les salles et les directeurs de théâtre lui faisaient confiance. Kevin Spacey à Broadway, c'était lui, Jude Law dans *Hamlet*, lui aussi, Scarlett Johansson dans *Vu du pont*, encore lui.

Édouard s'imaginait déjà s'attaquer aux dramaturges américains, Eugene O'Neill, Terrence McNally, Edward Albee, tous ces grands noms du répertoire moins joués par la scène européenne mais qui contenaient des trésors de huis clos étouffants, de férocité raciale, d'inhumanité consumériste.

Sam prit son temps, attrapa la bouteille de malt pour se resservir et lâcha enfin :

– Dalida.

Le bouchon fit un bruit assourdi et le liquide ambré se déversa. Édouard eut un mouvement de recul et répéta le nom de la chanteuse.

– C'est bien ce que j'ai dit, acquiesça le producteur, les yeux brillants. Sa confiance en lui le rajeunissait. Dalida. C'est son nom d'abord qui m'a grisé. Il le prononçait en accentuant les dentales, les laissant sonner comme un défi ou une crânerie. Les Américains ne sont pas familiers de ses chansons, et je ne vais pas vous demander d'écrire un biopic sur elle. Quels que soient les malheurs et les bonnes fortunes de sa vie, les gens qui la connaissent le savent déjà et les autres s'en moquent. Édouard, si je compte sur vous, c'est justement parce que vous n'êtes pas du milieu, vous êtes un esthète, un intellectuel du théâtre. Je sais bien que ce que je vous demande n'est a priori pas conciliable avec votre œuvre, mais écoutez-moi.

Édouard ne faisait que cela, écouter, mais Sam usait d'un procédé rhétorique bien connu et enrobait ses propos de circonvolutions sibyllines pour laisser son auditeur imaginer tous les scénarios avant de finir par en formuler un.

Édouard attendait toujours, lorsque Sam rendit les armes :

– Un *musical*, une romance, c'est bien ce que je vous

demande, construit à partir des chansons de Dalida. Le mélange de français, d'italien et d'anglais est détonnant, je les ai toutes écoutées. Il nous faudra de l'amour, du dilemme, de la tromperie, un peu d'imposture mais pas trop, un semblant de trahison et un *happy end*.

Il avait prononcé ces phrases avec un débit de mitraillette, les yeux enflammés.

– Je ne vais pas vous apprendre votre métier, ajouta-t-il, malicieux. Vous connaissez mieux que moi les règles d'écriture d'un bon scénario. Qu'il s'agisse d'une pièce de théâtre, d'un film ou d'une comédie musicale, il faut toujours suivre les mêmes étapes. À la minute douze, l'hésitation du héros, à la cinquante-cinquième, le pivot central, à la soixante-quinzième, tout semble perdu, avant que le final, au bout d'une heure et demie, ne dénoue les fils et laisse sortir le spectateur heureux.

Édouard balbutia quelques mots d'approbation, même s'il n'avait jamais conçu aucun de ses spectacles de cette manière.

– La production commencerait dans deux ans, à New York bien sûr. J'ai déjà lancé des appâts un peu partout chez les directeurs de théâtre. La scène est tellement embouteillée qu'il faut s'y prendre longtemps à l'avance. Je ne sais pas encore quelle salle nous choisirons. Avez-vous déjà travaillé aux États-Unis ?

– J'ai été assistant de Peter Brook quand il a monté *Hamlet* à la BAM.

– Parfait, vous connaissez la ville et ses caprices alors.

Sans hocher la tête, Édouard sourit.

– Mais si, mais si, continua Sam. Je n'ai contacté que vous pour le moment. J'ai eu une vision, je suis sûr de mon instinct. Un metteur en scène français à Broadway, c'est rare, mais l'adaptation des *Misérables* a marqué, les spectateurs ont été touchés par Cosette, Fantine et la bonté de Jean Valjean. On jouera là-dessus, je vois déjà les phrases d'accroche sur la façade illuminée : « *The best two hours of your life* », « *Non stop French entertainement* », « *The French way to do it, and you will ask for more* »...

Édouard restait dubitatif. Certes, la notoriété controversée de Dalida n'était pas parvenue jusqu'aux États-Unis... Il s'étonnait lui-même de ne pas mettre en cause le principe du spectacle et imaginait déjà une scène d'ouverture. Il était ferré, et Sam le savait. Le producteur se leva et lui indiqua le nom de son hôtel, en face de l'Opéra Garnier. Ils en reparleraient quand Édouard le souhaiterait. Il restait à Paris jusqu'au samedi.

Deux jours. Cela laissait donc deux jours à Édouard pour décider si oui ou non il sortirait de sa zone de confort, irait de l'avant, créerait une comédie musicale. Beaumarchais n'avait-il pas dit que « tout finit par des chansons » ?

C'est en se faisant ces réflexions qu'il serra la main de Sam Birdman, alors que le producteur souriait. Lorsque quelqu'un ne lui disait pas non tout de suite, malgré la folie des idées qui avaient façonné son succès, c'est qu'il y penserait et qu'en y réfléchissant, il accepterait.

Édouard resta seul assis face au miroir de sa loge, il se fit un clin d'œil et regarda sa montre. Il était temps de rejoindre Gabriel, Antoine et Sara qui l'attendaient Faubourg-Saint-Honoré pour dîner. Il quitta les Bouffes du Nord, partagé entre la joie d'avoir assisté à la représentation de la première pièce dont il était l'auteur et la panique euphorisante d'en écrire une deuxième.

En tournant la clef dans la serrure, il sentit immédiatement une atmosphère inhabituelle. Au lieu d'entendre le piano de Gabriel et les rires sonores d'Antoine, il ne percevait que des bavardages tamisés et des bruits de couverts qu'on déplace avec mesure pour éviter tout claquement contre la porcelaine.

Il se dirigea vers la cuisine où il vit, à côté d'une Ninon agacée par cette intrusion, Natasha, une blonde à l'accent russe, montrer à Gabriel comment couper la ciboulette pour en conserver la saveur. Il ne fit que passer la tête puis gagna le salon. Antoine, compassé, discutait informatique avec un jeune homme à tête ronde et lunettes, qui tenait Sara par la main.

Il avait l'impression d'entrer dans un monde parallèle ou que dix ans s'étaient écoulés entre la fin de son spectacle et celui qu'il découvrait dans son appartement.

Il mit *Welcome to the Jungle* des Guns au volume maximal. Sans un mot, il alla chercher une bouteille de champagne dans le réfrigérateur et sortit six coupes, fit sauter le bouchon et l'ambiance changea instantanément. Il leur raconta sa rencontre avec Sam Birdman. Personne ne connaissait son nom.

– Quoi qu'il produise, c'est un carton. Un vrai découvreur de talents ! Il a toujours des idées originales. Et il parle le français comme toi et moi.

En détachant lentement ses mots, Antoine commenta :

– Donc toi, Édouard, tu vas écrire et mettre en scène une comédie musicale sur Dalida.

Il se leva et, changeant la musique, fit résonner les couplets de *Mourir sur scène* en mimant la gestuelle ondulante de l'Égyptienne au regard fuyant. Édouard, d'abord surpris, entra aussitôt dans le jeu et courut chercher dans le dressing un châle rose à paillettes oublié par une invitée d'une soirée précédente. Il accompagna Antoine, faisant mine de s'éventer, et chacun y alla de sa chorégraphie. Édouard fut saisi de l'effet que ces chansons jugées ringardes, sorties de leur contexte, pouvaient produire sur lui, son frère et ses amis.

– Toi aussi, tu vas mourir sur scène, comme elle… et par elle ! Mesdames et messieurs, nous assistons en direct au suicide d'Édouard. Antoine était déchaîné. « Ci-gît Édouard Parmentier, trente-six ans, metteur en scène au talent vertigineux, qui connut l'hybris, les rêves de gloire, et qui s'échoua dans les plumes des boas de ses actrices. » Belle mort pour un poète.

– Tu penses vraiment que je cours à ma perte si j'accepte ?

– Ça dépend, il te donne combien ton Américain ?

– La discussion n'est pas allée jusque-là.

– Je ne vois que cela qui pourrait te faire accepter. Quand on m'a proposé d'être photographe pour *Vingt ans*, j'étais fauché, je savais que c'était ridicule, mais je me suis refait ! Et aujourd'hui, je travaille pour *Vogue*.

– Je suis perdu, répondit Édouard en se laissant tomber dans le canapé, son verre toujours à la main.

Un silence plana. Déstabilisé, il devint querelleur :

– Parlons d'autre chose, qu'est-ce qui vous prend de faire un dîner de vieux ? On va chuchoter en préparant un bon plat qu'on dégustera avec du vin rouge ce soir ? On va ergoter parquet-moulures-cheminée, travaux, assurance-vie, couple valeur refuge de notre société déboussolée ?

– Je ne t'ai pas encore présenté Natasha ! s'exclama Antoine pour détourner l'orage. Elle était aux Bouffes du Nord ce soir, et elle a adoré, n'est-ce pas, ma beauté ?

La culture slave de Natasha lui fit tendre un bras raide à Édouard, qui s'approchait pour lui faire la bise.

– C'est donc à toi que nous devons la sobriété de notre Antoine ? Chapeau bas ! Ça ne doit pas être facile de supporter tous les jours un énergumène pareil à jeun.

Dans un français approximatif, elle balbutia quelques mots qui tendaient à relativiser l'authenticité de l'abstinence de son compagnon.

– Et Monsieur ? demanda outrageusement poliment Édouard en se tournant vers le jeune homme au visage rond, qui avait repris la main de Sara après les minutes survoltées où, contre toute attente, il avait laissé échapper un déhanché digne des danses marocaines des Trois Mailletz à l'heure de la pause orientale.

– C'est Olivier, répondit Sara en pressant la main de son amoureux. On est ensemble depuis trois semaines. Gabriel ne t'a pas dit ?

Édouard leva un sourcil vers son frère, qui lui fit un signe flegmatique de la main.

– Moi aussi, j'ai beaucoup apprécié ta pièce, s'empressa d'ajouter le professeur de biologie.

Édouard sourit fraîchement, signalant que l'heure des compliments avait cessé, et il se dirigea vers la salle à manger. Les autres suivirent.

Le début du dîner fut silencieux. La présence de deux étrangers au groupe brisait son dynamisme et Antoine fit quelques allers-retours dans la salle de bains, dont il revenait les yeux exorbités.

– Tu es sûr qu'il a arrêté ? murmura Édouard à Gabriel en débarrassant les assiettes.

– Il semble que oui… Pour compenser le manque, il a changé d'addiction. Il s'immerge dans des souvenirs mis en vente par de célèbres toxicomanes, qui lui procurent, je crois, le même type de sensation.

Édouard laissa un blanc, attendant plus d'explications.

– Il a trouvé chez Drouot les souvenirs de Ken Kesey…

– L'auteur de *Vol au-dessus d'un nid de coucou* ? Ah oui, on peut dire qu'il est guéri, mon copain !

– Il regarde en boucle les souvenirs de l'époque où il était gardien de nuit au service psychiatrique du Veteran's Hospital, gorgé de LSD et de mescaline...

– De mieux en mieux ! Et dans le même temps, il devient *vegan* !

Alors qu'il posait sur la table la panna cotta au lait d'amandes apportée par Natasha, Édouard demanda à son frère où il en était de sa propre folie.

Sara prit la conversation au vol et raconta de façon désopilante leur escapade à Crémone. Son Olivier était nerveux, il voyait que cette soirée se déroulait sans lui et que se jouaient dans cette pièce des alliances dont il serait toujours exclu. Sara lui plaisait, même s'il se sentait parfois perçu comme un gentil animal de compagnie, tandis qu'un feu s'allumait quand elle posait les yeux sur Gabriel.

Ce fut le retour du voyage à Crémone qui amusa Édouard. Les imaginer tous les deux harnachés de valises et de sacs à dos achetés sur le marché, remplis de disquettes et autres... comment avait-elle dit déjà ?

– Cartes perforées, concéda Gabriel, rendu maussade par l'hilarité générale.

– Et comment comptes-tu les visionner, ces objets ? demanda Natasha gentiment, la seule qui eût de la compassion pour lui.

– Il va retourner voir ce cher Gaston Labru, notre antiquaire mnémophile de la rue Legendre !

Les autres ne comprirent pas la référence mais passèrent outre. Olivier, quant à lui, s'enfermait dans un silence revêche en écoutant Sara décrire son jeu de piste avec le vieil antiquaire pour le compte de Gabriel. Leur attachement était un mystère, et il ne se sentait pas les épaules de l'emploi.

Sara, très en verve, enchaîna, toujours aussi joyeuse, sur l'idylle que son père, depuis qu'il était redevenu lui-même, vivait avec une certaine Adélaïde. Ils avaient le projet de récupérer un local du passage Verdeau pour y vendre des livres anciens. Adélaïde avait même décidé d'y déménager son chat et ses oiseaux, et désirait inventer un système de poulie pour descendre et monter la cage jusqu'en haut de la verrière. Sara se rassurait, puisqu'ils s'installaient en face de son restaurant, elle garderait un œil sur eux.

Olivier s'excusa, il devait être au collège à huit heures le lendemain et ses copies à corriger l'attendaient.

– Pitié, ne me dis pas que vous traumatisez encore des générations d'élèves avec la vidéo affreuse sur la naissance d'un veau ? ironisa Antoine en lui serrant la main.

Olivier voulut argumenter, mais abandonna. Il partit après avoir embrassé Sara du bout des lèvres.

Son départ fut suivi d'un éclat de rire des trois garçons, ravis d'avoir fait fuir l'adversaire. Elle tenta de le défendre par quelques louanges, puis, elle aussi, céda au rire.

– Tu as vu comme il te regardait quand tu as parlé de ton père ? lui demanda Antoine. « Les yeux bleus les plus amoureusement décevants… »

Natasha, qui avait du mal à saisir l'ensemble de la conversation depuis le début du dîner, ne retenait plus ses bâillements et s'en alla juste après.

– Elle aussi, es-tu bien sûr de toi, Antoine ? lui demanda Édouard. Elle est magnifique, mais tu n'as pas l'air très en forme !

Antoine ne nia pas qu'il commençait à se lasser du véganisme, comme d'entendre Natasha téléphoner en russe pendant des heures à sa mère.

Le groupe se ressoudait et chacun s'en trouvait heureux. Loin de regretter la présence de leurs amants respectifs, Sara et Antoine se lançaient dans des débats inattendus et complices, tandis qu'Édouard se rapprochait de Gabriel qui lui racontait les avancées de sa recherche. Il lui enviait sa frénésie féconde. Ce qu'il avait pris au début pour un délire se révélait proprement créatif. Édouard se désolait cependant que son frère ne se contentât pas de la vie.

Ils en revinrent au nouveau projet d'Édouard, qui se lança dans une autocritique de son *Frankenstein*, intelligent mais manquant de folie. Didactique, voilà ce qu'il était, en bon élève de Brecht. Édouard s'en convainquait, il s'en démarquerait. Il allait dépasser ses peurs, ne pas se confiner dans le monde des auteurs classiques – et dire que Ionesco, Genet et même Beckett étaient passés du statut d'insoumis à celui d'auteurs au programme de l'Éducation nationale ! *MERDE.*

Il remarqua que Gabriel ne l'écoutait plus, rêvant sans doute à sa musicienne. Il se leva pour enclencher la *Première suite pour violoncelle* de Bach, que tous écoutèrent avec recueillement.

14

C'est le morceau qu'entendit Gabriel en entrant dans la boutique de l'antiquaire. Sara l'avait convaincu de retourner le voir. Selon elle, personne d'autre que cet expert ne serait assez compétent pour transcrire les souvenirs de Giacomo sur un support moderne. Elle l'avait vu à l'œuvre.

Gaston Labru avait été surpris de réentendre parler de ces *Phèdre*, il ne pensait pas avoir de nouvelles un jour de cette jeune femme venue le supplier quelques mois plus tôt de les lui confier. Gabriel s'était emmêlé dans les mensonges de Sara, oubliant qu'elle avait obtenu ces souvenirs en prétendant qu'un membre de « leur » famille y apparaissait. Il se rattrapa en lui remettant, soigneusement protégés dans des enveloppes matelassées, tous les souvenirs qu'il avait acquis de la représentation de *Phèdre* et l'antiquaire alla dans son sens, trop heureux de compléter sa collection par un acte II que Gabriel lui vanta comme mémorable, agrémenté d'une rencontre avec Marie Bell. Il avait fini par se résoudre à lui céder ce souvenir, sentant que celui-ci s'était gravé suffisamment profondément dans sa mémoire pour ne pas risquer de l'oublier. Il prenait même un plaisir douteux à imaginer qu'un autre pourrait aussi s'éprendre de la beauté d'Oriane, qu'il mettrait toute son énergie à la chercher, irait peut-être jusqu'à Crémone pour y découvrir une « grosse boîte » vidée de toute substance... Par ce geste d'offrir Oriane au premier venu, il se sentait moins seul. Il riait curieusement en lui-même, s'imaginant en Nemours vainqueur du tournoi et du cœur de la princesse de Clèves.

Discuter avec l'antiquaire lui fit beaucoup de bien. Ils étaient tous deux animés par la même passion de collectionneur mnémophile. Si Antoine et Sara étaient de grands consommateurs de souvenirs, ils ne percevaient pas l'esthétique de leur geste, tandis que Labru faisait tout cela pour l'Art.

Une semaine plus tard, l'antiquaire avait réussi à sauvegarder les souvenirs de Giacomo mais restait très surpris de leur existence. Comment ce luthier italien avait-il eu la possibilité de transférer ainsi sa mémoire sur des cartes perforées, alors que la technique n'était pas accessible au public ? Les rumeurs selon lesquelles l'armée avait développé cette compétence seraient donc vraies... N'étant guère plus avancé que Labru sur le sujet – qui de fait lui importait peu –, Gabriel fit semblant, pour la forme, d'élaborer des hypothèses.

Gaston Labru insista pour qu'il visionne le souvenir

dans sa boutique. Il n'avait pas de casque ? Qu'à cela ne tienne, on lui en prêterait un.

Giacomo était installé à une table dans une brasserie qui lui sembla être chez Lipp. Assis à la place en angle tout à fait sur la droite, il voyait les entrées et les sorties de chacun. Il commanda un *distingué* et des harengs pommes à l'huile sur lesquelles il moulut du poivre, puis il y trempa son pain. Gabriel ne voulut pas regarder plus avant le souvenir avec l'antiquaire à ses côtés. Ôtant son casque, il le remercia chaleureusement, lui confirmant que tout était parfait, tandis que Gaston Labru enclenchait déjà dans le sien les souvenirs de *Phèdre*.

En quittant la rue Legendre, il prit le bus 74 qui le conduisit au restaurant de Sara. Le passage Verdeau était en effervescence. Les bras chargés de cartons, elle participait à l'aménagement de la librairie de livres anciens de son père et d'Adélaïde. Il s'empressa de les aider. C'était la première fois qu'il rencontrait Adélaïde, et elle ne se conformait pas à l'image qu'il s'était faite d'elle. Il se l'était représentée en *folle de Chaillot*, et se trouvait devant une femme avenante d'une soixantaine d'années, l'accent chantant et le visage ouvert. Une belle chevelure bouclée, relevée par des barrettes à perles, lui donnait un aspect juvénile.

Le tableau qu'ils formaient tous les quatre était

comique et touchant. Elle, juchée sur un escabeau pour ranger almanachs et illustrés sur les étagères tout en tirant sur la Vogue menthol qu'elle couvrait de rouge à lèvres à chaque bouffée, Pierre, portant beau ses soixante-dix ans, en chemise de lin, retournant toujours vers elle pour lui demander conseil sur la disposition des bibelots, et Sara et Gabriel, essoufflés, tentant de satisfaire les deux et courant du restaurant, qui servait d'entrepôt, à la future librairie.

Pendant leurs allers et retours, Gabriel raconta à Sara que le transfert des souvenirs de Giacomo avait fonctionné, ce à quoi elle répondit par un sourire ravi, essuyant son front du dos de sa main. Une fois tous les cartons transportés et vidés d'un pas de porte à l'autre, Gabriel s'excusa, il devait absolument retourner quai de Conti.

Adélaïde ne comprenait pas quel travail on pouvait bien accomplir à l'Académie si on n'était pas académicien. Pierre le suivit du regard en marmonnant, « Il est beau, ton bougre ». « Sauf qu'il ne la regarde pas », commenta Adélaïde, qui ne se priva pas de tourner la passion de Gabriel en ridicule. Même si Sara n'écoutait que d'une oreille ses commentaires sur le fait de prétendre aimer une femme vivant dans les années vingt, elle finissait – tout en continuant à soutenir son ami – par y trouver du vrai. Elle promit de tenter de le raisonner la prochaine fois qu'elle le verrait.

– Ce n'est pas lui qu'on tente de raisonner, comme tu

le dis, c'est toi ma petite, lui répondit Adélaïde, avant d'enfoncer la pointe d'une paire de ciseaux dans un carton.

Gabriel prit l'ascenseur pour rejoindre les studios de Radio Académie. Il n'était pas très assidu en ce moment et espérait que l'interview du spécialiste des mérovingiens dont il avait préparé les questions serait déjà terminée et qu'il pourrait se plonger dans les souvenirs de Giacomo.

L'académicien était en train de sortir du studio d'enregistrement, et si Isabelle lui fit les gros yeux, il leva les épaules en lui murmurant qu'il était sur une piste concernant Phèdre. C'était le nom de code qu'ils avaient adopté pour parler d'Oriane. Elle voulait bien le couvrir, mais exigeait d'être dans la confidence. Ils entrèrent dans son bureau. L'œil brillant, il lui décrivit la beauté d'Oriane et l'amour du luthier. Elle rit de son ingénuité, il se fâcha. Elle s'excusa. Et comme il était ingénu, il lui pardonna, oubliant la querelle, partant le plus heureux des hommes. Il pouvait désormais, sans risque aucun, visionner autant de fois qu'il le voulait les souvenirs de Giacomo avec Oriane. Il commença sur-le-champ et, s'installant confortablement sur le siège au dossier basculant de son bureau, il repartit chez Lipp.

Giacomo était dans ses pensées et regardait les femmes tendre leur veste au maître d'hôtel, regard espiègle sous leur chapeau cloche, accompagnées d'hommes dont la carrière n'était plus à faire. Il observait aussi un homme seul, ogre qui déchiquetait le jarret de porc aux lentilles que le serveur venait de lui apporter, sa serviette attachée à son col et bien étalée sur son ventre, enfournant ses bouchées à la pointe de son couteau.

L'attention de Giacomo se détourna sur la porte d'entrée. Oriane apparut au bras de son mari, radieuse en tailleur simple et coquet, les cheveux relevés par un bandeau charleston, d'où une plume noire accrochée par une broche en diamants retombait sur sa tempe. Elle riait à un mot d'esprit qu'une femme très mince au manteau cintré et aux cheveux crantés venait de prononcer, c'était Arletty. Giacomo reconnut aussi Jean Wiener, le compositeur de musiques de film, ainsi que Gaby et Robert Casadesus, le couple de pianistes le plus mondain de cette année 1935.

L'arrivée tonitruante de cette bande d'artistes n'eut pas l'air de surprendre Giacomo, mais plutôt de venir couronner son dîner. Oriane lui avait dit qu'elle serait chez Lipp ce soir-là avec son mari. N'écoutant que son cœur et son désir, il avait décidé de s'y rendre lui aussi pour partager de loin cette soirée avec elle.

Les serveurs, déférents, tirèrent les tables serrées pour permettre aux dames de s'asseoir sur la banquette.

Giacomo était ravi de la place qu'il avait choisie, d'où il contemplait à loisir Oriane qui lui répondait par des coups d'œil furtifs.

Gabriel ne comprenait pas Giacomo. Comment pouvait-il observer la femme dont il était l'amant passer avec tant d'aisance d'une conversation avec son mari à un regard vers lui ? Si Giacomo n'était pas jaloux, lui l'était, et leur complicité insaisissable le mettait mal à l'aise. Il était gêné de se sentir si vertueux. La morale avait-elle donc tellement pris le pas sur les mœurs qu'il ne supportait pas la duplicité ou la tromperie ? Il repensa à ce qu'il savait de son arrière-arrière-grand-mère Suzanne qui, dans les années trente, avait quitté son mari pour épouser celui de sa fille, et se dit que la bienséance était affaire de personne et non pas d'époque.

Giacomo termina la crème qui avait débordé de son mille-feuille en l'aplatissant entre les dents de sa fourchette à dessert et demanda l'addition. Arletty et ses saillies provoquant l'hilarité de leur tablée augmentaient le brouhaha déjà assourdissant de la brasserie et le spectacle de Paul collé à sa femme l'agaçait.

Les fichiers des souvenirs n'avaient ni date ni nom ; Gabriel ne pouvait donc pas les ordonner avant de les visionner. La vie d'Oriane lui arrivait comme un puzzle qu'il reconstruisait petit à petit. Malgré l'heure avancée,

Gabriel ne résista pas au désir de s'immerger dans un nouveau souvenir de Giacomo.

Il se trouva face à Oriane, tenant par la main une petite fille blonde qui ne devait pas avoir plus de cinq ans. Une larme d'émotion sillonna sa joue en même temps que celle de Giacomo qui découvrait la petite Louise pour la première fois, la preuve de l'existence de la vie familiale d'Oriane. Ah, que n'était-il le père de cette jolie tête bouclée ! C'est lui qui aurait essuyé ses mains couvertes de caramel coulant de la pomme d'amour qu'ils auraient croquée au parc Monceau avant d'accompagner Oriane à son concert à la salle Pleyel. Il aurait trempé son mouchoir dans l'eau de la fontaine et aurait ôté de ses joues les cristaux de sucre. Giacomo se ressaisit et accueillit « Madame Devancière ».

« Un violoncelle pour mademoiselle ? »

Oriane retira ses gants avec grâce et confirma avec un sourire discret et un regard reconnaissant. Il assit la petite Louise sur un tabouret et lui tendit un violoncelle. Elle le prit avec assurance, reproduisant en un spectacle charmant les gestes de sa mère. L'air adulte, elle tint droit son archet et fit sonner clairement la corde du *la*. Ces longs cheveux blonds gentiment ramenés vers l'arrière par un nœud en satin bleu, ces mains encore potelées de l'enfance, leur insistance à vouloir paraître maîtriser la technique, et ces lèvres sérieuses… Giacomo ne put retenir un sourire bouleversé dans la direction d'Oriane, qui répondit par un signe de tête.

Gabriel s'imprégnait avec bonheur de ces souvenirs de Giacomo pour mieux découvrir Oriane. Le luthier, tout comme lui, n'avait d'yeux que pour elle. Comme deux bagnards attachés au même fer, Gabriel avançait, suivant les pas de son aîné, qu'il retrouva spectateur au théâtre des Champs-Élysées. Oriane allait jouer, avec l'orchestre des concerts Pasdeloup, le redoutable *Concerto pour violon* de Tchaïkovski. Assis au dixième rang, son programme daté du 16 mars 1932 sur les genoux, Giacomo attendait que les musiciens s'installent.

Le premier violon s'approcha, donna le *la*, et les instruments s'accordèrent. La lumière, émanant de la coupole entourée de fresques de Maurice Denis, se voila pour s'éteindre presque entièrement à l'arrivée du soliste. Giacomo n'avait d'yeux que pour Oriane, qui elle-même fixait, concentrée, Rhené-Baton, le chef d'orchestre, qui salua le public avant de se tourner vers ses musiciens. Le silence se fit et l'*allegro moderato* débuta, en légèreté contenue, les instruments apparaissant goutte à goutte jusqu'à l'explosion qui donnait naissance à la complainte du soliste. À la première apparition du thème, Gabriel comme Giacomo sentirent leur cœur se serrer. La beauté de la mélodie, la noblesse de l'archet du violoniste, celle de l'orchestre entier, en retenue au début puis complice de ce chant rêveur et mélancolique, les transportaient. Oriane était sublime, ses cheveux dégagés laissant son visage briller dans la lumière, une robe souple, rehaussée par des feuilles de laurier dorées courant autour de sa taille et jusque sur ses épaules. Le son de son instrument aurait semblé étouffé à tout autre spectateur que Giacomo qui, en musicien, disséquait à la manière d'un chef d'orchestre chaque ligne de la partition et parvenait à repérer celle d'Oriane, qu'il isolait. Gabriel écouta toute la première partie du concert dans un état d'extase reconnaissante.

L'entracte rompit le charme. Giacomo découvrit alors au troisième rang Paul Devancière, ses moustaches encore plus soignées que de coutume, en train de séduire une jeune femme assise à ses côtés. L'aisance plaisante du mari d'Oriane était détestable et Gabriel arracha son casque pour ne plus avoir à supporter la vue de ce séducteur, pas plus que la fureur de Giacomo.

Ne voulant pas rentrer chez lui, il proposa à Sara de le rejoindre dans les jardins des Tuileries. La nuit était tombée, la Seine, bleu marine, s'illuminait au gré des bateaux-mouches qui la descendaient doucement dans la chaleur de ce mois de juillet.

15

Sara l'attendait sous l'arc de triomphe du Carrousel, appuyée sur le socle d'une des colonnes de marbre rose. Elle était belle dans sa robe mordorée, en train de lire *Les Rêveries du promeneur solitaire*.

– C'est de circonstance, la fit sursauter Gabriel qui, arrivé du pont des Arts, l'avait contournée pour la surprendre.

Elle était tellement absorbée par Rousseau qu'elle ne l'avait pas vu arriver.

– Si l'on veut… Je le lis surtout pour toi, mon cher ! lui dit-elle en lui donnant une tape de *Rêveries* sur l'épaule.

– Pour moi ? Je crois que ne l'ai jamais lu… à peine survolé quand on était en licence.

– Je cherche à comprendre le besoin impérieux, autoritaire et despotique que tu as de te plonger dans le romantisme.

– Venant d'une fille qui ne peut pas réciter « Souvenir de la nuit du 4 » sans fondre en larmes, c'est prometteur… Ça commence comment déjà ? Ah oui, je l'ai.

Gabriel prit un air grave, les yeux plongés dans ceux de son amie.

L'enfant avait reçu deux balles dans la tête.
Le logis était propre, humble, paisible, honnête ;

Sara redoubla les coups sur son épaule et l'entraîna s'asseoir sur l'un des bancs en pierre, face au Louvre et à sa pyramide éclairée.

Gabriel tentait de retrouver les vers suivants, Sara ne l'écoutait que d'une oreille, songeant aux avertissements d'Adélaïde et de Claudia, et finit par l'interrompre, lui prenant les mains et le regardant droit dans les yeux.

– « Hippolyte est sensible et ne sent rien pour moi ! Aricie a son cœur ! Aricie a sa foi ! »

Gabriel, interdit, la regarda, ne pouvant retenir un mouvement de recul.

Elle sourit amèrement.

– J'ai l'impression d'être l'héroïne de ton *Phèdre*. Plus je m'approche de toi, plus tu t'écartes. Tu vas peut-être finir tapi dans un coin du théâtre comme le fils de Thésée, mais…

Elle détourna les yeux, les mains tremblantes et l'œil furibond.

– Je pensais ce soir te raisonner, c'est du moins ce que j'avais promis à Adélaïde, qui t'a trouvé bien excentrique tout à l'heure passage Verdeau. Discuter ne sert à rien quand on aime, ce qu'il faut, c'est agir, et c'est ce que je vais faire.

Elle fondit sur lui et l'embrassa, retenant ses lèvres qui lui échappaient, jusqu'à ce que Gabriel se laisse aller et lui rende son baiser. Le ciel s'était assombri d'un coup et un orage s'annonçait.

– C'est elle, lança-t-il en s'écartant d'un geste brusque. C'est elle.

Sara, déconcertée, tenta de suivre du regard le doigt pointé par Gabriel vers les jardins où déambulaient des vendeurs de tours Eiffel et de balles volantes phosphorescentes, ainsi que quelques couples.

– C'est elle, répéta-t-il, sonné.

Et sans plus d'explications, il partit en courant. Sara le suivit quelques pas puis abandonna, il allait beaucoup trop vite. Elle le regarda de loin approcher une femme seule au manteau clair. Il lui saisit le bras, elle recula, et Sara le vit s'excuser et rebrousser chemin.

En revenant, il s'assit lourdement à côté d'elle, se prenant la tête dans les mains.

– J'aurais juré que c'était elle.

Et il se mit à sangloter.

Le premier mouvement de Sara fut de le réconforter, mais elle se leva et se plaça, raide, livide, en face de lui. Il mit un certain temps avant de relever la tête, elle espérait que ce fût de honte. Il répéta :

– C'était elle, j'en suis certain.

– Tu finiras seul, Gabriel, dit Sara posément. Seul et malheureux. Je ne peux plus t'aider, tu dois trouver toi-même l'issue.

Elle tourna les talons. Il la regarda s'éloigner, ne sachant encore s'il la regrettait.

Sa quête reprit le dessus, et c'est haletant qu'il ouvrit la porte de son appartement, trempé par l'orage qui s'était décidé à éclater. Il s'enferma dans sa chambre et n'en sortit pas de trois jours. Il continua de visionner des souvenirs fournis par Giacomo. La présence d'Oriane au monde se précisait.

Elle était née sur l'île Saint-Louis le 3 décembre 1907 dans un appartement du premier étage de la rue Poulletier, au-dessus de l'ébénisterie de son père, Eugène Drouet. Sa mère, Marguerite, était la fille de Jean Caseneuve, un tailleur qui officiait dans le XVIe arrondissement de Paris. Elle était enfant unique, au désespoir de ses parents qui avaient rêvé d'une famille nombreuse.

À cinq ans, elle commença à étudier le violoncelle sur un petit instrument offert à son père en remerciement par un client satisfait de la bibliothèque construite dans son bureau – Gabriel se prit à rêver qu'il s'agissait peut-être des parents de l'académicien spécialiste de l'île. Il en saurait bientôt plus puisque ce dernier avait accepté de le recevoir à la fin de la semaine.

Gabriel apprit tout cela et bien d'autres détails. Oriane avait quinze ans lorsqu'elle fut admise au Conservatoire national de musique et de déclamation de la rue de Madrid à Paris, dans la classe de Paul Bazelaire, et l'année d'après seulement, elle décrocha le prix d'excellence. À seize ans, elle était premier violoncelle dans l'orchestre de l'Odéon.

Gabriel aimait s'immerger dans les conversations d'Oriane et Giacomo, en être le témoin indiscret, parfois dans l'atelier où elle se livrait, blottie dans un fauteuil aux teintes passées, alors qu'il travaillait à poncer un chevalet pour l'insérer dans un violon ancien. D'autres fois dans son appartement situé un peu plus haut rue de Liège, un rez-de-chaussée au fond d'une cour lumineuse où il avait reproduit en miniature un jardin d'Italie en plantant oliviers, lauriers et gardénias dont elle parait ses vestes.

Dans l'un des souvenirs, Oriane était à la fenêtre, en déshabillé blanc, en train d'appliquer de la colophane sur la mèche de son archet. Gabriel ne l'avait jamais vue aussi belle. Lorsqu'elle eut terminé, elle caressa son violoncelle, abaissa l'instrument, le cala entre ses cuisses nues et déposa la touche quelque part entre son cœur et son visage. Elle leva l'archet et le fit glisser sur les cordes dont le métal semblait s'évanouir au son de Schumann, sa main elle-même n'était plus que légèreté, elle ne jouait pas, elle effleurait l'instrument qui se pliait à ses désirs.

« J'ai d'abord aimé le violoncelle, murmura-t-elle, parce qu'il était lourd et encombrant. »

Devant l'air surpris de Giacomo, elle ajouta :

« Ce que les autres lui reprochaient était pour moi sa qualité première. Maintenant, je l'aime car j'ai l'impression que c'est une parcelle de toi. Tu le soignes, je l'éreinte, nous nous étreignons. Son âme est la nôtre, pour toujours, Giacomo. Tu me le promets ?

– Bien sûr mon oripeau, pour toujours », répondit le luthier, hypnotisé par les gestes de sa bien-aimée.

Elle rit doucement.

« Sais-tu seulement ce que cela signifie ? Des haillons, des guenilles ?

– *Orpello* en italien, c'est l'or qui brille dans tes yeux lorsque tu ris.

– Dans ce sens-là d'accord, mais le doré de l'oripeau est faux, trompeur, il masque la réalité. »

Giacomo sourit à son tour de ce malentendu et poursuivit :

« Ce qui est faux n'est pas nécessairement trompeur. Notre amour, par exemple, est fondé sur le vrai, pourtant il restera toujours enfoui, caché. Nous pourrions être l'or, dissimulés sous le vernis de ton mariage. Toi, tu es un diamant brut, et lorsque tu joues, ton âme éclot à la surface du monde. Joue encore, mon amour. »

Oriane reprit sa sonate de Schumann et Gabriel, comme Giacomo, se laissa bercer par la langueur de cette fin d'après-midi étouffante.

« Cette chaleur me rappelle mes journées passées à la fenêtre quand j'étais petite à regarder les lavandières de l'île Saint-Louis répandre la cendre tamisée sur le linge empilé dans des baquets de bois, puis jeter dessus, munies de sceaux aux poignées de cuir, de l'eau bouillante. Des vapeurs de chaleur montaient alors jusqu'à notre appartement et je devais fermer la fenêtre sur ordre de mes parents qui redoutaient qu'elles humidifient le bois de mon violoncelle. Dès que l'atmosphère est moite comme ce soir, je repense à ces femmes battant et frottant le linge en chantant *La petite Tonkinoise* ou *Les roses blanches*, le retournant et le rinçant plusieurs fois avant de se mettre à deux pour l'essorer, les mains tuméfiées, les joues écarlates. Moi, je les adorais, je les accompagnais parfois au violoncelle et elles m'envoyaient des signes affectueux en dansant presque dans leurs robes de gros coton trempées par leur labeur. »

Gabriel se décida enfin à revenir dans le monde des vivants. Il croisa Édouard en sortant de sa chambre qui, heureux pour lui de la progression de son savoir sur Oriane, lui conseilla tout de même de se raser et de se doucher avant d'aller quai de Conti s'excuser auprès d'Isabelle de son absence ces trois derniers jours.

Gabriel plaisanta en lui disant que l'Institut attendrait, il avait rendez-vous quai d'Anjou. Il emporta avec lui un casque de visionnage chargé des souvenirs de Giacomo. L'académicien ouvrit la porte en veste d'intérieur rouge grenat. Ils parcoururent une longue entrée dont le parquet, recouvert d'un tapis aux couleurs sérieuses, encombré de piles de livres, ne laissait qu'un mince passage. Ils traversèrent le grand salon assombri par des rideaux drapés.

L'immortel s'installa avec Gabriel dans un petit salon beaucoup plus lumineux, dont les fenêtres ressemblaient à des serres tant les fleurs abondaient dans les jardinières qui donnaient sur le quai.

– Vous la cherchez toujours, n'est-ce pas ?

Gabriel recula, surpris de la malice qu'il percevait dans les yeux de son interlocuteur.

– Moi aussi, j'ai été follement amoureux d'une illusion, d'une fugitive, mais elle était littéraire, c'était Mathilde de la Mole. Cette beauté capricieuse devint mon idéal féminin. J'aimais être amoureux. Je me dépassais en me faisant une haute image de moi-même, prêt à vaincre Julien Sorel pour conquérir un cœur aussi noble que celui de Mathilde, comme vous vivez en ce moment un tournant égotique où rien de ce qui est commun ne vous touche plus. Vous êtes de la trempe des Fabrice del Dongo, des Lucien Leuwen, pour qui la réussite passe par le fait de devenir ce que l'on est. Pour le moment, vous vous sentez sûrement en apesanteur, dans un monde trop brutal, comme une bulle de savon qu'un souffle de vent pourrait briser, mais vous êtes bien au-delà, cher Gabriel. Votre idéal, comme le mien, est la grâce, que vous trouvez dans les souvenirs… moi je n'avais que mes livres. Ce que tout le monde prend pour une obsession, je le vois comme une traque, une analyse de vous-même, un puits de Narcisse ou de Poséidon. Soit vous tomberez, soit vous vous relèverez plus fort.

Un long silence se fit, pendant lequel Gabriel intériorisa les propos qu'il venait d'entendre.

– Pour en revenir à votre recherche, poursuivit l'académicien, l'ébéniste Eugène Drouet que vous mentionnez ne me dit rien, mais il est probable qu'il ait existé.

Gabriel l'écouta encore raconter d'autres souvenirs, citer Aragon, puis il prit congé, fortifié par cet échange. Il se sentait compris.

16

Édouard sortit de son taxi au pied du New York Times Building. Il lui suffisait de marcher un bloc pour arriver au Knickerbocker, un hôtel qui venait d'ouvrir au coin de Broadway et de la 42e. Il leva les yeux et sentit la puissance réchauffante de la ville. Il s'était souvent demandé pourquoi ses amis privilégiaient SoHo ou Williamsburg, et snobaient Times Square. Il se l'avouait aujourd'hui, il était prêt à changer de public pour conquérir celui de Broadway. Toute la considération qu'il avait reçue jusque-là ne vaudrait jamais un succès dans l'un de ces théâtres populaires, certes, mais exigeants.

Écart à la doxa, Édouard aimait ce quartier, qui le lui rendait bien, lui ayant fourni des extases sensorielles lorsque, plus jeune, il s'échappait de la BAM – le théâtre de la Brooklyn Academy of Music – où il assistait Peter Brook dans sa mise en scène d'*Hamlet* avec Adrian Lester et qu'il retrouvait sa petite amie américaine, une jolie blonde dont il avait hélas oublié le nom aujourd'hui, pour regarder des films en croquant du pop-corn au fond d'une salle obscure.

Installé dans une chambre sobre et confortable du vingt-deuxième étage, Édouard ne se lassait pas de la vue de sa fenêtre d'où il pouvait suivre les mouvements électriques des publicités changeantes et colorées. Il retrouva Sam Birdman dans le hall, qui lui annonça leur emploi du temps très serré. Il se sentit emporté par l'efficacité chaleureuse de son producteur. La journée, il allait enchaîner des rencontres avec le directeur de casting, le chorégraphe, le scénographe et l'arrangeur des chansons de Dalida, tandis que ses soirées seraient consacrées à des spectacles et à des dîners avec des donateurs.

Ils rejoignirent à pied le Richard Rodgers Theatre où se donnait la comédie musicale *Hamilton*, qui raconte l'histoire de l'indépendance des États-Unis en rap. Ils sortirent impressionnés par les comédiens, tous noirs, interprétant Lafayette, Jefferson ou George Washington de façon magistrale.

Les dîners qu'il avait partagés avec les donateurs l'avaient plus surpris encore, imaginer ces femmes de l'Upper East Side et leurs maris financiers se réjouir autant d'investir dans une comédie de Broadway que de donner annuellement au Metropolitan Opera ou à Carnegie Hall le laissait coi. Tous étaient enchantés par le projet de Sam, Édouard y ajoutant une touche de distinction parisienne qui leur plaisait énormément. La plupart avaient appris le français à l'université ou au cours de leur *European tour* et le parlaient volontiers, tout en s'excusant de le maîtriser si mal alors qu'ils s'exprimaient parfaitement.

Le bref aperçu de cette ouverture d'esprit le convainquit qu'il avait fait le bon choix. L'Amérique, et particulièrement New York, avait le don de provoquer une libération des énergies qui tenait probablement au culte de l'hyper-individualisme qu'Édouard, comme beaucoup d'Européens, s'était habitué à honnir. Il réalisait que cette croyance produisait une sensation étrange et contradictoire d'affranchissement. Il était bien sûr conscient que l'apparente hétérogénéité des goûts de ses interlocuteurs relevait sans doute de la recherche du profit bien plus que de la construction d'une esthétique, pourtant, la mosaïque de leurs investissements provoquait *de facto* une insubordination de leurs esprits à la norme. S'ils déjeunaient dans leurs clubs aux règles surannées, l'une au Cosmopolitan, réservé aux femmes, l'autre au Metropolitan ou à l'Union Club au cœur de la Cinquième Avenue, cette tradition ne les empêchait nullement d'aller écouter les confessions d'une prostituée transgenre dans un théâtre du West Village, si la pièce en valait la peine.

Édouard sentait qu'il allait en découvrir plus sur lui-même et la société en exportant ici son talent que s'il avait continué à batailler dans les arcanes du théâtre subventionné, malgré tout l'amour et le respect qu'il lui portait.

Il regarda ses messages et vit que Rose lui avait répondu. Son ami Antoine avait insisté pour qu'il la rencontre, et peut-être même qu'il l'auditionne pour sa comédie musicale. Rose lui proposait de la rejoindre le 31 au soir pour la soirée d'Halloween organisée par la troupe de *Sleep No More* dans un hôtel de Chelsea. Elle précisait qu'il fallait être déguisé en suivant le thème d'Hitchcock.

Édouard, comme tout homme de théâtre, ne craignait aucun travestissement et se mit en quête d'un magasin dédié, ce qui ne manquait pas dans le quartier de Washington Square. Le parc n'avait jamais été d'une telle beauté, des feuilles rouges, vertes et dorées recouvraient encore les arbres. Les *brownstones* qui le bordaient semblaient plongées dans une tendre mélancolie. Il remonta la Cinquième Avenue pour rejoindre l'Halloween Adventure, un magasin de déguisements, farces et attrapes.

Il n'avait pas pris conscience du péril qu'il encourait. Il était quatre heures de l'après-midi, le jour d'Halloween, dans un pays qui vit pour célébrer cette fête. La queue s'étirait loin sur le trottoir, Édouard s'y inséra sagement entre les potelets à sangle. Dans la demi-heure qui suivit, il eut le temps de se rappeler à quel point les Américains semblaient aimer les files d'attente, il suffisait de voir les trésors d'ingénierie déployés pour canaliser les foules dans les parcs d'attractions.

Ce fut enfin son tour. De la musique hard rock résonnait à plein volume dans l'étroit magasin et les vendeurs gothiques semblaient épuisés sous leurs lentilles phosphorescentes, leurs piercings et leurs tatouages. Édouard attrapa un chapeau melon, un clap de cinéma, quelques oiseaux qu'il accrocherait sur son costume et s'extirpa de cet enfer torréfiant.

Devant l'hôtel, une femme habillée d'un tailleur vert déchiré et maculé de taches de sang, un collier de perles, une perruque blonde courte et décoiffée dont elle avait rehaussé l'effet par un rouge à lèvres débordant sur ses joues, l'aborda.

– C'est donc toi, Édouard, *the* Édouard, lui dit-elle en le saluant.

– Et voilà donc *la* Rose. De tous les voyages accomplis par Antoine, celui que vous avez effectué ensemble est un de ceux qui l'ont le plus marqué, et pourtant, il en a connu des *road trips* ! C'est rare de réussir à garder le contact pendant dix ans.

– Il m'a prévenue que tu parlais beaucoup quand tu étais mal à l'aise ! répondit-elle en riant et en le tirant par la manche pour l'attirer vers le tapis rouge.

– Avec une telle entrée en matière, c'est d'un moulin à paroles que tu vas hériter ! Je serais toi, je ne prendrais pas tant de risques…

– De toute façon, on ne va pas en avoir beaucoup l'occasion, répliqua-t-elle en avançant toujours.

Elle plut immédiatement à Édouard. Remettant une mèche qui s'était échappée de son chapeau melon, il lui prit le bras et s'inclina devant l'originalité du portier déguisé en noir et blanc, littéralement. La peau grimée, une cravate et un costume noirs, un pardessus gris plus clair et un chapeau en feutre noir. Ils pénétrèrent dans ce qui ressemblait plus à un hangar qu'à un patio d'hôtel. Édouard ne fut pas décontenancé, il connaissait New York, ses *speakeasies*, ses boîtes de nuit masquées derrière la porte des toilettes d'un coiffeur-barbier du Lower East Side, ses fêtes sur la piste d'hélicoptère du toit d'un immeuble de Wall Street.

Ils descendirent les marches métalliques menant à une grande piste où quelques danseurs se déchaînaient sur de la jungle, travestis en personnages de *Sueurs froides*, *Fenêtre sur cour*, *Psychose* ou *Mort aux trousses*.

Rose prit Édouard par la main, et, se faufilant, ils contournèrent un bar au fond de la salle et empruntèrent un escalier dérobé en bois. Édouard hésita mais Rose lui fit un signe qui signifiait de lui faire confiance. *Sleep No More* était un concept de spectacle éphémère qui ne se résumait pas à une piste de danse. Ils passèrent par une salle aux fauteuils club en cuir marron, se dirigeant vers la source de la musique et se trouvèrent bientôt face à un quartet de jazz des années quarante. Le chanteur en bas résille et robe de chambre de satin blanc à col de fourrure fredonnait *Fever* de Peggy Lee dans un micro Telefunken U47, accompagné de deux danseurs en perruque et déshabillé vert et bleu. L'ensemble formait un spectacle charmant. Le chanteur descendit de la scène et s'approcha des spectateurs pour finalement s'immerger dans une vasque sur pieds en fonte qui trônait au milieu de la pièce, remplie de polystyrène rose bonbon, tout en continuant à chanter *It's a Sin to Tell a Lie*.

Après avoir écouté quelques titres, ils rejoignirent la salle suivante, au coin de laquelle des groupes se photographiaient sur un lit rond recouvert de velours d'un rouge intense. Rose invita Édouard à s'asseoir, tapotant la couverture d'un geste engageant.

– Déjà ? sourit-il en confiant son portable à un couple de Coréens pour qu'ils immortalisent la scène, et il vint s'allonger, tenant visible le clap de cinéma sur lequel il avait noté le numéro de la séquence mythique de la douche dans *Psychose*.

La folie de la soirée continuait à l'étage suivant. Derrière des vitres, quatre comédiens, debout dans un salon, buvaient du champagne. Après quelques instants, la situation sembla s'envenimer. Sans avoir suivi le début, ils comprirent qu'un drame se tramait. Les spectateurs déguisés observaient un silence respectueux, alors même que les comédiens, marionnettes prises en étau dans leur maison de verre, ne pouvaient les entendre.

Édouard notait tout mentalement, ahuri par l'ingéniosité féconde des New-Yorkais qui arrivaient à créer un suspense fugace, une comédie sans parole, sans début ni fin, un continuum qui saisissait les passagers clandestins de ce théâtre en mouvement.

Rose et lui se laissaient emporter par l'effervescence du lieu. À chaque palier, des comédiens sur échasses les guidaient vers les marches qui conduisaient à l'étage supérieur. Ils se retrouvèrent dans un étroit couloir grenat troué de vitres lumineuses, dans lesquelles des mains gantées mimaient des suppliques, des caresses ou des jeux. Dans la salle suivante garnie de baignoires, des personnages s'agitaient derrière des rideaux de douche translucides tachetés de sang.

L'ambiance était de plus en plus étrange, les couloirs, plus sombres. Cette profusion kaléidoscopique de mouvements, d'images, de lumières et de sons troublait l'esprit d'Édouard partagé entre ébahissement et sidération. Il n'arrivait plus à savoir s'il trouvait la mise en scène de mauvais goût, les spectateurs qui postaient chaque recoin des pièces sur Instagram, ridicules, ou si tout ce spectacle participait d'une seule et même réalité, celle d'Hitchcock réveillé pour Halloween à l'époque contemporaine. Où était le réalisateur de *La Mort aux trousses* dans cette bacchanale ? Rose avait l'air de se poser le même type de questions et Édouard appréciait le fait qu'elle n'ait pas sorti son téléphone une seule fois de la soirée. Il se reprit en pensant que peut-être s'était-elle munie de ce que Gabriel lui avait présenté comme le comble de la modernité, ces lentilles à souvenirs qui permettaient d'ancrer dans sa rétine et son cerveau le moindre fait vécu pour ensuite le mettre en vente sur l'application MnemoFlix. À la dérobée, il cherchait dans les pupilles de Rose un indice de cet éventuel transhumanisme.

Son malaise ne parvenait pas à se dissiper, cerné par la menace persistante des cuivres de la bande-son de *Sueurs froides*. Rose perçut sa gêne et doucement le tira vers un autre espace où l'air était plus frais, des flèches clignotantes indiquant l'accès au *rooftop* de l'hôtel. Édouard respira enfin. Il se ressaisit et remercia Rose de l'avoir conduit dans cet endroit aussi..., il ne trouvait pas ses mots, n'ayant pas envie de lui servir un «*amazing*» aussi banal que cliché.

N'attendant pas la fin de sa phrase, et voyant qu'il allait mieux, elle lui proposa de redescendre pour rejoindre la piste. Des filles sublimes en boa de plumes et string argenté dansaient sur des podiums. Les déguisements libéraient les fêtards de toute contrainte et Édouard s'abandonnait aussi, malgré la sobriété du sien. Les oiseaux accrochés à leurs costumes s'entrechoquaient en rythme et la moiteur des corps dégageait un érotisme qui les gagnait.

Il était onze heures du soir et la fête devenait de

plus en plus explicite, des garçons vêtus de débardeurs en résille s'enlaçaient sans retenue, tandis que les danseuses poursuivaient leur chorégraphie lascive.

Vers une heure du matin, Rose proposa de se rendre à la soirée Halloween organisée par Heidi Klum chez Tao, un immense restaurant asiatique dont le sous-sol faisait boîte de nuit. Son meilleur ami, Micky, danseur comme elle, y avait été engagé pour le spectacle. C'est à pied qu'ils descendirent jusqu'à Meatpacking District, dont les rues étaient envahies de Superman, lapins crétins, Catwoman et autres Betty Boop. Au milieu de cette foule, les seuls individus non déguisés proposaient en marmonnant toutes sortes de drogues aux passants.

Rose et Édouard remontèrent la queue qui s'étendait sur la longueur d'un bloc. Il sourit. Comme à Paris, Berlin ou Moscou, une loi universelle s'appliquait à la nuit, certains attendent, d'autres pas. Micky, prévenu par Rose de leur arrivée, murmura à l'oreille du physionomiste qui, d'un hochement de tête, les laissa entrer, le visage rendu inexpressif par un maquillage figé dans un sourire qui laissait voir tout le système sanguin de ses nerfs à vif. Heidi Klum, déguisée en papillon, sublime dans une robe moulante bleue, dansait avec ses invités autour d'un podium sur lequel des mannequins impassibles défilaient en boucle. Cheveux blonds, peau grise et lèvres carmin, ils portaient tous un costume d'astronaute futuriste rose pâle, casque accroché à leur ceinture argentée. Édouard ne saisit pas la métaphore, s'il y en avait une, mais rit de voir Rose tenter de déconcentrer Micky à chacun de ses passages.

Ils finirent leur soirée chez Katz's dans le Lower East Side à partager un sandwich au pastrami en compagnie d'autres costumes éreintés et déteints par une pluie qui venait de commencer. *House of the Rising Sun* passait sur la radio du *diner* aux murs recouverts de photos d'artistes aux côtés du patron. La chanson, l'heure, la soirée, son costume et celui de Rose, tout rendait Édouard mélancolique, d'autant que The Animals avaient laissé place à *Don't Let Me Down* des Beatles, chanson qu'il écoutait en boucle après que *cela* était arrivé. Il n'en parlait jamais. Pas plus qu'Antoine ou son frère. Mais le visage de Rose, qui avait retiré sa perruque d'un geste cinématographique, qu'un réalisateur de *teen movies* des années quatre-vingt-dix aurait filmé au ralenti, ses beaux cheveux blonds se libérant enfin du carcan de nylon pour trouver une forme parfaite sur ses épaules, ce visage l'incitait, ce soir-là, à se confier. Rose lui donnait l'impression de savoir à l'avance ce dont il allait lui parler. Il était dans un état second.

– Antoine t'a raconté ?

Elle fronça les sourcils sans répondre.

– La nuit du 24 décembre ?

Édouard cherchait une confirmation de son intuition dans les yeux de Rose. Ne la voyant pas, il poursuivit en prenant le sandwich qu'un serveur au tee-shirt siglé Katz's leur avait apporté :

– C'était la nuit de Noël. Mes parents avaient invité Antoine à venir skier avec nous, comme chaque année depuis que son père avait quitté la maison et que sa mère ne pensait plus qu'à lui trouver un remplaçant. Il en avait assez, à quinze ou seize ans, de passer ses vacances dans le Perche avec ses grands-parents pendant qu'elle convolait avec son amant du moment aux Maldives ou aux Seychelles pour en revenir invariablement couverte de coups de soleil et de bleus au cœur. Bref, je ne sais pas pourquoi je te raconte tout cela, dit-il, ayant repris ses esprits, alors que ceux de Rose semblaient ailleurs, même si elle gardait un regard bienveillant.

California Dreamin' les accompagnait maintenant et les confidences d'Édouard l'avaient plongée dans sa propre enfance.

– C'est peut-être pour cela qu'on s'est si bien entendus avec Antoine, murmura-t-elle. Moi aussi, ma mère pensait à tout autre chose qu'à moi, enfin, les brèves années de sa présence. Elle est partie quand j'avais six ans et je ne l'ai plus jamais revue.

Son mascara laissa perler une légère goutte noire à l'extrémité de ses yeux en amande. Lorsque Elvis Presley passa et son *Can't Help Falling in Love*, elle capitula. Par-dessus la table, Édouard lui tendit les mains, paumes ouvertes. Ils pleuraient tous les deux maintenant, sans bien savoir pourquoi – était-ce que la soirée avait été trop palpitante, ou leur rencontre trop intense ?

Elle attrapa deux serviettes en papier recyclé marron et en passa une à Édouard, qui la regarda en riant malgré ses larmes.

– Je ne sais pas ce qui nous arrive, lui dit-il en entreprenant de se moucher sans s'abîmer le nez avec le tissu rêche.

– Moi, mes souvenirs m'émeuvent, mais je ne comprends pas ton émotion à toi. Elle sourit. Tu étais amoureux de la mère d'Antoine ? Pourquoi cela te touche-t-il tant ?

– Pas du tout, sourit-il à son tour, malgré ses larmes.

Cela devait faire vingt ans qu'il n'avait pas senti leur goût salé et chaud. Depuis ce soir-là.

– Mes parents sont morts cette nuit du 24 décembre, au ski, cette année où Antoine était avec nous.

Rose serra ses mains qu'il n'avait pas retirées. Le serveur passa près d'eux pour leur demander si tout allait bien. « *All good* », répondirent-ils en chœur, le laissant finir son tour et poser la même question à leurs voisins, en automate de cinq heures du matin. Édouard reprit :

– Il neigeait ce soir-là. On avait passé la journée à skier, il avait fait un temps sublime et on avait emmené Gabriel, mon frère, qui avait dix ans à l'époque, on l'avait traîné sur le glacier des Grands-Montets, alors qu'il avait peur et que nos parents nous défendaient de faire du hors-piste sans guide à Chamonix. Mais justement, je le connaissais bien celui-là, je l'avais déjà pratiqué dix fois, et j'avais seize ans, donc les terreurs de mon petit frère m'importaient peu tant qu'Antoine et moi nous amusions. Il nous a suivis, tant bien que mal, descendant la poudreuse en chasse-neige, le corps complètement en arrière, terrifié, pendant que nous faisions un concours de godille en ricanant.

» On a pris le dernier téléphérique pour redescendre à la station et c'est là qu'il a commencé à neiger. Avec Antoine, en rentrant, on s'est écroulés dans les canapés du salon devant le feu de cheminée que Ninon – elle vivait avec nous depuis que j'étais né – avait dû allumer vers seize heures en prévision de notre retour. Les parents piaffaient. On rentrait en retard alors qu'ils avaient promis à Gabriel de les accompagner pour effectuer les dernières courses de Noël en ville. On habitait un chalet au nord, dans les Praz. Malgré sa fatigue, Gabriel les a accompagnés et il s'est assis sur la banquette arrière de la Range Rover. Ils sont partis tous les trois. La route n'était pas longue mais très escarpée. À dix-huit heures, ils n'étaient toujours pas revenus. Ninon râlait que le dîner ne serait pas prêt, la farce n'en parlons pas, et que tant pis, il n'y aurait que du foie gras, la dinde, on la cuirait à Pâques. Nous, avec Antoine, on rigolait en fumant des cigarettes sur le balcon et en l'imitant.

En regardant Rose, les sourcils froncés et la bouche contristée, il poursuivit :

– Dix minutes plus tard, Gabriel est rentré à la maison, on l'a vu depuis les portes vitrées marcher sur le chemin, couvert de neige, les cheveux en bataille, l'œil hagard. On lui a crié des absurdités, nous moquant de sa démarche fiévreuse. « T'as fait le mur ? T'as laissé les vieux en ville et tu t'es tiré ? », et on rigolait, misérables que nous étions !

Satisfaction des Rolling Stones passait maintenant à la radio mais ni Rose ni Édouard ne l'avaient remarqué.

– Il a ouvert la porte, livide, et Ninon s'est précipitée sur lui, le couvrant de baisers et posant ses mains sur son visage pour observer de plus près son arcade sourcilière qui saignait. Nous avions cessé de rire. Nous avons couru vers lui, les couleurs avaient disparu de nos visages aussi. Gabriel a fondu en larmes et il nous a raconté l'accident, les pneus neige que papa n'avait pas eu le courage d'installer, les reproches de notre mère, le jeu de papa de faire zigzaguer la voiture sur la route pour leur prouver qu'il maîtrisait parfaitement le véhicule, la plaque de verglas, le virage, le coup dc volant pour essayer de rester sur la route, la chute et le choc, le tronc d'arbre, le trou noir. Le pauvre enfant hoquetait et ses sanglots se mêlaient au sang qui coulait de ses sourcils.

» La route était déserte, tout le monde réveillonnait, les quelques chalets que nous avons croisés en descendant vers la voiture étaient baignés de lumière, des lampions sur les auvents, des rires, des disputes, des feux de cheminée, des familles dont le bonheur nous heurtait, nous qui étions devenus orphelins en une fraction de seconde. Ninon avait prévenu la police et elle était déjà sur place quand nous sommes arrivés sur les lieux.

» Le pare-chocs était broyé par la violence de la collision, mon père, écrasé sur le volant auquel ses mains étaient encore agrippées, du sang séché sur la tempe. Ma mère, en arrière, reposant sur l'appuie-tête, le visage épargné, des bris de glace un peu partout sur son manteau, semblait dormir, à la fois paisible et horrifiée.

» Ninon nous a pris tous les trois dans ses bras et nous avons pleuré longtemps. Elle s'est dirigée ensuite vers les policiers, elle leur a donné notre adresse et nous sommes remontés à la maison, écrasés de douleur. Mon oncle Georges, le frère de mon père qui était à l'hôtel Alpina en ville, nous a rejoints dans la nuit et il a pris soin de nous.

Rose serra plus fort la main qu'Édouard avait laissée dans la sienne. La pluie avait cessé et l'aube se reflétait sur le bitume trempé de la rue.

Ils se levèrent pour marcher un peu, croisant quelques noceurs tardifs en costume de Garfield ou en gros scarabée. Leurs pas se dirigèrent tout naturellement vers Delancey Street, à l'est. Ils s'assirent au milieu de la structure métallique rose du pont de Williamsburg, tournés vers la *skyline* de Manhattan, et regardèrent le lever du soleil entre les tours. Au bord de la rivière, les briques des *projects*, les logements sociaux, faisaient ressortir la pierre blanche du Chrysler Building et les vitres métallisées ou gainées d'acier des innombrables gratte-ciel.

Rose, émue par cette soirée inouïe, posa sa tête sur l'épaule d'Édouard qui tenait son chapeau entre ses jambes. Il lui parla longuement de la comédie musicale qu'il était train d'écrire avec le soutien de son producteur Sam Birdman. Rose siffla d'admiration. Il voulait l'auditionner en priorité. La force de sa personnalité, son visage, sa voix lui donnaient mille idées pour construire le personnage féminin de sa pièce. Il envisageait de raconter l'histoire d'un Italien du Bronx découvrant à la fois le chant, la danse et l'amour sur fond des chansons de Dalida. Elle jouerait le rôle de la jeune fille rêvée, beauté évasive de l'Upper East Side, celle qu'il n'aurait jamais cru pouvoir séduire. Il envoya un message à Sam pour organiser un rendez-vous dès l'après-midi. Leur excitation fit place à une rêverie commune sur la carrière qui les attendait.

17

Au volant d'une décapotable, les cheveux protégés par un foulard de soie coloré, Oriane conduisait vite, aussi à l'aise à l'archet qu'au volant de sa Bugatti type 57. Sous sa douceur, elle était intrépide et Giacomo l'en admirait davantage. Elle avait même piloté des avions. Elle aimait le danger. Elle lui avait raconté qu'un jour, alors qu'elle volait avec Jean Mermoz en direction de San Sebastián où elle devait donner un concert, l'aile droite de leur Latécoère s'était brisée. Après un atterrissage en catastrophe, ils restèrent pris sous les débris de l'appareil. Sans une blessure, juste contusionnés et craignant chaque seconde que l'avion ne s'enflamme, ils réussirent à se dégager. Elle put, ce soir-là, donner son récital à l'heure prévue.

Giacomo et Oriane arrivèrent à Cannes et s'installèrent dans une suite de l'hôtel Martinez. Sur le lit, il la regardait fumer et l'écoutait lui dépeindre sa collaboration avec Gabriel Fauré en 1924, le visage à contre-jour, des palmiers au loin, et au fond, le bleu de la Méditerranée se confondant avec le ciel.

«J'avais dix-sept ans, disait-elle, et grâce à mon premier prix de Conservatoire, Gabriel Fauré a organisé mes débuts de soliste ici même à Cannes. À chaque fois que j'y reviens, j'y repense. Je devais jouer une pièce de sa composition, ainsi que Tchaïkovski, Saint-Saëns et Brahms. Il m'a prêté pour la première fois son violoncelle et, pour m'encourager encore, alors qu'il en avait déjà tant fait, il est monté sur scène à la fin du concert. Cet homme était un ange, avec ses cheveux en bataille et sa moustache nietzschéenne. Tu aurais vu son regard... le mot fierté est trop faible, car il se rapproche de l'orgueil et ne contient pas la générosité qui animait cet artiste. Je ne suis pas la seule qu'il ait parrainée – même si notre attachement réciproque a fait couler beaucoup d'encre à l'époque. Rends-toi compte, je n'étais pas mariée en 1924, je n'ai épousé Paul que deux ans plus tard. Mon père supportait mal ces rumeurs qui couraient sur mon maître et moi. Pourtant, juste avant sa mort, il m'a légué son violoncelle, ce Castegneri du XVIIIe siècle si bien soigné. Mon amour, je t'ennuie ? rit-elle en laissant échapper une dernière volute de sa cigarette dans l'air printanier avant de s'approcher de lui pour le couvrir de baisers.

– Mais non, continue, je veux tout savoir de toi.

– En tout cas, c'est grâce à lui que j'ai rencontré Jean

Wiener. Grâce à lui et à Arthur Honegger, qui était mon coturne au théâtre du Vieux-Colombier.

– Cothurne ? demanda Giacomo. C'est quoi, une sorte de chaussure ?

– Mais non, celui qui partage une chambre. Là, c'est au sens figuré. Tous les dimanches, nous nous retrouvions dans l'arrière-salle du Vieux-Colombier pour accompagner les séances de cinéma muet. Arthur jouait de la batterie et moi, du violoncelle… Nous avons été réunis tous les trois avec Jean Wiener pour la première fois rue Huyghens, dans le quartier de Montparnasse, pour assister à une répétition du groupe des Six. Cocteau était là aussi, et on a ri toute la soirée en pastichant Bach et Chopin. Honegger était en verve et il s'est mis à mimer ma première participation au cinéma, inquiète à l'idée de suivre le rythme des images, qui montraient une tempête devant un château glacé. Il était tordant. Mais je parle trop, il faut que je passe une robe. Tu m'aides, mon amour ? »

Et Giacomo s'exécuta, appréciant autant le plaisir de refermer son vêtement qu'il en aurait à l'ouvrir.

Quittant les souvenirs de Giacomo, Gabriel se prit à repenser à Sara qui, elle, était bien réelle et qui lui avait fait une déclaration à laquelle il n'avait su répondre. Depuis leur dispute dans les jardins du Louvre, il avait reçu l'invitation au mariage de son père et d'Adélaïde au printemps prochain, sans un mot d'elle. Depuis qu'ils se connaissaient, jamais ils n'étaient restés éloignés l'un de l'autre si longtemps. Il n'avait plus personne à qui faire le récit de ses découvertes sur la vie d'Oriane et il s'en désolait, tout en percevant qu'elle était sans doute l'être le moins à même de les recevoir.

Quand il se décida à lui téléphoner, elle commença par refuser son appel. Il recomposa plusieurs fois le numéro. Elle finit par décrocher, la voix sèche et ennuyée. Après quelques banalités, il lui demanda la raison du brouhaha autour d'elle. Elle était avec Antoine devant l'entrée du Grand Palais, pour une vente organisée par Sotheby's des souvenirs d'un grand couturier. Elle répondit à une question d'Antoine et il perçut le contraste entre la chaleur amusée qu'elle témoignait à l'ami de son frère et le ton pressé qu'elle lui réservait.

Il avait entendu parler de cette vente – qui n'était pas au courant ? C'était dans tous les journaux. Malgré une volonté clairement exprimée d'obsèques discrètes, le légataire du créateur organisait au profit d'une noble cause cette vente de souvenirs en affirmant n'avoir mis à disposition que les souvenirs publics du maître, se réservant l'accès aux plus intimes d'entre eux.

Gabriel n'était pas surpris qu'Antoine ait obtenu des places, mais plus étonné que Sara ait accepté de l'y accompagner, elle qui détestait les faux-semblants. Or, qu'était cette soirée sinon un simulacre ?

Il alluma la télévision, toutes les chaînes montraient

en continu l'hommage ainsi rendu. Des comédiennes égéries du styliste côtoyaient des experts en tout genre, des avocats évoquaient des failles dans le droit à la propriété intellectuelle du défunt, des couturiers saluaient la mémoire de leur ami. Des écrans splittés filmaient la montée des marches et le dispositif de sécurité, tandis qu'en duplex un ancien instituteur de l'artiste et son professeur aux Beaux-Arts déversaient leurs souvenirs. Et tournaient en boucle les images de sa vie, de sa maison, de ses défilés.

Une mythologie était en train de naître. Le couturier avait fasciné les foules pendant quarante ans, participé à la vie publique, et ce soir-là, contre sa volonté, une partie de sa mémoire était livrée en pâture aux acquéreurs les plus offrants.

Gabriel se dit qu'au royaume des fous, il n'était pas le plus indigne de leurs représentants. N'était-il pas en train de fantasmer une histoire d'amour avec une femme qu'il ne rencontrerait jamais, qu'il n'aimait que par la grâce des indices laissés par la mémoire d'un autre ? Nous sommes faits de l'étoffe de nos rêves, se convainquit-il en retournant aux seuls souvenirs qui le faisaient vivre.

Giacomo avait pris soin de dissimuler les éléments les plus intimes de sa relation avec Oriane sous les strates d'autres évocations, si bien qu'il fallait prêter attention à chaque détail pour percevoir les changements de temporalité, et donc dater les souvenirs, et entrer plus profondément dans sa mémoire.

Un après-midi d'été, un 14 Juillet pour être précis, elle avait donné rendez-vous à Giacomo dans son atelier. Celui-ci aurait dû être fermé en ce jour de fête nationale mais pour Oriane, le luthier était prêt à tout. Lorsqu'elle arriva, il était en train d'ouvrir les fenêtres pour déployer les volets de bois et laisser le soleil réchauffer l'atelier. Elle lui dit que ce n'était pas nécessaire, la réparation qu'elle lui demandait était minime. Giacomo acquiesça, surpris, et accrocha son borsalino à une patère. Il alluma sa lampe bouillotte en bronze doré installée sur son bureau et tendit la main pour qu'Oriane lui confie l'instrument.

– Voyons cela, vous jouez ce soir à l'Élysée, n'est-ce pas ?

Il s'aperçut vite que l'instrument était en parfait état. Il connaissait Oriane depuis à peine deux mois, et si rien dans ses gestes ne laissait supposer que leur attirance était réciproque, la cadence à laquelle elle lui rendait visite la trahissait.

Il ne fit pas semblant de toucher l'instrument qu'il déposa délicatement contre son bureau après y avoir jeté un bref coup d'œil. Elle s'approcha et il contempla son visage, le petit grain de beauté qu'elle avait à droite, sur la lèvre supérieure, ses fossettes, la forme de ses mains lorsqu'elle serrait son archet. L'atelier était fermé, le monde était à eux, ils entendaient des éclats de voix de passants se rendant au défilé, le chant des camarades, des patriotes, *La Marseillaise* qui résonnait, les rires des femmes et le bruit des pas sur le pavé. Tout simplement, ils se rapprochèrent, elle, faisant le geste de reprendre son violoncelle, lui, de le lui rendre, et leurs mains se touchèrent. Ce contact les électrisa, et Giacomo perçut dans les yeux d'Oriane une étincelle qui hésitait entre l'effroi de ce qui allait advenir et l'envie que cela advienne. Giacomo osa poser son bras autour de sa taille et elle le laissa faire, ne le quittant pas des yeux. Leurs lèvres se rapprochèrent et ils échangèrent un baiser, léger d'abord, hésitant, puis de plus en plus passionné. Giacomo remonta doucement sa main jusqu'à atteindre sa nuque qu'il entoura avec douceur.

Gabriel avait le sentiment que c'était lui, à cet instant, qui enlaçait Oriane, son visage tout entier était tendu vers elle, et lorsque Édouard et Antoine entrèrent bruyamment sans frapper, il enleva son casque précipitamment et ressentit la même honte que quinze ans plus tôt quand son frère l'avait surpris dans sa chambre, des revues étalées devant lui.

– Qu'est-ce qu'il vous prend de rentrer sans frapper ? sursauta Gabriel, rouge de colère et de gêne, haïssant son frère de n'avoir jamais dépassé le stade primaire de leurs relations familiales.

Rien de ce qu'il vivait n'était répréhensible ou ridicule mais il donnait l'impression d'être pris en faute. Il détestait tout autant de se laisser enfermer dans ce rôle.

– Ça y est, quelqu'un a fini par lancer MnemoPorn ? On te laisse seul, tu sembles bien occupé…, rit Antoine, tirant la porte comme quelqu'un qui s'en voudrait d'être de trop.

Jetant son casque sur son bureau pour les suivre dans le couloir, Gabriel répondit, exaspéré :

– Tu sais très bien que ça n'existe pas, sinon tu en serais le premier utilisateur.

Reprenant son assurance, il rit lui aussi de la situation et leur proposa de partager un souvenir qui leur plairait, cinéphiles qu'ils étaient tous les trois. Gabriel s'installa confortablement avec eux dans les fauteuils du salon et prépara la séance d'immersion.

Le souvenir de Giacomo se déroulait dans les studios de Joinville. Oriane jouait dans l'orchestre que Jean Wiener dirigeait pour l'enregistrement de la musique qu'il avait composée pour *Le Quai des brumes*. Les images du film revenaient à l'esprit des trois garçons en écoutant les mélodies déchirantes qui accompagnaient le drame.

Une fois l'enregistrement terminé, le petit groupe composé de Giacomo, Oriane et Jean Wiener se dirigea vers la salle de projection aux fauteuils usés. Pendant que le film défilait sur l'écran, l'ambiance était à la fête. Ils y retrouvèrent Marcel Carné, qui plaisantait avec René Le Hénaff, le monteur de son film. Prévert buvait un verre avec Jean Gabin et singeait le bruit du baiser donné à Michèle Morgan.

Quelqu'un frappa à la porte. Prévert et Gabin se retournèrent sans se lever, et Marcel Carné fit signe à Giacomo d'ouvrir. Un jeune homme, béret masquant la moitié droite de son front, cigarette au coin des lèvres, un môme qui ne pouvait pas avoir plus de treize ans, lui remit un pli et attendit que Giacomo fouille les poches de son veston pour lui laisser quelques sous. Il repartit, saluant l'assemblée d'un « M'sieurs dame » bien parisien.

Marcel Carné ouvrit l'enveloppe et lut en marmonnant :

« Jacques, Jean, lisez-moi un peu ça ! Ça vient de Rabinovitch ! »

Gabin se leva en soufflant, surjouant l'acteur harassé par son producteur. Il lut pompeusement :

« *Mon cher monsieur Carné*, il fit une révérence. Il te donne du “mon cher”, ça sent la mauvaise nouvelle… *J'ai encore vérifié la longueur de notre film*, “encore”, le pauvre, il travaille tant ! *Et je vous prie instamment*, bof… s'il insiste, *de parler avec messieurs Prévert et Gabin*, présents ! *pour y faire quelques coupures.* Non, il ne va pas oser, le bougre ! On n'a qu'à trancher au hasard, il ne s'en rendra pas compte ! »

Prévert se leva à ton tour, gitane maïs éteinte au coin des lèvres, et fit signe à son camarade de lui donner la lettre. Il continua sur le même ton, mimant la voix affectée du producteur :

« *Le caractère et l'atmosphère du film font qu'il ne supporte pas la longueur normale de 2 500 à 2 600 mètres.* "Atmosphère, atmosphère, est-ce que j'ai une gueule d'atmosphère ?" lança-t-il, provoquant l'hilarité générale. Je me calme, je reprends, ajouta-t-il en prenant un ton à la Gabin : *La longueur maximale qu'il pourrait atteindre serait de 2 700 mètres…* »

Il parcourut la lettre rapidement des yeux et, sautant des passages :

« *Le dialogue est certes parfait*, merci, commenta-t-il, je suis flatté, monsieur le producteur, et j'attends le mais…, *et je sais qu'un auteur ne se résout jamais de gaieté de cœur à faire des coupures. Mais*, ah, le voilà, je m'en doutais. Sa cendre tomba sur le tapis. Ça tue les mites, qu'on dit, et il reprit, insistant de nouveau sur le "mais", *mais il faut que nous soyons tous raisonnables et que nous fassions ce sacrifice. Il faudra raccourcir le film d'au moins 500 mètres* – 500 mètres, dix-huit minutes ! Il se prend pour Procuste, Rabinovitch ! *et je vous prie de bien vouloir faire ce travail immédiatement. Transmettez, je vous prie, mes amitiés à messieurs Gabin et Prévert et faites-leur part de mon désir de voir faire ces coupures*, il ne lâche pas le morceau ! Bien… René, je crois qu'on va avoir besoin de toi ! As-tu tes ciseaux ? Ça va couper ! »

Oriane laissa les hommes s'échauffer et rejoignit Giacomo à la porte, lui faisant signe qu'ils allaient s'éclipser.

Antoine et Édouard retirèrent leur casque, saisis.

– Chapeau gamin, merci ! s'exclama Antoine. Ça valait d'être vu ! Et je te comprends mieux pour Oriane… elle est renversante. Tu me passeras ton casque à l'occasion, moi aussi je m'immergerais volontiers dans certains de ses souvenirs…

Gabriel haussa les épaules.

– Pour votre information et que vous vous couchiez moins bêtes, ce René, le monteur du film, n'est autre que René Le Hénaff, l'homme auquel je dois d'avoir connu le nom d'Oriane.

Antoine et Édouard, mi-goguenards, mi-impressionnés par la science de Gabriel, sifflèrent d'admiration.

– Je peux retourner travailler maintenant ou vous avez encore quelque chose à me reprocher ? lança-t-il.

– Attends, reste avec nous, on travaille à la construction de *Bambino !*

Gabriel eut l'air surpris. Édouard ajouta :

– Ma comédie musicale sur Dalida ! On vient de trouver le titre, qu'en penses-tu ?

Gabriel fit un signe d'assentiment en levant le pouce et il tourna les talons en riant.

18

Radio Académie préparait une série d'émissions pour rendre hommage à Germaine Tillion dans le cadre de sa panthéonisation le 27 mai 2015 aux côtés de Jean Zay, Geneviève de Gaulle et Pierre Brossolette. Gabriel avait moissonné un nombre impressionnant de documents et souvenirs originaux. Pour ne pas faillir au devoir de mémoire, le ministère de la Culture avait soutenu et encouragé la mise à disposition des souvenirs de temps de guerre et l'engouement du public ne se démentait pas.

Sur la Résistance, ils étaient pléthoriques et l'avaient été depuis le début de l'aventure MnemoFlix, les rescapés ayant œuvré après la guerre pour enregistrer des témoignages et constituer une mémoire collective de leur courage insensé.

Ainsi Gabriel connaissait-il désormais le visage de Paris sous l'Occupation. La psychose de la guerre des gaz était telle que pendant quelques mois, les Parisiens ne se déplacèrent qu'en portant un masque, parfois dissimulé dans une housse de cuir ou féminisé avec des tissus fantaisistes. La ville, en syncope, respirait à peine. Les rues, les avenues, les boulevards devenaient immenses sans leurs habitants, leurs travaux, leurs voitures.

Les Allemands, eux, s'amusaient, riches d'un taux du Mark fixé à vingt francs, alors qu'il en valait à peine douze. Gabriel les voyait se promener en uniforme et brassard à croix gammée, se ruant dans les magasins de lingerie et les parfumeries, symboles du luxe parisien. En terrain conquis, ils achetaient tout, bas de soie, escarpins, confiseries, qu'ils offriraient à leurs épouses au cours d'une prochaine permission.

Les souvenirs de Giacomo nourrissaient ses recherches et les singularisaient. Gabriel retraçait, en même temps que le parcours de Germaine Tillion, Jean Zay, Pierre Brossolette et Geneviève de Gaulle, celui, aussi patriote, d'Oriane pendant la guerre. Il découvrait un nouvel aspect de sa personnalité qui s'accordait à tout ce qu'il savait d'elle, son intrépidité, sa bravoure en avion, sa détermination à réussir tout ce qu'elle entreprenait. Elle incarnait pour lui la résistance des femmes, de celles qui avaient tout perdu, sauf leur courage.

Gabriel était autant effaré qu'impressionné par sa transformation physique. Sa figure, toujours aussi belle, rayonnait maintenant d'autre chose que de la musique.

De nouvelles ambitions la portaient et la résolution qu'il voyait dans ses yeux l'intimidait presque.

Que faisait-il là, bien installé dans son fauteuil, entre l'Institut et la rue du Faubourg-Saint-Honoré, alors qu'elle se battait ? Non pas au front, il n'y en avait déjà plus, mais dans sa ville, à son échelle.

Remontant le boulevard de Sébastopol au bras de Giacomo, elle lisait les nouvelles dans *L'Œuvre*. Dans ses dernières pages, le journal recommandait aux femmes qui se porteraient volontaires pour aider les exilés belges accueillis gare du Nord de « porter un maquillage léger, le contraire détonnerait outrageusement au milieu de ces réfugiés ».

« Un quotidien qui a publié Barbusse et soutenu le Front populaire ! Comment osent-ils publier de telles inepties ! » dit-elle, outrée, à Giacomo.

Elle jeta avec impatience le journal et entra dans le grand hall.

La salle des pas perdus était bondée de femmes, de landaus, d'enfants. L'inquiétude et la fatigue se lisaient sur les visages tendus. Giacomo et Oriane ne perdaient pas une minute, donnant des renseignements à une famille, en aidant une autre, distribuant de l'eau et un peu de nourriture. Le soir, Oriane se rendait dans les centres qui leur étaient réservés et jouait du violoncelle pour toutes ces familles, dont certaines écoutaient avec reconnaissance.

Gabriel découvrait avec un mélange de terreur et de fierté que la Résistance avait été bien plus étendue que ce qu'on lui avait enseigné. En réponse à une guerre sans combat, les armes des Françaises avaient pris la forme de voilettes, cheveux, clips, pendants d'oreilles et mille inventions qui étaient autant de provocations. Les chapeaux, afin de consoler d'une époque sans sourire, devinrent des sortes de farces pour braver les Allemands par d'invraisemblables coiffures haut perchées qui tiraient les femmes jusqu'au ciel.

L'ingéniosité des Françaises ne connut pas de limites. Les gibecières de cuir n'étaient plus autorisées à la suite d'un décret de 1941 interdisant leur fabrication ? Aussitôt, le modèle « Restrictions » fit fureur, conçu en simple toile cirée et fermé par une cordelière.

Les bas de soie disparaissaient ? Qu'à cela ne tienne, les Parisiennes se colorèrent les jambes à la teinture d'iode, une lotion nommée ironiquement « Filpas », et dessinèrent d'un trait noir sur la jambe la trace de la couture du bas.

À partir de janvier 1941, les ceintures en cuir ne devaient pas dépasser quatre centimètres de large pour les femmes ? La mode des ceintures très étroites se répandit. Un artisan mit en vente un modèle pour taille fine intitulé « Encore un cran ».

Les grandes maisons de couture adaptèrent leurs créations et leur insolence stupéfiait Gabriel. Jeanne

Lanvin en décembre 1942 composa toute sa collection sur la journée d'une Parisienne, depuis « Je fais la queue », manteau confortable, jusqu'à « Je sors ce soir », robe courte habillée, en passant par des tenues d'intérieur comme « Je me réchauffe » ou « Je remplace le chauffage central ».

Des alertes se déclenchaient presque chaque nuit même si bien peu de bombes tombaient. Gabriel retrouva dans les souvenirs du Ritz des scènes ahurissantes. L'abri de l'hôtel de la place Vendôme ressemblait alors à un salon à la mode, avec des caves agréablement aménagées, couvertes de fourrures et de sacs de couchage Hermès, Schiaparelli ou Lanvin mis à disposition des clients.

Giacomo comme Oriane s'engagèrent tous deux dès janvier 1941. Giacomo participa à des actions pour le troisième détachement, dit détachement italien de la MOI, la Main-d'œuvre immigrée, rattachée aux Francs-tireurs et partisans, dont il enregistra quelques souvenirs, principalement des actions de déraillement dans la région parisienne.

Oriane, quant à elle, s'engagea au BOA, Bureau des opérations aériennes, assurant le logement et organisant la vie matérielle des agents venus de Londres en leur fournissant pièces d'identité, tickets d'alimentation et couverture professionnelle. Gabriel en était certain, avec son goût pour le pilotage, si Oriane avait été un homme, elle serait devenue parachutiste, et non pas simplement facilitatrice.

Sa beauté, qui souvent la mettait en danger dans ce monde rempli d'hommes, était parfois une arme. Ainsi avait-elle réussi plus d'une fois à passer les contrôles allemands en revenant, son étui plein de faux papiers et de journaux clandestins, de Normandie où elle allait régulièrement rendre visite à sa fille Louise, qu'elle avait mise à l'abri dans une pension.

« À l'entrée de la gare Saint-Lazare, raconta-t-elle un jour à Giacomo et aux agents londoniens cachés dans une pièce au fond de l'atelier, une voie ferrée venait d'être sabotée et le transbordement s'effectua au niveau des Batignolles. Je me faisais toute petite en avançant vers le barrage de soldats allemands chargés de fouiller les bagages. La police française les aidait pour le contrôle. Essoufflée, j'ai posé mon "violoncelle" par terre et j'ai demandé avec un sourire discret à un policier français de m'aider à le porter, ce qu'il a accepté avec galanterie. C'est ainsi que j'ai passé le barrage allemand, les soldats étant persuadés que les Français venaient de me contrôler ou même de m'arrêter. Et voilà le résultat », énonça-t-elle fièrement en ouvrant grand l'étui.

Alors que l'émission de radio sur la panthéonisation prenait forme, Gabriel choisissait avec soin les témoignages sur la Résistance à insérer dans les interviews. Son engagement dans cette préparation le passionnait et aggravait son inquiétude liée au moment où les souvenirs de Giacomo, privés de la présence d'Oriane, s'étioleraient avant de s'éteindre.

Lorsque l'arrestation se produisit, Giacomo devait retrouver Oriane, qui répétait avec son quatuor à cordes une pièce de Mozart dans l'appartement du premier violon au 98, boulevard Haussmann. Ils jouaient le soir même salle Gaveau.

On était le 12 mai 1944. Le souvenir de Giacomo était terriblement précis. Lorsqu'il s'approcha de l'immeuble, il perçut tout de suite que quelque chose s'était produit. Dans une rue adjacente, deux camions allemands à l'arrêt lui faisaient redouter une souricière. Il passa devant le 98 sans paraître y prêter attention. Anxieux, il continua son chemin jusqu'à Saint-Augustin et rejoignit son atelier en longcant la rue de Vienne pour voir si Oriane s'y trouvait. Personne. Il s'assit dans son fauteuil et regarda les violons et violoncelles alignés, ces Stradivarius et ces Amati lui semblaient maintenant des morceaux de bois sans âme depuis qu'il pressentait qu'Oriane n'y toucherait plus. Il se prit la tête dans les mains et se frappa le crâne, « Quelle sorte de lâche serais-je, si moi je ne me présentais pas dans ce guet-apens, si je laissais Oriane seule subir les interrogatoires allemands ? Mais que fais-tu, Giacomo, qu'attends-tu ? »…

Aussitôt, il se leva et ferma à clef son atelier, convaincu que c'était la dernière fois qu'il accomplissait ce geste, puis il se mit à courir les mille mètres qui le séparaient du boulevard Haussmann. Devant l'immeuble, il salua la gardienne et, sans se soucier du signe discret qu'elle lui fit de ne pas entrer, il gravit les deux étages sur le tapis moelleux que cette guerre n'avait pas réussi à abîmer. Il poussa l'un des battants de la porte de l'appartement qui était entrouvert. Pénétrant dans le salon, il fut immédiatement plaqué au sol et menotté par trois soldats allemands. Giacomo, désespéré, imagina la scène de répétition que ces brutes avaient interrompue.

Les musiciens s'étaient sans doute assis en demi-cercle, Oriane, à la droite du premier violon, au centre du quatuor. Ils avaient dû poser leurs partitions sur les pupitres, avant d'accorder leurs instruments. Un court silence avait suivi. Puis le premier violon avait adressé un signe à Oriane pour lui indiquer le départ. Le genou placé contre son instrument, sous la lumière chaude et rassurante de l'abat-jour en parchemin, elle avait attendu son entrée, l'archet en l'air, concentrée. Les violons et l'alto avaient dessiné *sotto voce* la mélodie capricieuse du quatuor en *ré* majeur avant qu'Oriane n'entre en scène, amorçant le thème léger de l'*allegretto*.

Le spectacle auquel il était confronté était malheureusement bien éloigné de cette image idéalisée de la répétition. Les instruments avaient été saccagés, les sièges renversés, les partitions éparpillées sur le sol. Allongé entre les soldats, il releva la tête pour poser son regard sur le violoncelle mutilé d'Oriane. Il aurait voulu briser par la force de sa pensée les chaînes qui liaient ses mains dans son dos et courir, prendre l'instrument dans ses bras, ce corps souffrant aux cordes distendues et à la touche désossée. Il pensait au corps d'Oriane qui avait dû subir des violences bien plus vives encore, lorsqu'il reçut un brutal coup de crosse sur le crâne et s'évanouit.

Dès lors, Giacomo ne laissa plus que très peu de souvenirs. Quelques-uns, fragmentés, de son incarcération à la Santé, puis de son transfert à Fresnes. Il avait été arrêté pour s'être trouvé là au mauvais moment, mais après des interrogatoires interminables, il fut relâché. En tant que luthier, sa présence à une répétition de concert était plausible. Les autres souvenirs concernaient l'instrument d'Oriane qu'il avait réussi à récupérer boulevard Haussmann en s'introduisant dans l'appartement grâce à la complicité de la gardienne désolée. De souvenir en souvenir, Gabriel le vit réparer ce violoncelle et attendre le retour d'Oriane, son sourire, son rire même qui résonnerait dans la pièce lorsqu'elle lui raconterait la manière dont elle avait su duper ces fichus Boches – ce qui n'arriva jamais.

19

Aux archives de Vincennes, qui regroupaient les dossiers individuels du bureau Résistance, Gabriel avait retrouvé le numéro associé à Oriane Devancière, née Drouet, GR16P239428, et son matricule, 43109. Elle avait fait partie du convoi du 6 juin 1944 parti pour Ravensbrück, le jour du débarquement des Alliés en Normandie.

D'un visage, d'une personnalité, Oriane devenait un numéro, série de 6 chiffres associés à un dossier trop mince. Il connaissait les dates, le 6 juin 1944, départ pour Ravensbrück ; le 25 septembre, transfert à Leipzig ; le 2 octobre, nouveau transfert à Schlieben, et il savait que le 15 avril 1945, le camp avait été libéré.

Il parcourait des listes de noms, de dates, des répertoires entiers, mémoire de la déportation. Sur les soixante et une Françaises envoyées le 6 juin à Ravensbrück, quarante-neuf étaient rentrées vivantes. Gabriel eut une lueur d'espoir. Toutes n'étaient pas mortes d'épuisement ou de mauvais traitements. Dix l'étaient pourtant. Mais

Oriane n'en faisait pas partie. L'incertitude régnait quant à son sort, *NC* – non connu. Son optimisme faiblissait mais il continuait à explorer les pistes qui s'offraient à lui, au sein de cette toponymie de l'horreur, *Ra* pour Ravensbrück, *Lei* pour Leipzig, *Schn* pour Schlieben…, abréviations des noms des camps, agrégation de ces vies abrégées.

Gabriel se demandait pourquoi Giacomo qui, lui, avait survécu, qui avait été membre de cette Résistance dont Oriane avait subi les conséquences, n'avait pas fait ces recherches – pourquoi avait-il abandonné ? Comment se faisait-il que le destin d'Oriane se réduisît à ce sigle, *NC* ? Lui, s'en faisait-il le serment, ne renoncerait pas, dût-il pour cela parcourir l'ensemble des témoignages des déportées.

Une section entière était réservée à la Seconde Guerre mondiale sur MnemoFlix, qui avait réussi à convaincre les fondations et musées de la déportation de mettre à disposition sur une plate-forme dédiée les souvenirs des rescapés. Gabriel s'appliqua à rechercher d'abord les femmes déportées le 6 juin, comme Oriane.

Le premier souvenir dans lequel il s'immergea, celui de Jacqueline Beraud, le transporta dans la cour de la prison de Fresnes, aux aurores, au milieu d'une soixantaine de femmes poussées par des soldats dans un bus qui les mena jusqu'à la gare de Pantin. Pendant tout le trajet, Jacqueline Beraud pleurait en regardant les rues de Paris défiler sous ses yeux. De rares passants les observaient, effarés. À Pantin, la gare tonnait de cris, d'ordres prononcés en allemand et en français, de heurts, de bruits métalliques de wagons qu'on rattachait aux trains déjà présents. Un bourdonnement incessant, celui de la terreur et de la soumission aux ordres. Les femmes furent finalement comprimées dans un long convoi à bestiaux. Gabriel ressentait dans sa chair ces injures, dans son dos les impacts des coups de matraque. Il ôta son casque à souvenirs, la douleur était trop vive. Il le remit bien vite, sentant qu'il avait un devoir à accomplir : être à son tour le témoin de cette déportation.

Une fois la porte fermée par des barres de fer enclenchées de l'extérieur du wagon, l'air devint irrespirable. Pas de banquettes ni de sièges bien sûr, mais deux seaux dans un coin, l'un vide, l'autre plein d'une eau trouble qui ne manqua pas de se renverser au premier arrêt du train, brusque, inexplicable. Celui-ci fut suivi de nombreux autres, au cours desquels les femmes entendaient les volontaires de la Croix-Rouge tenter de faire passer de l'eau et un peu de nourriture aux prisonnières. La porte, bien scellée, ne s'ouvrit jamais. À l'intérieur, Jacqueline finit par s'habituer à l'obscurité, à la moiteur des corps, il faisait très chaud en France en ce 6 juin 1944. Gabriel, hors de lui, éprouvait l'absurdité de la simultanéité du débarquement en Normandie avec ce sinistre voyage.

Au bout d'un temps infini, à la nuit peut-être, le train s'arrêta de nouveau, sans bruit cette fois, sans heurt. Les femmes, d'abord étonnées, se mirent à appeler à l'aide. Des coups de crosse de fusil contre les fermetures métalliques les firent taire. Une voix alors s'éleva, claire, merveilleuse, surgissant de l'horreur pour la transpercer, et elle chanta l'*Ave Maria* de Schubert. Les visages se tournèrent vers elle, les enfants cessèrent de pleurer et Gabriel lui-même ressentit le curieux apaisement que ce timbre lui apportait. C'était ce *Lied* que son frère et lui avaient choisi pour l'enterrement de leurs parents il y a vingt ans déjà. Il hésitait entre douleur immense et réconfort. Le timbre cristallin de cette femme à la chevelure noire et lourde, au visage imprégné de sérénité malgré les circonstances, le calmait autant que les femmes qui l'écoutaient. Parmi les visages, il reconnut celui d'Oriane, terriblement amaigri, les yeux mi-clos emplis de larmes. Les sept minutes que durèrent ce moment de grâce furent interrompues par de nouveaux coups portés sur les portes du wagon et le bruit du métal frappé les glaça toutes.

Jacqueline, dans son souvenir, ne croisa plus le visage d'Oriane, mais cet aperçu avait rempli Gabriel d'effroi. Elle avait donc vraiment été déportée. Il avait vu des films sur la période, lu des essais, des témoignages, des romans même, mais cette apparition d'Oriane, résignée, sans son instrument qui l'accompagnait partout, sans Giacomo, concrétisait d'une façon atroce les idées qu'il avait pu se faire de la déportation. Tant qu'il n'avait pas d'image, pas de son, pas d'odeurs associées, tant que c'était simplement inscrit dans un registre, aux archives du château de Vincennes, entre les tours médiévales, cela relevait de l'Histoire. Désormais, sa mémoire était marquée et cette immersion dans les souvenirs de cette Jacqueline Beraud lui bloquait la respiration, le rendait incapable de savoir si oui ou non il allait, pour Oriane, s'immerger plus avant dans les souvenirs des camps eux-mêmes. Pourtant, c'était la seule issue.

Alors il cliqua, il téléchargea. C'étaient des souvenirs à la fois diffus et concis, qui semblaient en noir et blanc même lorsque le ciel était bleu, sans continuité, partiels et pourtant tous similaires. Un kaléidoscope inquiétant. Des souvenirs des appels, ceux de 3 h 45 du matin où les femmes attendaient deux heures debout dans la nuit et le froid, ceux du soir, aussi longs et survenant après une journée de douze heures de travail, ceux de la soupe, ceux du pain, ceux des surveillants, des *Aufseherinnen*, ces femmes trop jeunes envoyées là pour surveiller les détenues, leur visage poupin s'imprégnant en quinze jours du masque de cruauté nécessaire pour survivre. Il visionna les brimades, les travaux forcés, construire des routes, creuser des tombes, dresser des baraques, assécher des marais, décharger des wagons, trier la marchandise.

Après quelques semaines d'immersion, Gabriel n'était plus que l'ombre de lui-même et il n'avait toujours pas trouvé le moindre souvenir qui se rapportât à Oriane. Aucune des déportées du 6 juin n'en avait laissé. Il voyait pourtant des souvenirs des baraquements, des châlits superposés où les femmes dormaient à deux, parfois trois, mais jamais les yeux mélancoliques d'Oriane n'apparurent, ou plutôt ses yeux fiers, courageux. Il la voulait battante, confiante dans la force de son destin. Elle avait déjà tant traversé, ces dix mois ne pouvaient pas avoir eu raison de sa vitalité. Il se prit à rêver qu'elle avait réussi à s'évader, mais bien vite sa conscience le ramenait à Giacomo qui n'avait rien rapporté concernant une quelconque fuite.

Comment Oriane avait-elle pu devenir invisible ? Les archives indiquaient que les matricules 43 000 avaient été majoritairement affectées au bloc 23, déjà surpeuplé.

Il finit par identifier une certaine Jeanne Duffeux, qui comme Oriane avait connu Ravensbrück, Leipzig et Schlieben. Elle avait été déportée en 1943, mais partageait son bloc. Il cliqua sur le souvenir qu'elle avait intitulé « Solidarité ».

Il fut immergé dans le *Revier*, l'infirmerie du camp. Jeanne y avait accompagné Oriane, fiévreuse. Gabriel vit avec effroi son visage couvert de plaques rouges.

Comme on craignait la scarlatine, elle avait été immédiatement isolée. Oriane, d'après les souvenirs de Jeanne, s'était remise en deux jours, mais l'infirmière, une Polonaise, ne l'avait pas laissée sortir, prétextant qu'elle était encore contagieuse. C'est ainsi qu'Oriane avait partagé sa ration avec Jeanne, qui était parvenue à se rendre chaque jour au *Revier* pour y prendre sur le rebord d'une fenêtre la boule de pain noir qu'elle lui laissait.

Gabriel avait les larmes aux yeux, des sentiments contradictoires se bousculaient en lui, oscillant entre la joie d'avoir découvert sa trace et l'effarement de constater son extrême faiblesse.

La nuit, il faisait des cauchemars incessants. La journée, à l'Institut, il n'était plus qu'un fantôme errant du bureau au studio d'enregistrement. L'académicien spécialiste de l'île Saint-Louis s'était inquiété de son état, Gabriel lui avait répondu que la préparation de l'émission sur la panthéonisation le bouleversait. Se plonger dans toutes ces archives le dévastait. L'immortel ne se laissa pas abuser.

– C'est votre Oriane qui vous tracasse ? lui demanda-t-il, le regard espiègle.

Gabriel balaya la question du geste le plus nonchalant qu'il put et celui-ci n'insista pas.

Jeanne avait partagé un autre souvenir de ses années de camp, celui de la libération de Schlieben. La veille du 15 avril 1945, les deux femmes – car Oriane était aussi présente – discutaient dans leur baraquement où s'engouffraient de grandes bourrasques dues à une violente tempête de neige, inattendue en ce début de printemps.

Sur la paillasse qu'elles partageaient, elles imaginaient leur retour. Oriane s'inquiétait du sort qu'avait pu subir Giacomo. Était-il venu la rejoindre le soir de la répétition ? L'espoir de le retrouver à la fin de cet enfer lui donnait le courage de tenir. Elle parla aussi à Jeanne, de Louise, sa fille, qu'elle n'avait pas vue grandir. Elle espérait que le pensionnat dans lequel elle l'avait laissée la traitait bien. Quant à Paul, elle avait l'intention de le quitter, il ne faisait plus partie de sa vie, même si elle avait cité son nom pendant les interrogatoires à Fresnes, espérant se blanchir en prouvant qu'avec un mari comme le sien, elle ne pouvait être suspectée de Résistance. Elle haussa les épaules pour montrer qu'elle ne voulait plus y penser. Son avenir maintenant, c'était Giacomo et Louise.

Jeanne, qui avait une quinzaine d'années de moins qu'Oriane, n'avait personne qui l'attendait à son retour. Elle était fâchée avec ses parents, des BOF, Beurre-Œuf-Fromage, rois du marché noir, depuis les premières mesures de restriction. Elle était devenue zazou à l'été 1941, racontait-elle en fredonnant leur hymne à tous, *Je suis swing* de Johnny Hess, et sa débrouillardise ne l'avait protégée que jusqu'en 1943.

« Foutue guerre », cracha-t-elle en resserrant son maigre manteau.

La fin des combats était sur toutes les lèvres, malgré des journées harassantes à assembler des grenades antichar, à déblayer la voie des débris de bombardements récents. Les prisonnières ne parlaient que de cela, et les nazis eux-mêmes étaient fébriles depuis les attaques alliées contre l'usine d'armement.

L'espoir les fit s'endormir, la faim au ventre et les membres fourbus. Vers trois heures du matin, elles entendirent des bruits de pas affolés, des cris se répandirent d'un bout à l'autre du camp. Lorsqu'elles sortirent à 4 h 30 pour l'appel, la *Lagerstrasse* était vide. Les prisonnières se réunirent pour tenter de comprendre ce qui se passait.

Quatre soldats américains en jeep pénétrèrent dans le camp à l'aube. Un GI descendit de la voiture et leur annonça à la fois l'avancée des Alliés et l'imminence de la reddition allemande. Elles s'embrassèrent en pleurant de joie. Il leur expliqua la situation. Leurs troupes n'étaient pas en mesure d'envoyer des camions pour venir les chercher, elles avaient donc le choix : soit attendre la libération du camp par l'armée soviétique qui progressait sur le front de l'Est, soit rejoindre à pied le campement des Alliés, établi quatre-vingts kilomètres plus loin, à Leipzig. Les quelques Polonaises présentes n'hésitèrent pas et convainquirent Jeanne, Oriane et les autres internées de prendre la route sans attendre. Elles répétaient : « Tout sauf les Russes. »

Le trajet était long, dans des chaussures usées, sous de massives chutes de neige. Au bout de cinq jours, Oriane ne parvint plus à maintenir le rythme des Polonaises qui filaient, portées par un vent de liberté et la terreur d'être rattrapées au collet par les Soviétiques. Jeanne soutenait son amie qui chaque jour respirait plus difficilement. Elles tentèrent de s'abriter dans une bergerie, mais furent chassées par ses habitants qui redoutaient les pillages. Elles finirent par repérer une cabane à l'abandon près d'un arbre. Elles s'y assoupirent quelques heures, les membres endoloris. Quand Jeanne se réveilla, Oriane ne respirait plus. La tête posée sur son épaule, elle avait expiré. Jeanne ferma ses paupières et disposa ses bras sur son cœur, espérant qu'une âme charitable lui donnerait une sépulture. Et elle reprit sa marche, accablée de tristesse, de froid et de fatigue.

Gabriel gémit de désespoir. Oriane. Son Oriane. Ce n'était pas possible… Jeanne ne pouvait pas l'avoir laissée ainsi. Elle allait se réveiller. Elle devait le faire. Pour Louise, pour Giacomo, pour lui-même. Cela ne pouvait être autrement. La fine couche de neige qui recouvrait son corps allait la ranimer. Elle ne pouvait pas, non, pas elle, pas comme ça, pas au moment de la Libération. Comment osait-elle, cette Jeanne, raconter n'importe quoi ? Et dans quel but ? Créer du pathétique ? de l'ironie tragique ? À la veille d'être sauvée, son amie mourait dans une cabane, au début du printemps, dans une région reculée du Brandenburg ? C'était trop épouvantable pour être vrai, il n'y croyait pas.

Peu à peu, son déni se renforçait. Il alternait des périodes d'abattement absolu et d'énergie retrouvée, voulant recommencer ses recherches de zéro, découvrir d'autres témoins, d'autres camarades de camp d'Oriane dont la mémoire serait plus fiable. Tiens, il allait chercher dans les souvenirs des Polonaises. Il devrait apprendre la langue pour être sûr de ne manquer aucun détail, mais qu'importe. Devant l'impossible, il ne reculerait pas. La postérité d'Oriane ne serait trahie par aucune défaillance.

Son délire dura une semaine. Sept jours pendant lesquels Édouard fit venir un médecin. Mais Gabriel refusait d'avaler le moindre médicament, accusant le docteur et son frère de vouloir l'empoisonner, comme les Waffen-SS. Il n'était pas un « lapin » au service de leurs expériences. Il réclamait des sangsues, un traitement qui avait toujours fait ses preuves, de Molière à Flaubert.

Quand il commença à reprendre ses esprits, il ne

divaguait plus, mais, prostré, demeurait muet. Édouard ne savait pas ce qui avait déclenché la crise. Il fit venir Sara au chevet de Gabriel, qui ouvrit de grands yeux d'effroi, s'agita de nouveau, persuadé qu'elle arrivait pour le punir, ce qui relança la crise trois jours encore, puis il se calma pour de bon.

III

20

Rose et Micky se promenaient sur les trottoirs ombragés de Mount Vernon Street à Boston. C'était la fin de la tournée américaine de la comédie musicale *Something Rotten* dont ils tenaient désormais les rôles-titres. Ils avaient traversé la moitié des États-Unis, étaient allés en Floride, en Caroline du Nord et du Sud, mais aussi dans l'Ohio, l'Oklahoma, le Texas, le Tennessee et jusqu'en Utah et en Californie. En flânant, ils revenaient sur les moments marquants de cette aventure fondatrice.

Lorsqu'ils avaient joué à Sacramento près de San Francisco, Rose avait été tourmentée à l'idée de se rapprocher des lieux de son enfance. Prise par l'épuisement lié aux avions, malles, hôtels, cars et répétitions, elle avait renoncé à se rendre au Sunset District pour saluer Joyce et les amis de la Cacophony Society. En y réfléchissant maintenant, elle était soulagée, car même à celle qui l'avait pourtant encouragée, elle n'aurait plus su quoi dire. Sa vie avait pris une tournure si différente de la leur qu'elles n'auraient pas eu grand-chose à partager. Elle en gardait un regret tempéré.

Micky s'était posé sensiblement la même question quand ils avaient joué au Fox Theatre d'Atlanta, sa ville natale, qui était le siège de mauvais souvenirs, de rêves piétinés, d'espérances craintives. Ils avaient vécu de peu, lui et sa mère, raconta-t-il à Rose. Leur père leur volait tout. Ils logeaient à trois dans un mobil-home à la sortie d'Atlanta, sa mère était employée d'une banque locale et son père, entraîneur de catcheurs. Il coachait les jeunes du coin et tentait ensuite de les placer. Lorsqu'il y parvenait, il prenait dix pour cent de leur cachet, qu'il perdait immanquablement les soirs de match en misant sur ou contre eux.

Lorsque Micky avait commencé à montrer des prédispositions pour la danse et le chant, leur vie avait tourné au cauchemar. Le père de Micky voulait faire de lui un athlète. Tous les matins à six heures, il l'obligeait à courir sur la bande d'arrêt d'urgence de l'autoroute pendant des kilomètres en le suivant dans sa Chevrolet déglinguée pour mesurer sa vitesse. Et quand le rythme ralentissait, il klaxonnait jusqu'à le rendre fou. Les policiers du secteur, à qui il donnait des conseils pour parier sur les catcheurs, le laissaient faire. Après tout, ça ne dérangeait personne à cette heure-ci et le gamin avait besoin d'être dressé. Après une heure et demie de course, il l'emmenait à l'école, où l'enfer ne cessait pas pour autant. Micky était trop épuisé pour suivre les cours et ses professeurs n'étaient pas plus tendres que son père, heureusement plus indifférents.

La question avait alors été de faire accepter à son père sa vocation, ou plutôt de la lui cacher pour qu'il ne lui brise pas le cou. Il avait vécu dans la peur et avait même feint de catcher, racontait-il en riant aujourd'hui à Rose. À l'entraînement, il avait fait de son mieux pour éviter les fractures et les coups, mais il n'était pas doué, son père le voyait bien et le déplorait en lui donnant une raclée. Calmé, il allait ensuite s'occuper de celle qu'il devait à sa femme, inventant des raisons et en trouvant toujours. De ce fait, en jouant à Atlanta, Micky n'avait pas même téléphoné à sa mère. On ne revient pas facilement vers ce à quoi on a échappé. Dans leurs cas, ils s'estimaient chanceux.

Avisant la vitrine d'un salon de thé à l'anglaise, Rose proposa à Micky d'entrer pour s'y rafraîchir. Entre deux scones, elle parla de *Bambino !*, la comédie musicale d'Édouard, pour laquelle elle devait passer des auditions dès leur retour à New York et dont l'histoire lui rappelait, en d'autres lieux et d'autres temps, celle de Micky et la sienne, les deux héros leur ressemblaient, car ils s'étaient construits contre le milieu qui les avait fait grandir.

– *Bambino !* raconte la vie d'un gamin du Bronx dans les années soixante, Mario, qui rêve de devenir danseur, commença-t-elle, enthousiaste. Élevé dans une famille de mafieux italiens, il prépare en cachette l'examen d'entrée de la Dancing School of Manhattan grâce à Gina, sa voisine napolitaine, qui le prend sous son aile et se jure de le faire réussir là où elle a échoué. Lui fera carrière, il passera la barrière symbolique de la 100e Rue qui sépare Manhattan du reste du monde. Une fois admis, il rencontre l'inaccessible Ashley, une fille de l'Upper East Side. Ils tombent amoureux malgré les barrières sociales, fusionnant dans leurs rébellions respectives contre la volonté de leurs parents. Du Bronx aux beaux quartiers, le final réconcilie les deux familles dans un mariage époustouflant.

Emportée par son enthousiasme, il parut évident à Rose que Micky devait préparer avec elle les auditions de *Bambino !*. Elle avait regardé toutes les vidéos des spectacles de Dalida et s'appliquait maintenant à en visionner des souvenirs. Micky la raisonna lorsqu'elle lui montra sur son téléphone l'une de ses prestations.

– À quoi cela peut-il bien te servir de connaître sa vie puisque le *musical* n'en parle pas ? Ne va pas imiter sa voix ni sa gestuelle pendant l'audition, tu perdrais le rôle. Édouard et Sam Birdman ne peuvent pas souhaiter voir sur scène le décalque d'une chanteuse des années quatre-vingt, inconnue aux États-Unis de surcroît. Il leur faut une bombe, énergique et débridée, sans contrainte, ce à quoi tu corresponds parfaitement ! la rassurait-il en caressant ses boucles. Ne reprends rien d'elle et tu décrocheras le rôle, singe-la et tu seras remerciée. Fais-moi confiance.

Après un triomphe à Boston, leur tournée s'achevait au Proctor's Theatre à Schenectady dans l'État de New York, inversant la coutume selon laquelle les tournées s'y rodaient. Cette fois, la représentation s'y déroulerait en hommage à la fidélité des spectateurs. La grande salle rouge et or était mythique, toutes les comédies musicales, depuis les années cinquante, s'étaient jouées à Schenectady.

Lorsque, avec la troupe, ils pénétrèrent dans les coulisses, ils en eurent des frissons. Chaque poste de maquillage gardait la trace du passage des plus grands comédiens, signatures et photos en portaient témoignage. Avec la ferveur d'artistes débutants, Micky et Rose gravèrent aussi leurs noms.

21

Édouard tentait de découvrir la raison des sautes d'humeur de son frère, entre force glaciale et panique incontrôlée. Gabriel lui répondait parfois : « Est-ce un malheur si grand que de cesser de vivre ? », citant la scène 3 de l'acte III de *Phèdre*.

Dans son désespoir, il s'en était persuadé, tant que la mort d'Oriane ne serait révélée à personne, elle resterait en vie. Le désir de découvrir de nouveaux souvenirs se rattachant à elle et aux camps l'obsédait. Si sa conscience se refusait à accepter la vérité, son inconscient, lui, n'en doutait plus, et c'était la raison pour laquelle son équilibre mental vacillait. Instable, il souffrait sans répit.

La panthéonisation approchait et ses préparatifs lui étaient un calice d'amertume. Ils allaient enterrer dans le temple laïc des grands hommes quatre résistants au destin prestigieux, en hommage à ceux qui n'avaient pu l'être. Oriane n'aurait jamais de sépulture, personne ne pourrait aller se recueillir sur sa tombe.

Gabriel avait envisagé de transmettre au bureau Résistance à Vincennes les résultats de ses recherches afin que le nom d'Oriane ne soit plus accolé à la mention *NC* – non connu. Pour qu'elle soit remplacée par les trois lettres *DCD* ? Non merci. L'absence de certitude était préférable.

À la demande d'Édouard, Sara lui rendait visite régulièrement et, comme à l'époque où elle prenait soin de son père, elle lui apportait des souvenirs chinés aux enchères. Elle continuait à fréquenter Drouot et ses maisons de ventes. Elle avait trouvé un souvenir rare du premier des concerts organisés par Jean Wiener à la salle des Agriculteurs en 1921. Peut-être Gabriel retrouverait-il Oriane parmi les spectateurs venus écouter Stravinsky actionner son piano mécanique pour exécuter son *Sacre*.

Ils s'immergèrent aussi dans des souvenirs de boîtes de nuit des années trente, le bar Tabarin, le Shéhérazade, le Poisson d'or ou le Casanova. Rien ne sortait Gabriel de sa torpeur. Même la fête organisée par les Noailles en 1926 dans leur hôtel de la place des États-Unis, où se côtoyèrent aristocrates, banquiers et artistes et où Oriane s'était sans doute rendue puisque Satie, Georges Auric ou Jean Cocteau s'y trouvaient, ne le dérida pas.

La panthéonisation était maintenant dans deux jours et Gabriel devait y assister. Quai de Conti, son équipe le trouvait méconnaissable. Ils l'avaient connu rêveur, inconstant, mais sociable, cultivé, volontiers rieur. L'être qui se présentait maintenant tous les matins à neuf heures, sans une minute de retard, et qui repartait sans presque avoir ouvert la bouche à dix-sept heures trente, les inquiétait. Les rumeurs allaient bon train à Radio Académie, certains se moquaient même sous cape de son délire. Comment pouvait-il gâcher sa vie en chérissant une chimère ?

Antoine, touché lui aussi par le désespoir de Gabriel, eut une fulgurance : il se souvint de la façon dont Pierre, le père de Sara, avait retrouvé le goût de vivre par le biais d'un souvenir incongru. Il en possédait un certain nombre. Il en choisit un, centré sur Cocteau, et le confia à Sara sans rien lui expliquer de sa stratégie, prétendant détenir un énième souvenir du groupe des Six dans lequel Oriane apparaissait. Il espérait ainsi recréer les conditions exactes qui avaient fait disparaître l'amnésie de Pierre.

Gabriel se retrouva aux côtés de Cocteau, dans l'appartement de Marcelle – la veuve de l'aviateur Roland Garros – en plein Passy, rue Raynouard, dans un salon aménagé en fumerie. La drogue gargouillait dans les fourneaux de bambou, ils s'allongèrent sur des nattes, aspirèrent longuement la fumée, les murs se mirent à tanguer, les plafonds à rétrécir, le monde semblait s'abandonner à une dimension fantomatique. Les effets de la drogue endormirent à tel point Gabriel qu'il ne se réveilla pas pour la panthéonisation, alors que Sara l'attendait rue Soufflot.

Après avoir tenté sans succès de le joindre, elle lui envoya la vidéo de la cérémonie, à laquelle elle joignit à nouveau l'invitation au mariage de son père et d'Adélaïde au cas où Gabriel aurait oublié. Inquiète de l'apathie de son ami, elle ajouta : « Ne rate pas celui-là s'il te plaît, tu nous manquerais bien plus à la mairie qu'au tombeau. »

Gabriel ouvrit un œil, lut le message, ne se sentit coupable de rien et se rendormit, sous l'effet apaisant et sophistiqué des volutes d'opium émanant du souvenir.

22

Le grand jour approchait. Le bal costumé. La fête. Le mariage. La joie. La célébration de l'amour. La confirmation par le maire du bonheur. Le voyage. Les beaux habits. La danse.

Gabriel relut le carton d'invitation au mariage de Pierre et Adélaïde :

Bientôt veufs !
Venez célébrer la bonne nouvelle le 15 juin 2015 à Ornans.
À équidistance de Paris et de Venise, au sud de Besançon.
Le bal sera masqué.

Intrigué par la poésie topologique et narquoise de ce carton, Gabriel se ralliait, malgré sa peine, à la folie d'Adélaïde et à l'énergie gaillarde de Pierre.

Dans l'appartement du Faubourg-Saint-Honoré, Gabriel, Édouard et Sara préparaient leur départ pour

Ornans. Le voyage s'effectuerait en costume, Antoine les ayant prévenus que le coffre de la voiture était minuscule. Sara regardait en tournoyant son image dans le miroir de l'entrée et Gabriel lui assura que sa robe dorée lui allait à merveille, parfaitement assortie à son masque étoilé.

– Et toi ? lui demanda-t-elle, le voyant essayer un chapeau haut-de-forme et élargir le nœud papillon noir qu'il portait avec une chemise blanche et un costume noir.

– Je suis en deuil, lui répondit-il, faussement grave. « Bientôt veufs », à Ornans ? Je n'ai pas pu m'en empêcher.

– *L'Enterrement à Ornans* ? C'est en cela que tu t'es grimé ? Tu aurais pu te déguiser en Gustave Courbet… Un peintre, c'est tout de même moins morbide.

– Je ne doute pas que ta nouvelle belle-mère appréciera mon geste, répondit-il.

Pour la première fois depuis des jours, Sara nota que Gabriel semblait redevenir lui-même. Il avait dû trouver un souvenir agréable concernant cette Oriane à laquelle elle avait peine à continuer à s'intéresser. Elle ignorait que la raison était tout autre, c'était le deuil de son adorée que Gabriel portait aujourd'hui, la seule justification que son esprit eût conçue pour l'autoriser à participer à ce mariage fantasque.

Édouard sortit de sa chambre, rayonnant dans un costume d'Arlequin bleu en satin, bas de soie et chaussures en cuir souple assorties. Il fit une cabriole et tous les trois sortirent de l'immeuble, Antoine les attendait au volant d'une Triumph Herald décapotable rouge aux sièges de cuir blanc, louée pour l'assortir à son costume de diable vénitien.

– C'est à ton mariage que tu te rends ou à celui des parents de Sara ? l'apostropha Édouard en sautant élégamment par-dessus la carrosserie pour aller se recroqueviller sur le siège arrière.

– Qui sait ? dit-il, mystérieux, se levant pour ouvrir la portière à Sara et la laisser installer les multiples voiles de sa robe, tandis que Gabriel luttait avec le siège conducteur pour tenter de l'abaisser et se frayer une place à l'arrière aux côtés de son frère. Il finit par l'enjamber en se cognant au levier de vitesse.

Une fois tout le monde en place, Antoine ouvrit la boîte à gants et en sortit, très fier, une pile de cassettes audio, la Triumph n'acceptait pas autre chose. Édouard les lui prit des mains et reconnut immédiatement leurs compil' d'adolescents, *mixtapes* de chansons qu'ils enregistraient dans leur chambre pendant des nuits entières ou que leurs amoureuses leur offraient pour qu'ils pensent à elles pendant les grandes vacances.

– Tu as retrouvé tout ça ? Tu es vraiment un nostalgique en fait ! Cela ne m'étonne pas que tu te ruines en souvenirs. Je crois que je les ai toutes jetées, moi…

Édouard les confia à Sara. Elle rit en découvrant

l'écriture d'Antoine qui, à l'époque, s'appliquait à taguer les titres avec un marqueur noir.

La voiture démarra. Gabriel regardait Paris, éberlué, aussi vide ce samedi matin qu'en 1940, les immeubles haussmanniens s'enchaînant comme une femme sillonne les époques de sa vie, ni tout à fait une autre, ni tout à fait la même. Ils remontèrent le boulevard Raspail jusqu'au Dôme, où Gabriel eut une pensée pour Oriane qui avait dû y vivre de grandes soirées du temps de la rue Huyghens. Les époques, les genres et les gens se confondaient, les vivants et les morts, sa famille, celle d'Oriane, ses amours, ses échecs... Il se laissait porter par le souffle du vent sur son visage, fluctuant au rythme des feux rouges. Enfin, ils atteignirent l'autoroute du Sud.

Trois cent quatre-vingt-onze kilomètres plus tard, saouls de la musique des Guns, des Scorpions, Queen, Mano Negra, REM, Prince et ACDC, ils avaient revisité l'intégralité du répertoire des années 1988 à 1996 en même temps que la forêt de Fontainebleau, la Bourgogne, les Hospices de Beaune devant lesquels ils avaient déjeuné, la Saône, ainsi que leurs plus beaux souvenirs.

La chanson *Ça plane pour moi* emplit la place Gustave-Courbet à Ornans et les Francs-Comtois attablés au soleil à la terrasse d'un bar-tabac, un verre à la main, trinquèrent dans leur direction.

Après un impeccable dérapage contrôlé, ils se garèrent devant la mairie. Antoine coupa le moteur et la voix de Plastic Bertrand s'arrêta en plein refrain. Quatre énergumènes, cheveux emmêlés, larmes au coin des yeux d'avoir trop ri et roulé face au vent, s'étirèrent en sortant de la voiture. Gabriel remit son haut-de-forme tandis que les autres enfilaient leurs masques. Il avait passé le voyage, comme son frère, agrippé aux appuie-tête des sièges avant ou tapant dessus au rythme de la batterie, rejetant la tête en arrière pendant les slows où chacun se retirait dans sa mémoire. La musique a la puissance inouïe de restituer l'intensité exacte d'émotions anciennes, le plaisir, le chagrin des ruptures, des premiers deuils, qui font pâlir les certitudes de l'enfance.

Adélaïde attendait sur le perron de la mairie.

– Un personnage sorti du tableau de Courbet, s'extasia-t-elle à l'arrivée de Gabriel. En voilà un qui a compris le thème, ajouta-t-elle. Un *mariage* à Ornans, cocasse non ?

Puis elle les embrassa en leur souhaitant la bienvenue. Elle entraîna Sara, qui était leur témoin, dans la salle des mariages pour lui montrer son siège et lui confier les alliances.

L'hôtel de ville, ancien bailliage du XVe siècle, était sublime. Édouard, Antoine et Gabriel en firent le tour en attendant le début de la cérémonie. Ils se promenèrent sous les doubles rangées d'arcades ouvertes et flânèrent jusqu'au fleuve aux ponts de bois et aux maisons dont les façades, à demi plongées dans les eaux de la Loue, couvertes de glycine et de rhododendrons, clamaient aux yeux de tous la beauté de leur simplicité, semblant à la fois renaître et s'enterrer vivantes.

Adélaïde avait demandé à chacun de venir à la mairie comme au bal, ce qui offrit un spectacle exquis de chaises bousculées par des robes à l'ampleur inhabituelle et de masques précieux. Une gaieté et une folie émanaient de ce mariage, et le maire énonça d'une voix plus enjouée que d'usage les articles relatifs aux engagements mutuels des époux.

Une fois les bagues échangées et les baisers donnés, la joyeuse troupe se dirigea jusqu'à la ferme choisie par Pierre et Adélaïde pour la fête. Décorée en palais vénitien, lustres multicolores façon Murano, reproductions de toiles de Tiepolo et de Véronèse aux murs, tentures de velours pourpre aux fenêtres, gondoles dans le jardin, c'était absolument charmant.

Gabriel félicita Adélaïde, qui le prit par le bras et lui fit faire le tour de la salle et du jardin pour lui détailler les finesses de la décoration. Il apprit ainsi qu'elle avait fait des études d'histoire de l'art et de droit, puis avait tenté l'examen de commissaire-priseur, sans succès. Elle s'était finalement dirigée vers l'expertise de meubles anciens et s'était fait un nom à Cannes, où elle avait passé la majeure partie de sa vie.

– Cannes ? Vraiment ? l'interrompit Gabriel, ramené aux souvenirs joyeux d'Oriane et de Giacomo traversant la France en décapotable.

L'esprit de Gabriel s'échappa, ce qu'Adélaïde perçut aussitôt, et elle fit un geste qui le surprit. Elle le prit dans ses bras et lui massa doucement la nuque. D'abord gêné, il recula d'un pas, ne voulant pas la vexer en s'éloignant, mais elle maintint sa position. Puis, l'écartant en le tenant par les épaules, elle appuya très fort en expirant profondément, indiquant à Gabriel de l'imiter. Sans savoir pourquoi, il obéit, sentit ses jambes fléchir et s'abîma sur l'herbe. Elle s'assit près de lui.

– Dommage que je ne sois pas nue, lui dit-elle pour détendre l'atmosphère, avec ce décor et ton costume, on se croirait tout droit sortis du *Déjeuner sur l'herbe* de Manet.

Il ôta son haut-de-forme en souriant et se laissa encore malaxer le front par Adélaïde, qui l'observait d'un air doux.

– Sara m'a tout raconté, tu sais ? C'est une bonne fille, je te comprends mal.

– Oriane, vous voulez dire ?

– Tu peux me tutoyer. Et tu es vraiment un balourd, ça, elle me l'a dit aussi… Tu es donc toujours obsédé ?

Elle continuait de lui masser les tempes lorsque Gabriel fondit en larmes, tentant maladroitement de se cacher des invités.

– C'est donc vrai ce qu'ils pressentent tous ? Elle est...

– Morte, c'est ce que vous voulez dire ? Eh bien oui.

Un silence s'ensuivit. Gabriel ravala ses larmes. Son aveu mua sa peine en colère contre le monde entier.

– Vous, au contraire, êtes bien spirituelle. Je suis l'âne de la Fable et vous tous, là, dans cette ferme, en êtes les petits chiens gentils, courtois, dressés pour apprécier la vie coûte que coûte, même lorsqu'elle est moche, même lorsque l'on se marie pour cocher des cases, en attendant la mort de son époux. Vous croyez pouvoir me donner des leçons ? J'en ai plus qu'assez de vos morales, de vos conseils, de votre sagesse à tous.

Comme Gabriel tentait de se relever, elle le maintint assis à ses côtés.

– Comme te voilà prosaïque, terre à terre et matérialiste. C'est navrant, mon cher Gabriel. Je te donne du « mon cher » car Sara t'apprécie, et moi aussi, j'aime ta fougue, ta passion, ta volonté de t'extraire du monde pour mieux pouvoir le gouverner.

Elle ne relâchait pas la pression sur son visage, malgré les coups de tête qu'il donnait en s'énervant. Cette femme en robe blanche, couverte de tulle et de froufrous, et lui en costume d'enterrement se débattant dans l'herbe, la scène était grotesque.

Adélaïde modelait maintenant le crâne de Gabriel.

– Ne comprends-tu pas l'humour ? Ce mariage d'un monsieur de soixante-dix ans avec une dame qui refuse d'en admettre plus de soixante ? Voudrais-tu qu'on agisse comme si on l'ignorait ? Que je me prétende dulcinée et lui jeune premier ? Enfin, Gabriel… Nous admettons simplement que nous sommes mortels, les cases à cocher n'y changeront rien. Et nous nous disons qu'il vaut mieux mourir jeunes que vieillards. Au moins, nos amis viendront à l'enterrement. À quatre-vingt-dix-huit ans, tu n'as plus personne pour t'accompagner au tombeau, et tu étais présent à toutes les mises en bière, tu as éprouvé tous les chagrins ! C'est injuste.

– Vous privilégiez la cérémonie mortuaire à la vie ? Vous vivez pour votre enterrement.

– Et toi, tu peux parler ! lui répondit-elle vivement. Et je t'ai déjà dit d'arrêter de me vouvoyer. Avec Oriane, que « privilégies »-tu d'après toi ? Une trentenaire ravissante, qui est ton amie, ou une illusion de grandeur ? Un lit double ou un caveau ?

– Elle n'en a même pas…

– Tu ne regardes pas dans la bonne direction, dit-elle en tournant son visage vers celui de Sara, qui basculait joliment son corps en arrière, riant à un trait d'Antoine ou d'Édouard.

– Tu vois, eux ne s'y trompent pas.

– Mais enfin, vous délirez, c'est mon frère. On la connaît depuis dix ans, Sara, et il ne s'est jamais rien passé entre eux.

– Je ne te parle pas du beau blond, mais de l'autre, là, le diable mal rasé.

Gabriel fit une moue dubitative et, se relevant, pria Adélaïde de garder secrète leur conversation. Il n'avait annoncé à personne la cruauté du sort réservé à Oriane.

– Tu sais, mon petit, lui dit-elle en acceptant la main qu'il lui tendait, il n'y a de vérité nulle part, sauf en littérature.

Il la laissa s'éloigner, méditant sur ses dernières paroles. Il observait les taches vertes laissées par l'herbe sur sa robe nuptiale et se disait qu'elle apprécierait sûrement cette fêlure au protocole quand elle le remarquerait. Elle l'avait salie sans vergogne, avec cet humour et ce sens du décalage qui permettaient à Gabriel de mieux comprendre l'amour immédiat et profond que Pierre lui avait porté. Cette femme était un zéphyr fascinant.

Il était trop tôt pour s'installer à table, Sara et Édouard hélèrent Gabriel et le prièrent de se mettre au piano. À leurs voix se joignirent celles des mariés et il se lança dans *Minnie the Moocher* de Cab Calloway, qui fit chanter tous les invités. Chacun garderait longtemps en mémoire l'euphorie enjouée de cette scène dans un jardin de Franche-Comté, le piano face aux eaux de la Loue sur laquelle le soleil se couchait, rosissant le ciel, et les quelques nuages épars de ses rayons réconfortants. Édouard dansa un rock avec Sara, sa robe mordorée virevoltant dans les reflets de la lumière déclinante.

Depuis son piano, Gabriel les observait, puis il vit qu'Antoine regardait dans la même direction. Il avait donc deux rivaux dans une histoire d'amour dont il n'avait jamais voulu ? Antoine se rapprocha, saisit Sara par la taille et la fit basculer, la retenant fermement de son avant-bras. En se relevant, elle ne jeta plus un regard à Gabriel.

Les invités, adossés à un arbre, accoudés au piano ou assis dans les gondoles, regardèrent ensemble le mince rayon de soleil s'effacer dans les terres, laissant galamment la place au reflet de la lune pleine dans les eaux du fleuve.

Le dîner fut somptueux, les tables dressées chacune en l'honneur d'un peintre vénitien.

Pierre et Adélaïde avaient une sociabilité aisée, et leurs amis du passage Verdeau, restaurateurs, brodeuses, libraires, parfumeurs, antiquaires, marchandes de jouets, s'accordaient dans un mélange parfaitement composite aux infirmières de la maison de convalescence qu'ils avaient aussi invitées.

La mère de Sara arriva au moment du dessert, elle n'avait jamais su être à l'heure. Son apparition jeta un léger froid, que Pierre sut bien vite dissiper en la serrant affectueusement dans ses bras.

– Tu as pu venir ! Mon bonheur est complet. Je te présente Adélaïde.

Elles s'embrassèrent et Sara les rejoignit. Antoine ouvrit le bal en invitant la mère de Sara, tandis que celle-ci dansait avec son père et Gabriel avec Adélaïde.

Édouard valsa tout seul, faisant le pitre, comme d'habitude.

On dansa beaucoup, les corps se rapprochèrent, la brodeuse trouva un infirmier, l'antiquaire, une libraire. On chanta aussi, l'amour était partout présent dans cette ode à la vie, à sa jouissance infinie, à son éternelle satisfaction. Gabriel errait de masque en masque, saisi parfois de moments de mélancolie, confus de se laisser submerger par le divertissement, mais toujours sauvé par un geste ou un regard d'Adélaïde.

Sara quant à elle passait une soirée exceptionnelle. Courtisée par tous les garçons, elle tournait de l'un à l'autre, ravissante et joyeuse. Antoine, qui ne la quittait pas des yeux, l'enleva à l'un de ses cavaliers et la fit danser tout contre lui, murmurant à son oreille des mots qui la firent sourire. Les signes ne trompaient pas, et quand il l'entraîna à l'extérieur, elle se laissa embrasser.

– Avec qui es-tu en ce moment ? Katarina, Svetlana ? l'interrogea-t-elle, moqueuse, en se dégageant de son étreinte. Ou peut-être Anastasia ?

– Avec toi, Sara. Rien qu'avec toi, lui répondit-il d'une voix grave et sérieuse.

– Combien de fois as-tu dit cela à une fille ? N'es-tu pas las de répéter toujours les mêmes phrases, les mêmes mots ? Recommencer les mêmes baisers, les mains qui s'électrisent.

Tout en disant cela, elle se rapprocha de lui. Ils se

dirigèrent vers le fond du jardin, la nuit était claire, la Grande Ourse au rendez-vous, ils s'allongèrent derrière une gondole.

– Les peaux qui s'attirent, murmura-t-elle, les premiers boutons de chemise qui s'envolent, les vestes qui tombent.

Elle le déshabilla en prenant son temps.

Il la dévorait des yeux avec retenue, et un peu de surprise. Il reprit les choses en main.

– Les mêmes caresses, enchaîna-t-il, poursuivant le jeu de Sara et délaçant les liens de sa robe. La même tension, le même désir. Les mêmes baisers, les mêmes tendresses, les mêmes promesses…

Le voyage du retour s'engagea de façon morose. La veille, Gabriel était parti se coucher en voyant Antoine et Sara enlacés revenir de la berge. Édouard avait mal au crâne et ronflait à l'arrière du cabriolet dont ils avaient dû remonter la capote pour échapper à la pluie. Gabriel ne décrochait pas à mot. Sara et Antoine étaient gênés, leurs mains s'effleuraient parfois lorsque Antoine passait les vitesses. Ils ne savaient comment se comporter. Tous deux avaient envie de clamer leur bonheur, de rire, de s'embrasser, de bénir Pierre et Adélaïde d'avoir organisé une fête aussi somptueuse, mais l'asymétrie entre l'humeur de l'avant de la voiture et celle de l'arrière les paralysait.

Le soleil revint vers Dijon. Ils s'arrêtèrent pour baisser la capote qui se bloqua au dernier quart. Édouard pesta dans un demi-sommeil et se retourna sur la veste qu'il avait roulée en boule contre la portière pour recommencer à dormir. Vers Auxerre, de fines gouttes le firent plisser du nez, il ouvrit un œil et regarda, soupçonneux et inquiet, les nuages bourguignons. Une pluie drue s'abattit sur eux, Antoine quitta l'autoroute pour chercher un abri dans la zone commerciale la plus proche.

Ils tentèrent sans succès de débloquer la capote. La situation était tellement pathétique qu'Antoine fut pris d'une hilarité incontrôlable qui se communiqua d'abord à Sara, puis à Édouard. Gabriel, lui, restait mutique. Édouard le poussa du coude, l'écartant de l'auvent Jouet-Club sous lequel ils étaient abrités. L'eau de la gouttière finit de tremper ses vêtements. Il donna un coup de pied en l'air, manquant le petit caillou qu'il visait, ce qui redoubla les rires de tous. Le quatuor burlesque composé d'un couple à peine éclos, dans les prémices d'une histoire à laquelle ils n'avaient jamais songé, d'un ivrogne mal en point et d'un obsessionnel renfrogné, contempla alors la voiture garée devant l'enseigne, la radio encore allumée à plein volume propageant les rythmes de *We Found Love* de Rihanna, les sièges en cuir gondolés par la pluie, le capot résonnant sous l'averse.

Antoine se dirigea vers le coffre dont il sortit une

bouteille de champagne qu'il avait emportée sur les recommandations d'Adélaïde.

– J'ai ce qu'il nous faut.

Les autres le regardèrent, déconcertés ou nauséeux. Gabriel s'était assis, tandis que la bouteille passait de main en main. Antoine prit Sara dans ses bras. Heureusement, il ne faisait pas froid. Édouard tendit le champagne à son frère, qui refusa d'un geste impatient.

– Gabriel, il faut que tu nous parles maintenant. Ça suffit, cet état. Ça fait des semaines que ça dure et nous, on n'y comprend rien.

Il ne répondit pas, baissant les yeux.

Édouard s'approcha et le tint par les épaules. Il se dégagea en marmonnant :

– Ça ne va pas recommencer. Lâchez-moi tous.

– Il a parlé ! s'écria Antoine en levant les bras vers les cieux. Miséricorde divine, l'ange Gabriel a ouvert la bouche, miel ou amertume, qu'importe !

Et il se retourna vers lui avec tendresse.

Gabriel soupira, puis il prit une profonde inspiration avant de leur révéler la vérité. Ses compagnons l'écoutèrent, saisis. Ils se retinrent de poser des questions. Les vrais amis se contentent de vous serrer dans leurs bras pour tenter d'étouffer votre douleur, de la capturer et de se la transmettre pour vous en libérer.

D'Auxerre à Paris, la pluie les arrêta au moins dix fois. Les averses se succédaient, leur laissant à peine le temps de s'arrêter pour repartir aussitôt. Ils avaient décidé de n'emprunter que des départementales pour trouver plus souvent des abris. Dans une maison de la presse, ils avaient acheté des parapluies que le vent retourna comme une feuille. Ils bénissaient les routes bordées de platanes. Lorsque la pluie durait plus de dix minutes, ils se dirigeaient vers un café et Gabriel poursuivait sa confession. Il raconta tout, chronologiquement.

À partir de Melun, le soleil revint et ils entrèrent dans Paris, soutenus par leur alliance, indestructibles.

23

L'oncle Georges avait accepté de cofinancer *Bambino !* aux côtés de Sam Birdman. Accepter n'était pas le mot, il était enchanté, plus enthousiaste encore qu'aucun des donateurs américains qu'Édouard avait pu rencontrer. Les garçons l'invitèrent à dîner, le rôti fut gai et Gabriel, soulagé d'avoir enfin partagé son fardeau, blagua avec Georges qui le titillait sans cesse :

– J'ai appris que ta Sara t'a quitté pour Antoine ? Elle n'a peur de rien, cette petite. C'est amusant, je ne l'aurais pas cru aventureuse. Elle rêvait de toi, si je me souviens bien ?

Gabriel hocha la tête, résigné et désinvolte à la fois.

– Vous n'êtes pas le même genre.

Ça avait l'air de le tracasser. Il avait toujours aimé comprendre les couples.

– Ça me chiffonne pour elle, il va la broyer. Beaux discours et rien derrière, non ? Je parie que c'est le genre à tomber vraiment amoureux, et à quitter heureux, incapable d'envisager que l'autre soit triste.

Il se resservit une rasade de cognac pendant que les frères fumaient une cigarette, songeurs.

– Elle est plus solide que tu ne le supposes, finit par répondre Gabriel. C'est ce qui m'a toujours effrayé d'ailleurs. Ce n'est pas qu'elle ne me plaisait pas. Quand j'ai fini par la regarder, je l'ai même trouvée très belle. Mais elle a une force que je ne possède pas.

– Je ne te crois pas, répondit Georges, l'air surpris. Toi, un homme que la force impressionne ? Tu peux post-rationnaliser autant que tu le veux, tu l'as perdue, manquée, loupée, mon coco, et ça arrive. On en rate tous une dans notre vie. Bon, où est-ce que je vous emmène, les gamins ?

Les frères sourirent, leur oncle adorait les infantiliser, sûrement parce qu'il n'avait jamais voulu d'enfants et qu'avec eux, il avait fait face à des responsabilités bien trop lourdes. Alors il feignait de prendre tout à la légère.

– Un tour au Mathis Bar ? Cela fait longtemps que je n'y ai pas mis les pieds. Je crois que la dernière fois, c'était avec toi, Gabriel, quand tu as fait ta crise d'hypoglycémie et que – comment s'appelle-t-il déjà, ce serveur si charmant, Marcel ? Yvan ? Jacques ? –, enfin peu importe, on n'a pas gardé les veaux ensemble non plus... En tout cas, il t'avait apporté du saumon fumé. Ça, c'est le VIIIe, le seul quartier de Paris où l'on traite les malaises éthyliques avec des blinis !

Il s'enthousiasmait maintenant, Marcel-Yvan-Jacques

lui avait manqué. Il fallait absolument y aller. Gabriel déclina en riant, tandis qu'Édouard enfilait déjà sa veste, une nouvelle cigarette aux lèvres. Alors que Georges recommençait un discours enchevêtré d'expressions mutilées, Édouard l'appela depuis l'entrée :

– Alors, l'oncle, tu viens ?

Georges se leva prestement, embrassa Gabriel sur le front, glissa quelques billets dans la poche de Ninon à qui il fit avec bonhommie deux baisers sur les joues et rejoignit Édouard.

Ils n'avaient que quelques pas à faire pour se rendre rue de Ponthieu. Au passage, Georges reprit sur le rebord d'un petit coffre EDF, retenu par le crépi couleur crème, un cigare qu'il avait oublié à l'aller, occupé par une recherche sur son téléphone qui nécessitait ses deux mains. Sémillant, il l'alluma. À la porte du Mathis, personne. Fermé.

Un passant noctambule leur annonça la mort de Gérald, le propriétaire. Désappointé, l'oncle ne se laissa pas aller, il héla un taxi et, dix minutes plus tard, il faisait une bise à Cathy en entrant chez Castel, rue Princesse. Elle leur proposa de prendre un verre dans la salle de restaurant aux nappes à carreaux rouges et blancs, il n'y avait pas encore grand monde en bas. Ils étaient chanceux, ce soir, tout Paris était là. Un chanteur d'opéra entonnait des airs de *bel canto* avec sa fille et ses amis. L'ambiance était délicieuse. Édouard se voyait déjà dans le final de sa comédie musicale.

Après quelques verres et des discussions à presque toutes les tables – l'oncle avait des amis partout –, Édouard raconta à Georges les mésaventures de son frère. Celui-ci écouta avec attention, sortit un calepin de sa poche intérieure et inscrivit tous les noms qu'Édouard lui donnait : Oriane et Paul Devancière bien sûr, mais aussi leur fille Louise, Giacomo Francese et Jeanne Duffeux sa compagne de camp.

– Si on retrouve la fille, Louise, ce ne sera déjà pas si mal… Elle est née en quoi, 1927… ? Elle est peut-être même encore vivante, ça lui ferait quatre-vingt-huit ans. Une jeunesse !

– C'est peut-être elle, pouffa Édouard en faisant un signe de tête vers une dame sirotant une Suze à une table au fond.

– Elle n'a jamais bougé d'ici, celle-là, la Maryse ! Je vais lui faire une bise, je reviens !

En l'attendant, Édouard regarda la salle, le chanteur d'opéra se levait et s'extirpait à grand-peine de sa chaise, des femmes riaient. Georges revint s'asseoir et la soirée se poursuivit, comme prévu, jusque tard dans la nuit, dans une alternance de discussions sérieuses et de verres offerts à des jolies filles, qui, rassurées par la présence d'Édouard et même attirées par lui, riaient de bon cœur aux plaisanteries de l'oncle Georges. Ils se quittèrent vers cinq heures du matin dans l'aube des fêtards à la recherche de taxis sur le boulevard Saint-Germain.

Édouard était ravi de sa soirée. Son oncle allait aider

Gabriel et débloquer la situation, il était certain de pouvoir se reposer sur lui. Il connaissait tout le monde, partout, rien ne lui résistait jamais.

– « D'un incurable amour remèdes impuissants », répondit Gabriel à son frère, lorsque celui-ci lui présenta fièrement les résultats de ses recherches.

– Non, tu vas m'écouter, et jusqu'au bout cette fois-ci. Les remèdes, comme tu dis, n'apaiseront pas ta douleur, mais ils peuvent la détourner.

– Je ne cherche plus rien, tu m'entends, Édouard ? Rien. J'attends que le temps passe, que les souvenirs se fanent, qu'ils pourrissent au fond de moi. Chaque jour, je verse un peu d'Oriane dans les ouïes de mon cœur, comme Giacomo répandait les graines d'orge chaudes à l'intérieur de son violoncelle, et je remue, je décrasse, je nettoie, je récure même.

– Quelles images ! Mais tu es devenu poète, Gabriel ! Veux-tu poursuivre dans le champ lexical du dégraissage ou puis-je reprendre ? Je te répète que j'ai retrouvé Jeanne. La Jeanne qui n'est pas parvenue à sauver Oriane mais qui a accompagné sa fin. Elle se souvient d'elle, c'est une vieille dame mais elle n'a pas perdu la mémoire. Elle habite New York.

Gabriel fit un geste indifférent qui masquait mal sa curiosité.

– New York ! J'ai traversé l'Atlantique pour retrouver une ultime trace et c'est ainsi que je suis reçu ! Tu ne devrais pas, Gabriel, tu n'as pas le droit de me traiter ainsi.

– Tu ne m'as pas épargné, il me semble, à la mort de nos parents.

– Je m'en suis toujours voulu. Et le souvenir de cette nuit me hante encore, Gabriel.

– Et puis, cesse de m'appeler par mon prénom, je ne suis pas à confesse, lui rétorqua son frère, les mains collées sur son crâne. Et arrête de dire des mensonges, tu n'as pas traversé l'Atlantique pour moi. Tu l'as fait pour toi, pour ta comédie musicale, ta carrière, ton succès. Si tu t'intéresses soudainement à Oriane, je doute que ce soit par altruisme. Ce sentiment t'est tout sauf familier.

Édouard ne voulait pas entrer dans le jeu de son frère, s'agiter à son tour, en venir aux mots. Il laissa glisser les reproches. Il allait l'aider à sortir de ce que tout médecin – Gabriel refusait d'en consulter – aurait appelé « dépression ».

Gabriel, en jogging et tee-shirt sales, s'était un peu relevé sur le canapé du salon dont il n'avait pas pris la peine d'ouvrir les rideaux, pas plus qu'il ne s'était rasé depuis des semaines. S'il l'avait désiré, l'appartement était grand, il aurait pu changer de pièce, mais il restait assis. Édouard y vit la confirmation de son appétit de savoir et ne releva pas cette énième agression.

– L'oncle m'a donné son adresse. J'ai remonté Park Avenue jusqu'à l'angle avec la 66e Rue et je me suis présenté auprès d'un *doorman*, qui m'a accompagné jusqu'au quarante-septième étage. Un majordome en tenue m'a ouvert et fait patienter dans un salon d'où on dominait la cime des arbres de Central Park. J'ai attendu, impressionné par les boiseries et les caissons ornés, tout ce luxe new-yorkais stable, immuable. Ces quelques minutes d'attente ont eu le mérite de me donner un cadre pour ma comédie musicale. Je situe l'enfance d'Ashley, mon héroïne, dans un appartement comme celui-là, où le luxe ne demande qu'à être renversé par une folie passagère... Je m'égare.

– Tu t'égares, et ça ne m'étonne pas, répondit Gabriel, assis en tailleur et le dos appuyé sur un coussin du canapé.

Édouard réprima un soupir d'exaspération.

– En accomplissant quelque chose pour ton frère, tu n'as finalement travaillé que pour toi. Tu en voulais la preuve ? La voici. En allant déranger cette pauvre vieille dame, tu as trouvé le décor de ton deuxième acte.

Édouard poursuivit :

– On m'a accompagné dans la chambre de Jeanne Duffeux. Elle était assise dans une bergère près d'une fenêtre. Je me suis approché doucement lorsqu'elle a levé les yeux vers moi. Je lui ai raconté notre affaire, elle était déjà prévenue. « Je me souviens d'Oriane, m'a-t-elle dit, un courage insensé, une force inextinguible. Elle attendait comme moi la fin de cette guerre cruelle. Mais vous, mon petit, qui êtes-vous ? Votre oncle, je crois, s'intéresse au destin de la violoncelliste ? – Pas exactement, madame, mon frère est amoureux d'elle. » Retirant ses lunettes en écaille dorées, retenues à son cou par une chaînette, elle a posé un regard décontenancé sur moi. « Vous avez enregistré vos souvenirs, ils sont accessibles en ligne… Gabriel, mon frère, les a trouvés. Et ce n'étaient pas les seuls disponibles. Oriane avait un grand ami. – L'Italien ? Giacomo, si ma mémoire est bonne ? » J'ai acquiescé. « Il a donc survécu… C'était l'espoir d'Oriane. Que son luthier vive encore après cette boucherie ignoble. » Un silence chargé d'émotion et de réminiscences s'est installé entre nous. Elle a repris : « Une fois arrivée aux États-Unis, je me suis lancée sur les traces de sa fille Louise, que j'ai identifiée, mais malgré toutes mes tentatives, je n'ai jamais pu l'approcher. – Comment cela ? lui ai-je demandé, sortant mon téléphone pour tout noter et oubliant que pour toi, j'avais mis sur mes yeux ces lentilles à souvenirs, captant les moindres détails des événements. – Je vous raconterai, mais d'abord, je dois comprendre. Votre frère est tombé amoureux d'Oriane… ? – De sa nuque, plus précisément. Il l'a rencontrée, si j'ose employer ce terme, au premier balcon de la Comédie-Française. Il avait acquis le souvenir d'un spectateur ayant assisté à une représentation de *Phèdre* en 1942 et ce n'est pas la pièce ni Marie Bell qui ont attiré son attention, mais la nuque d'Oriane. Depuis un an maintenant, il ne vit que pour elle. – Comment l'a-t-il identifiée ? Je demande des détails, pardonnez ma curiosité, mais ces modernités ne sont plus de mon âge. Si j'ai "mis en ligne" mes souvenirs de camp de concentration, c'est sur les conseils de ma petite-fille, elle s'est chargée de tout. De jeunes chercheurs charmants sont venus ici et ont emporté les vestiges de mon passé. J'aurais aimé qu'ils les effacent en partant, mais c'est impossible. Ils ont raison, ces gens, MnemoFlix, de nous inciter à partager nos souvenirs. Depuis que chacun peut vivre les miens, ils me sont plus légers. C'est peut-être cela, le devoir de mémoire, alléger celle des vieillards, la transférer aux nouvelles générations, répartir le passé entre nous tous et éviter l'oubli. Maintenant que je ne suis plus la seule dépositaire de mes souvenirs, je me sens autorisée à les délaisser, à m'en détacher. Transmettre, c'est s'épargner la peine de se gouverner seul.

» Je l'ai laissée parler, bouleversé, n'osant reprendre la parole pour lui poser la foule de questions pratiques qui me tourmentaient. Elle a encore marqué un temps, c'est elle qui m'interrogeait. Alors je lui ai raconté ton histoire, elle a ri en t'imaginant à Crémone face à la « grosse boîte » de Giacomo. Après la guerre, elle avait eu vent des balbutiements de cette invention de l'armée et avait été contactée par d'anciens résistants qui voulaient recueillir sa mémoire mais, à l'époque, elle s'était rendue aux arguments de son mari qui l'avait incitée à n'en rien faire. Elle l'aimait plus que tout, son sauveur.

» Elle a épousé l'officier qui est venu à la tête de son

escorte les libérer du camp de Schlieben. Un fils d'industriel qui a su reprendre l'affaire de son père et la développer ; si bien qu'ils ont vécu ensuite entre New York et l'Utah où se situaient les usines. « J'ai quelque chose pour vous, a-t-elle repris en ouvrant le tiroir de la petite table installée à côté de son fauteuil, je suis sûre que cela touchera votre frère. Lorsque j'ai laissé le corps d'Oriane dans cette cabane, mon cœur était brisé, mais il fallait que je poursuive mon chemin, pour survivre, ne pas mourir à mon tour. En arrivant à la base américaine, qui n'était plus qu'à deux journées de marche harassantes, j'ai trouvé dans ma poche de manteau un mouchoir qui ne m'appartenait pas. Oriane y avait glissé cette lettre talisman, qu'elle gardait sans doute précieusement depuis son incarcération à Fresnes. Lisez-la à voix haute, j'aime l'entendre. »

» Et je me suis exécuté. La voici, dit Édouard en tendant le mouchoir à Gabriel, qui lui objecta un refus mouillé de larmes.

– Je ne peux pas, murmura-t-il, lis-la, toi.

– « Ma chère petite fille, ma toute petite fille, toi que j'ai quittée alors que tu n'avais pas treize ans, ta maman t'écrit sa dernière lettre, ma Louise chérie. Demain, je serai déportée. Ne pleure pas, sèche tes larmes, les miennes ne coulent pas non plus. Je pars avec la certitude que ta vie sera plus heureuse que la mienne. L'espoir me promet que tu auras un autre destin. Tu vivras et sauras trouver ta voie. Ma chère enfant, je termine ma lettre en t'entendant jouer Mozart et mon cœur bondit. Adieu mon amour. Ta maman qui t'aime et te protège, où qu'elle soit. »

Gabriel fondit en larmes. Il embrassa son frère.

– Raconte-moi tout, dit enfin Gabriel.

– Jeanne était très émue à la fin de ma lecture, elle a repris : « À mon arrivée à Paris, la ville et les cœurs étaient à la fête. Avec Max, celui qui allait devenir mon mari, nous avons cherché la trace de Louise partout, dans les fichiers de guerre auxquels nous avions accès grâce à sa qualité d'officier de l'armée américaine. Nous avons d'abord trouvé l'adresse de Paul Devancière, le mari d'Oriane. À la fin de la guerre, il a été arrêté et emprisonné à Fresnes. J'ai réussi à obtenir un entretien avec lui. Il était suspicieux, ne dévoilait que peu de choses. Quand je lui ai montré le mouchoir, il s'est effondré et a fini par se confier. Louise avait fui sa pension normande à la Libération et elle était partie vers le sud, croyait-il. Elle avait dix-sept ans, et sa rancune lui ôtait tout désir de renouer avec ses parents. Elle s'était sentie abandonnée pendant ces quatre années de guerre. Elle voulait partir pour les colonies, ou les Amériques, qu'importe, tant qu'elle serait loin d'eux. Une rage farouche semblait s'être emparée d'elle, résistants ou collaborateurs, elle ne voulait plus entendre parler de la France, ni de sa famille, jamais. Elle s'était élevée seule et continuerait très bien ainsi. »

» Jeanne a marqué un temps et je lui ai pris la main.

Ses yeux maintenant était d'une tristesse ineffable. Elle ne se pardonnait pas d'avoir failli à transmettre cette lettre à sa destinatrice. Elle m'en a confié la mission, si la fille d'Oriane vit toujours.

– Ne l'a-t-elle jamais retrouvée ? interrogea Gabriel.

– Si, mais Louise a refusé de la rencontrer.

– Comment cela ? Explique-toi, tu ne construis pas une intrigue ou un synopsis, tu me parles à moi, ton frère, de ce qui compte le plus à mes yeux. Pourquoi Louise, enfant charmante et bien élevée, a-t-elle claqué la porte au nez de la compagne de camp de sa mère ?

Gabriel s'agitait, il s'était levé et tournait en rond. Édouard le somma de se calmer. Il avait souhaité détourner son attention, lui faire entrevoir la possibilité d'une continuité dans la vie d'Oriane par sa filiation, et ses attentes étaient comblées. Gabriel était captivé. Mais Édouard ne le voulait pas dément. Cette ouverture vers un avenir se devait d'être douce, réconfortante.

– Je n'ai pas toutes les réponses, Gabriel.

Celui-ci le foudroya du regard.

– Pardon, reprit Édouard, mais tu t'appelles bien comme cela, non ? Enfin, soupira-t-il, j'ai quelques éléments. Il semble que Louise ait épousé un attaché d'ambassade, je ne sais pas quand ni comment. Toujours est-il qu'ils ont vécu à La Nouvelle-Orléans au consulat de France dans les années cinquante, et c'est là que Jeanne l'a retrouvée, sans succès. Si tu l'acceptes, je vais poursuivre mes recherches maintenant, faire comme toi, trouver des souvenirs, te les apporter.

Gabriel hocha la tête, écrasé par une fatigue soudaine, une tension extrême qui retombait et l'anéantissait. Tout était toujours à recommencer, il n'était pas certain d'en avoir le courage. Le passé est une feuille que l'on replie lorsqu'elle devient trop lourde. Posséder ce mouchoir ne lui suffisait-il pas ?

Il acquiesça aux offres réconfortantes de son frère. La voix d'Édouard devenait très lointaine et il dut s'endormir ou s'étourdir. Ses malaises étaient devenus fréquents, mais il refusait de consulter. L'antidépresseur le plus efficace était pour lui de s'immerger sans fin dans les souvenirs montrant Oriane heureuse, ses concerts dans des salles combles… Il s'assoupit tout à fait. Édouard le couvrit d'un plaid et le laissa dormir, posant les lentilles à souvenirs et le mouchoir d'Oriane à portée de sa main.

24

Édouard n'avait pas songé à demander à Jeanne le nom de famille de la fille d'Oriane, qui avait dû en changer lorsqu'elle avait épousé son attaché d'ambassade. En rédigeant des requêtes avec pour mot-clef Louise Devancière sur Internet et MnemoFlix, il n'avait pas obtenu de résultats probants. Des conférences sur « Les devancières des filles du Roi », des articles sur Louise Labé, « devancière » des poétesses à la Renaissance, un roman sur Madame Louise de France... mais rien qui le mène à la fille d'Oriane.

Il se souvenait que Jeanne Duffeux avait mentionné le consulat de France à La Nouvelle-Orléans dans les années cinquante. Édouard, commençant à se prendre au jeu du détective, attitude qu'il avait tant moquée chez son frère, rechercha les noms des personnels diplomatiques sur le site du ministère des Affaires étrangères. Ce fut en pure perte. Il recommença ses tentatives pour la trouver sous son nom de jeune fille. À la page dix de sa recherche Google, il la vit citée dans un article sur la colonisation française en Côte d'Ivoire et associée à la création des imprimeries IRFA – Imprimerie reliure franco-africaine.

Par MnemoFlix, il chercha des souvenirs de l'époque coloniale. Ils étaient nombreux. Il acheta celui d'un commerçant en fruits exotiques installé dans le quartier de Treichville, zone industrieuse d'Abidjan où les brochures et livres publiés par l'IRFA étaient imprimés. Édouard se perdit en rêveries africaines, mais n'avança pas d'un pas.

Il contacta son oncle Georges, qui avait vécu enfant en Côte d'Ivoire, pour savoir s'il avait été plus efficace dans ses recherches sur Louise Devancière.

– Tu veux dire Louise Récamier ? Mon petit, c'est une femme respectable, au mari distingué, ne t'avise pas de la traiter en jeune fille, pouffa-t-il dans le combiné.

Sans écouter les exclamations de surprise de son neveu, il poursuivit :

– Il faut vraiment tout faire à votre place, les gosses, incapables de vous triturer les vertèbres, de vous creuser la ciboulette, enfin, tu vois ce que je veux dire. Perdus sans votre oncle Georges. Comment j'ai fait ? J'ai demandé autour de moi, des amis diplomates se sont empressés de me trouver les renseignements adéquats. Ta Louise a quitté Abidjan avec celui qu'elle a épousé, Michel Récamier, et ils ont ensuite été en poste à La Nouvelle-Orléans, où ta chère et tendre a accouché d'une petite Victoire, puis ils ont déménagé au Brésil, au Mexique, ou au Salvador, je ne sais plus... Enfin, je t'ai tout noté. Et leur carrière s'est achevée à Bruxelles, où Louise la rebelle s'est éteinte en 1980.

Édouard répéta les derniers mots prononcés par son oncle, un voile de déception dans la voix.

Georges reprit :

– Tu ne m'as pas écouté ou toi aussi tu as eu le coup de foudre ? Louise a eu une fille, Victoire, née en 1955 à La Nouvelle-Orléans. La voici l'information qu'il te fallait, ton enquête n'est pas terminée. Si ce n'est toi, c'est donc ta fille, et voilà tout.

Édouard resta silencieux. Il éprouvait des sentiments contradictoires. La désinvolture de son oncle et son manque de compassion pour Louise étaient compréhensibles, mais lui était partagé entre affliction et admirative curiosité. L'image de Louise, enfant sage entrevue dans les souvenirs de Giacomo, ne conduisait guère à son parcours.

– C'était une fugitive, de la race des aventurières, reprit-il. Et son destin se brise à Bruxelles, entre un cornet de frites et une gaufre au caramel devant le Manneken-Pis ?

– En fait, si, tu es aussi fêlé que ton frère, se moqua Georges.

Édouard émit un rire bref de dénégation.

– Allez, je dois raccrocher, on se rappelle.

En réfléchissant, Édouard comprenait confusément les regrets qu'il ressentait. L'homme de théâtre avait repris le dessus et l'absence de dénouement le perturbait. Il n'y aurait pas de fin heureuse, pas d'effusions ni d'embrassades. Il ne jouerait pas le rôle de « messager » menant à la résolution de l'intrigue en permettant à Louise de lire la lettre que sa mère lui avait écrite. Sa quête avait été aussi brève que décevante, il ne réconcilierait pas une femme avec sa mère, comme il ne s'était jamais pardonné d'avoir laissé son frère assister seul à la catastrophe qui leur avait ravi leurs parents.

Il voulait tout de même trouver une photo, un souvenir de Louise, ne pas l'abandonner à l'oubli, elle qui s'était déjà sentie tellement délaissée pendant la guerre qu'elle s'était coupée de toute attache familiale.

Antoine entraîna Édouard à Drouot. MnemoFlix, lui répétait-il, c'est pour les amateurs. Il allait lui montrer le nectar des souvenirs, qui ne seraient ni tronqués, ni incomplets. Et il le mena à une vente de souvenirs coloniaux.

Une partie de l'histoire de France qui sentait le soufre se négociait dans cette petite salle à l'étage de l'hôtel des ventes parisien en cet après-midi. Sara les rejoignit vers quinze heures. Les lots, constitués de souvenirs de colons et de colonisés, étaient classés par pays. Édouard, en néophyte, se sentait mal à l'aise. La mise en scène du commissaire-priseur lui donnait l'impression d'assister à une traite d'esclaves. Alors que l'usage assez ludique de MnemoFlix l'avait acclimaté aux pratiques de partage et de vente de parcelles d'intimité, ici, les enchères physiques, cadencées par un maître de cérémonie et ponctionnées par des honoraires exorbitants, lui semblaient relever du trafic de conscience humaine, d'un vol de la pensée, d'une escroquerie des âmes. Il avait l'impression de participer à une entreprise légale de banditisme. La vulnérabilité de la civilisation s'offrait, béante et engluée de savoir-vivre, devant ses yeux impuissants.

Édouard voulut partir mais Antoine le retint, enchérissant sur une fête donnée par le gouverneur à Abidjan en 1951. Louise y avait sûrement été invitée, peut-être trouverait-il sa trace, devinerait-il sa silhouette au milieu des valseurs. Un souvenir d'une imprimerie à Treichville suivit et Antoine leva à nouveau la main. Les collectionneurs le regardèrent, surpris. Le monde des mnémophiles était petit et spécialisé. Depuis la mondialisation massive de la vente de souvenirs grâce à l'émergence de l'application MnemoFlix, qui, comme toutes ces licornes, s'était produite en moins de six mois et fêtait au bout d'une année d'existence son milliard d'utilisateurs et de fournisseurs sur la planète, les salles des ventes physiques étaient moins fréquentées. Ces trois excursionnistes avaient donc tout de suite été remarqués par les « autochtones », compatriotes d'une même nation, celle de la mémoire coloniale. Ils ne luttèrent pas et laissèrent, par un accord tacite et impénétrable, Antoine seul à enchérir devant le commissaire-priseur, la désapprobation feutrée se lisant sur tous les visages.

Il lui faudrait compléter ces deux souvenirs par ceux des ambassades dans lesquelles le couple Récamier avait fait carrière pour en déduire qui, des invités, pouvait être Louise. Cette opération prit des semaines à Édouard, aidé d'Antoine et de Sara qui rivalisaient de zèle, comme si leur amour allait être grandi par cette recherche insensée. Tous les discours, réceptions, fêtes, remises de décoration, furent scannés, analysés, agrandis, décomposés. Pierre et Adélaïde, revenus de leur voyage de noces dans l'Himalaya, plus heureux que jamais, prêtèrent leur expertise à ce jeu de piste.

Pour que Gabriel ne devine rien de l'enquête conduite par ses amis, une salle d'investigation avait été dédiée à la quête dans l'appartement d'Antoine, avec mur de photos et coupures de presse. Édouard lui-même oubliait son rejet initial et appréciait cette atmosphère de camaraderie créative. Aucun ne portait plus attention à la longue chute de ce Gabriel pour le bonheur duquel ils œuvraient en secret avec tant de passion.

Gabriel, pendant ce temps, sombrait. Depuis qu'Édouard lui avait apporté le mouchoir ayant appartenu à Oriane et écrit de sa main, il tenait une relique et sa vénération confinait maintenant au sacré. Il n'osait le toucher, ce petit morceau de tissu si fragile. Il l'observait en silence, le posait sur son oreiller pour en imprégner ses rêves, il le connaissait par cœur, le récitait comme une prière.

Son frère n'était pas souvent là et, lorsqu'ils se croisaient, il lui lançait des regards mystérieux. Il devait avancer dans sa recherche pour retrouver la trace de Louise, pensait Gabriel. Mais à quoi bon retrouver la destinatrice de cette lettre ? Pourquoi lui céderait-il cet ultime message qu'Oriane, il en était persuadé, lui avait envoyé de l'au-delà pour apaiser son cœur et lui prouver qu'il ne pourrait la sauver de l'oubli, quand sa fille même s'y était refusée et que Giacomo avait abandonné sa trace ?

Parfois, il voulait le dévorer, ce fragment d'Oriane, l'ingérer pour que leurs corps ne fassent plus qu'un. Des accès de démence le poursuivaient et il s'allongeait alors, posant le mouchoir sur sa poitrine. Lui qui n'avait jamais prié devenait mystique.

Son frère, Sara, et même Antoine adoptaient des allures de conspirateurs. L'été approchait et Gabriel n'avait aucune envie de partir en vacances. Rien que le mot l'effrayait, passer des journées allongé inconfortablement sur des galets, des rochers ou du sable, même fin, endurer des nuits à regarder les autres s'amuser, il préférait encore rester le spectateur de sa propre douleur. Édouard le confortait dans ce refus de voyager en lui promettant un mois à New York en septembre. Mais de cela non plus, il n'avait aucune envie. Prétendre s'intéresser à son *musical*, à Dalida, à leur oncle qui les rejoindrait sûrement en sa qualité de coproducteur, à cette Rose dont ils parlaient tous sans arrêt, ce prodige de la scène, cette jeune fille californienne arrachée par Antoine dix ou quinze années plus tôt à un groupe de post-modernistes qui refusaient de se nommer hippies, lui paraissait au-dessus de ses forces.

Édouard passait ses soirées avec Antoine, chez qui Sara venait d'emménager. Ils mettaient en commun leurs découvertes et en recoupaient les fils ténus. L'un avait vu Victoire, la fille de Louise Récamier, écouter un concert de musique de chambre, à l'âge de cinq ans, à l'ambassade de France au Mexique et tous s'émouvaient de cette connexion qui la reliait, sans qu'elle en ait conscience, à sa grand-mère. Ils imaginaient d'avance la réaction de Gabriel. L'orchestre jouait du Saint-Saëns, le morceau même qu'Oriane avait donné en récital quarante ans plus tôt. Ils étaient devenus incollables sur les moindres événements de la vie de celle-ci, cherchant des signes, révélant des fatalités, des vocations. Ils rêvaient Victoire musicienne, reprenant avec panache le flambeau de son aïeule. Elle apparaissait dans les souvenirs d'ambassades jusqu'à l'affectation de son père au consulat de Los Angeles de 1968 à 1972, mais disparaissait ensuite de leur vie diplomatique. Victoire avait dix-sept ans lorsque ses parents avaient rejoint Bruxelles. Elle était probablement restée aux États-Unis poursuivre ses études.

Les trois amis cherchèrent alors des souvenirs de bals de fin d'année des différentes universités californiennes, sans succès. Le mouvement hippie monopolisait l'ensemble de la mémoire de cette époque et retrouver une jeune fille, même française, relevait du miracle.

Leur enthousiasme se tarit dans la torpeur du mois d'août. L'excitation de la recherche, qu'Édouard avait ressentie au début, la fascination devant le moindre détail identifié par lui ou ses amis, passait peu à peu. Leur désir de bien faire s'embourbait en même temps que l'enquête piétinait. Si on pouvait la trouver par hasard dans des souvenirs liés aux ambassades, Victoire n'était pas référencée sur le Net – qui présentait décidément des lacunes auxquelles nul n'avait songé avant cette quête. Ils croyaient tous, et à raison, vivre dans un environnement où l'oubli n'avait plus de place, où chaque individu était traçable et même traqué depuis sa naissance jusqu'à sa mort. C'était peut-être vrai des générations actuelles, mais le passé, même récent, échappait encore aux rets de la toile.

Le temps passait, les représentations de *Bambino !* commençaient dans deux mois. Rose avait été choisie pour interpréter Ashley, la chanteuse en herbe, et Micky allait finalement jouer le héros, Mario.

Antoine se réjouissait que son rôle d'intermédiaire entre Rose et Édouard ait porté ses fruits, tandis que Sara s'empêchait de voir l'irruption de cet ancien flirt d'Antoine d'un mauvais œil. Elle ne s'inquiétait de rien le concernant, s'attendant toujours à ce que le pire advienne. Antoine allait retrouver une amie de toujours, où était le mal ? Malgré les serments, elle ne pouvait se défaire de l'idée qu'une autre le lui ravirait. Alors, Rose, Natasha, Amber ou Gertrude, qu'importe. Elle était fataliste et épicurienne en même temps.

Édouard devait déménager à l'automne et s'installer à New York pour quelques mois, suivre les répétitions et assister aux représentations. Il avait décidé d'y emmener Gabriel, tout était arrangé avec Isabelle à l'Institut, il retrouverait sa place à Radio Académie quelle que soit la date de son retour. Gabriel se laissa convaincre. Ses amis de toute façon ne lui laissèrent pas le choix, soit il coopérait, soit ils l'enlevaient. Il se résolut à partir, enfin déterminé à rendre visite à Jeanne Duffeux.

Sara s'était invitée au voyage, tandis qu'Antoine les rejoindrait plus tard. Il devait se rendre sur la côte Ouest et couvrir l'événement Burning Man pour *Vogue*.

25

Rose attendait la fin de l'été et le début des répétitions avec impatience. Édouard lui avait fait part de son arrivée prochaine et elle voulait être exemplaire. Ses cachets de rôle-titre pendant la tournée lui avaient permis d'emménager dans un deux-pièces lumineux au cœur de Chelsea, dans un immeuble typiquement new-yorkais dont il fallait gravir un perron en grès, sur lequel on pouvait passer des heures à discuter en se raccompagnant. Micky habitait à deux blocs et, hormis une escapade d'un week-end à Miami pour fêter son anniversaire, ils étaient restés en ville tout l'été.

Ces marches avaient été le siège de fous rires, de danse, de questions infinies sur leur avenir.

– Entre les deux, son cœur balance, chanta-t-il gaiement.

– Mais qu'est-ce que tu racontes ? tenta-t-elle de nier sans conviction.

– Antoine ou Édouard… – il prononçait ces noms en francisant son anglais –, lequel choisiras-tu ?

– Aucun des deux, mon cher. Je ne m'offre pas au premier venu. Pour l'un, c'est de l'histoire ancienne.

– Qui l'a marquée à vie, susurra Micky en aparté, se tenant sur la rampe en fer forgé du perron et s'adressant à un public imaginaire.

– Et l'autre… je ne fraie jamais avec le personnel, dit-elle en riant. Toi, plus que quiconque, devrais l'avoir compris.

Micky pouffa et, se retournant vers Rose, la tête renversée, il murmura sensuellement :

– Comme si je t'avais laissé le choix.

Et ils rirent tous deux en montant enfin les marches.

Édouard, Gabriel et Sara venaient à peine d'atterrir lorsque les frères reçurent un message de leur oncle qui les rejoignait pour assister aux répétitions.

Sa présence avait provoqué une tempête comparable à celle de l'ouragan Sandy. De l'appartement qu'ils avaient loué à SoHo, ils ne virent presque rien mais connurent bientôt tous les bars et les clubs de Chelsea ainsi que les restaurants *downtown*. Ils pouvaient comparer les recettes de *black cod* de toute la ville, les goûts fruités ou acidulés des cocktails, les cartes des vins, les cigares même, quoique les cubains – encore sous le sceau de l'embargo – fussent indéniablement les meilleurs.

Georges s'entendait à merveille avec Sam Birdman.

Les répétitions avançaient bien, Sara arpentait la ville, tandis que Gabriel accompagnait quotidiennement son frère au Neil Simon Theatre où, malgré le mouvement permanent, le travail des techniciens procédant à des ajustements de lumière et de décors, le claquement des chaussures sur le bois de la scène, les cuivres de l'orchestre, malgré tout ce bruit, il se sentait au calme, à l'abri de cette ville rugissante et tumultueuse.

Dans les rues, il était choqué par la vétusté, la saleté et même la misère que révélait la présence de maigrissimes vieillardes asiatiques qui arpentaient les trottoirs, ployant sous une palanche chargée à chaque extrémité d'un énorme sac transparent plein de canettes et de bouteilles en plastique vides qu'elles récoltaient, mains gantées, dans les poubelles. C'était la répercussion de la *Bottle Bill* de 1982 permettant à ces femmes de récupérer les cinq centimes de caution sur ces bouteilles si elles les rapportaient dans un Redemption Center, ironie de ces mots qui transforment l'enfer en délivrance.

Chacun vivait ici pour sauver sa peau, autre caractéristique de cette ville où les humains rampent au pied d'immeubles titanesques. Les buildings semblaient à Gabriel une réappropriation urbaine, industrielle et financière des basiliques monumentales couvertes de somptuosités construites pour faire admettre aux hommes la puissance de Dieu et rendre de ce fait leurs vies minuscules. Le dieu d'ici, le dollar, avait gagné. Les tours de Rockefeller en témoignaient, écrasant de leur hauteur la cathédrale Saint Patrick posée sur le trottoir d'en face.

Les proportions classiques des murs de l'Académie manquaient à Gabriel, les promenades le long de la Seine, les terrasses des cafés, les flâneries dans les salles des ventes. Ici, le commerce du souvenir avait envahi la ville, sans le charme des catalogues parisiens. L'économie de la mémoire était mondialisée, l'ergonomie des casques ne différait pas d'un côté et de l'autre de l'Atlantique, mais Gabriel percevait que la récompense associée à l'achat n'était pas en France, en tout cas pour lui, liée à la performance, plutôt au chemin parcouru.

En empruntant l'Interstate 80 le long de laquelle se profilaient les sommets granitiques de la Sierra Nevada, au volant de sa Cadillac des années quatre-vingt-dix à laquelle était accrochée une caravane, Antoine repensait aux bus Greyhound qu'il avait pris quinze ans plus tôt, dans la même région, en compagnie de Rose. La communauté dans laquelle elle avait grandi, la Cacophony Society, était à l'origine de ce festival Burning Man dont on avait commencé à parler en France au milieu des années deux mille, alors qu'il existait depuis plus de quinze ans déjà. L'événement était devenu mondial, la planète entière se ruait désormais vers Black Rock City dans le désert du Nevada. Les billets d'entrée, dont le prix avait décuplé, se vendaient dans la journée. Vingt-sept mille places de parking allouées, au moins le double de participants, un festival gigantesque et parfaitement marketé, qui s'opposait à la spontanéité de ses débuts, sur une plage de San Francisco au coucher du soleil. Pourquoi la vie était-elle toujours ainsi, exponentielle ? C'est avec cette question qu'Antoine comptait aborder les organisateurs avec qui il avait obtenu un rendez-vous.

Le magazine *Vogue* lui avait commandé des photos de l'événement. Selon sa méthode de travail, il s'était peu renseigné. Il préférait se laisser surprendre par l'atmosphère d'un lieu ou d'une personne avant de la charger de sens, de signes, de captures photographiques. Il n'avait lu que le mince guide de survie envoyé aux *burners* en même temps que leurs billets. Le long de la State Route 34 bordée de broussailles poussiéreuses, il s'arrêta devant l'une des stations-service dont un panneau clignotant indiquait que des produits « special Burning Man » étaient disponibles. Les consignes étaient impératives, chaque participant devait se fournir en barils de cinq gallons repliables et prévoir au moins six litres d'eau par jour. Antoine devait donc pour survivre neuf jours, du 30 août au 7 septembre, acheter soixante-dix litres d'eau. Pour les charger dans sa caravane, il fut aidé par un homme tout droit sorti d'un film des frères Coen, stetson huileux sur le crâne et chemisette à carreaux.

Des recommandations données aux *burners* résultait

qu'il devait manger salé pour éviter les troubles électrolytiques. Intimidé par les proportions gigantesques des paquets de nourriture qui s'offraient à lui, il prit sans conviction des chips vendues dans des sachets lui arrivant aux genoux. Il acheta un sac de couchage de première qualité et, toujours dans la même station-service perdue dans le désert, des froufrous, des boas, des chapeaux, des lunettes, des slips panthère, des leggings zèbre et toutes sortes de déguisements. Black Rock City n'était pas un camp d'entraînement, on était censé s'y amuser au contact de créateurs et d'artistes.

Sara et Antoine avaient choisi de ne pas se téléphoner, trouvant romanesque de construire une correspondance entre les deux Amériques, entre les beaux quartiers de New York et le désert du Nevada, les taxis jaunes et les véhicules mutants, les œuvres exposées dans des galeries aux plafonds hauts et l'art éphémère destiné à l'embrasement.

Leurs mails se croisèrent. Antoine lui racontait son méthodique équipement et Sara lui donnait des nouvelles : Gabriel avait enfin rencontré Jeanne Duffeux et il était sorti bouleversé de leur échange. Il assistait toujours aux répétitions de *Bambino !*, affalé sur un siège d'orchestre au fond de la salle et retranché le plus souvent derrière son casque de visionnage, sans jeter un coup d'œil aux chorégraphies ni à Rose, qui séduisait pourtant tout le monde par sa joliesse exquise et sa vitalité, « moi comprise », ajoutait Sara entre parenthèses.

L'oncle Georges avait quitté New York. Édouard et Sam travaillaient à la comédie musicale, de jour comme de nuit.

Elle-même poursuivait ses recherches sur l'insaisissable Victoire Récamier. Elle avait hâte qu'Antoine soit de retour, d'autant qu'il pleuvait ; mais Sam lui avait affirmé que c'était normal, le week-end de *Labor Day* n'avait pas connu un rayon de soleil depuis 1983.

En dépit de la massification, l'événement Burning Man n'avait rien perdu de sa radicalité. La *deep house* résonnait sans aucune restriction de décibels, les déguisements étaient insensés, tous les arts circassiens étaient au rendez-vous. Une foi animait ce rassemblement qui aurait pu paraître ridicule ailleurs que dans ce désert hostile de Black Rock City traversé de tempêtes de sable et aux températures inhumaines. Antoine se sentait à présent assez inclus dans l'aventure pour sortir son Hasselblad de la sacoche passée en bandoulière sur son épaule.

Au milieu du camp, se trouvait l'espace réservé aux organisateurs qui se distinguait par la sobriété de ses tentes. Il s'introduisit dans le carré protégé en montrant son accréditation. Un ventilateur brassait l'air chaud et sec grâce à un groupe électrogène. Assis sur des fauteuils de toile autour d'une table basse en bois blanc, trois hommes et une femme d'une soixantaine d'années, dont la simplicité vestimentaire jurait avec l'excentricité des participants, étaient en train de discuter. En un regard, Antoine reconnut les silhouettes des anciens de la Cacophony Society. Ils se levèrent à son arrivée et l'accueillirent comme un ami de longue date.

– Comment va Rose ? lui demandèrent John Law et Larry Harvey, les fondateurs historiques de Burning Man.

Avant qu'Antoine ne pût répondre, Joyce le serra dans ses bras avec effusion.

– Antoine, c'est Antoine, répétait-elle en lui tenant le visage à deux mains.

Elle portait les cheveux longs, une natte filetée de gris descendant dans son cou. Elle le fit asseoir près d'elle à l'écart dans un coin de la tente.

– Tu auras tout le temps d'interviewer John ou Larry tout à l'heure… De toute façon, tu n'as qu'à lire des articles sur eux, ils répètent toujours la même chose. C'est l'âge, dit-elle en riant, euphorique à l'idée d'avoir enfin des nouvelles de Rose, qu'elle nommait sa « petite fille ».

Antoine lui raconta comment ils avaient récemment repris contact, même s'il ne l'avait pas encore revue.

– Tu la retrouves dans une semaine ! Mais c'est fantastique, répétait-elle, émue aux larmes. Alors, elle a réussi, elle est devenue une artiste. J'en étais certaine, elle avait du talent. Tu sais que je suis allée la voir l'année dernière quand elle a joué près de San Francisco ? Elle était splendide. Je n'ai pas eu le courage de la prévenir, trop de remords, de temps passé. Elle ne m'avait pas appelée et n'avait sans doute pas le temps de voir sa vieille Joyce.

Elle sourit, les yeux tournés vers un passé joyeux et lointain, ce temps où Rose était encore à la maison.

– Tu sais, après son départ, dit-elle en buvant un thé glacé, j'ai traversé une longue période de dépression. Heureusement qu'ils étaient là, ajouta-t-elle en montrant ses amis de la main. Sans eux, je n'aurais jamais retrouvé mon équilibre.

Antoine masqua son étonnement. Joyce, le roc qui avait permis à Rose de surmonter la fugue de sa mère, s'était effondrée ?

Joyce se reprit et demanda :

– Mais toi, Antoine, donne-moi de tes nouvelles, raconte-moi, où en es-tu de tes amours ?

Joyce n'avait pas changé. Sa sollicitude n'était pas feinte et sa bonté se lisait jusque dans son attitude, qui témoignait d'un profond intérêt pour les autres.

– J'ai rencontré la femme de ma vie, je n'en reviens pas moi-même. Elle s'appelle Sara. Elle est belle, vive, intelligente, généreuse. Je crois qu'elle aussi m'apprécie. Notre histoire serait sans nuage si l'un de nos amis n'était plongé dans une folie dépressive qui nous alarme beaucoup.

Antoine parla alors de ses inquiétudes pour Gabriel. Il refit l'historique de ses amours fantasmées par l'intermédiaire de souvenirs achetés en salle des ventes, s'apprêtant à lui expliquer avec pédagogie le fonctionnement de MnemoFlix. D'un geste, elle l'interrompit : elle connaissait tout de l'industrie des souvenirs. Elle était en train de préparer une rétrospective consacrée à l'évolution de la Cacophony Society en Burning Man, du Sunset District à Black Rock City. Elle lui apprit que leur maison se visitait désormais et que les « pèlerins » pouvaient télécharger les meilleurs souvenirs liés à chaque pièce à l'aide d'un QR code. Leur organisation loufoque s'était drastiquement rationnalisée et les fondateurs, pris au piège des investisseurs, anges du business, qui s'étaient intéressés à eux, ne reconnaissaient plus leur *zone trip* initial dans toute cette mascarade. Sauf John, qui plastronnait devant les journalistes à longueur de journée, se moqua-t-elle.

– Mais je m'égare, finit-elle par dire, revenons à ce qui te préoccupe, ton ami Gabriel. Le chemin qu'il va devoir parcourir pour guérir ne viendra que de son entourage. La méditation peut l'y mener bien entendu, mais l'amitié console les âmes bien mieux que n'importe quelle séance de relaxation hypnotique. C'est l'altérité qui permet à l'identité de se construire. Rappelle-toi, c'était notre mantra, c'est pour ça que nous avions fondé la Communiversity à l'époque. Nous pensions que le groupe permettait à l'individu de s'affranchir de ses peurs. Ce sont vous, ses amis, qui allez le conduire à retrouver le goût de la réalité.

Antoine était soulagé d'entendre Joyce parler ainsi. Il sentait qu'elle avait raison et qu'elle donnait un sens aux recherches qu'ils accomplissaient collectivement depuis des semaines pour retrouver la descendance d'Oriane. Il les lui raconta, Joyce fut émue de l'attention qu'ils portaient à ce Gabriel.

Lorsqu'il en arriva à la disparition de Victoire Récamier en Californie dans les années soixante-dix, il se prit à espérer que celle-ci avait participé à des séances de la Communiversity. Il lui donna plus d'indices sur elle, son père travaillait pour le consulat de France à Los Angeles et a priori, elle y était restée alors que ses parents avaient dû rentrer en Europe, à Bruxelles... Une Victoire née en 1955 à La Nouvelle-Orléans. Victoire Récamier...

– Victoire Récamier ? répéta-t-elle éberluée.

– Tu ne veux pas parler de Vicky, la mère de Rose, quand même ? Je n'avais pas entendu son nom complet depuis le jour où on était allées toutes les deux déclarer la naissance de la petite à la mairie, dis donc !

Ce fut au tour d'Antoine d'être médusé. Victoire, Vicky, cela faisait de Rose l'arrière-petite-fille d'Oriane. Et il n'avait plus à la chercher, il la retrouverait la semaine prochaine. Des mois d'enquête, d'hypothèses, et l'épilogue radieux s'offrait à eux, ils sortaient du brouillard ! Il prit son téléphone pour envoyer un message à Édouard et Sara, mais Joyce ne le laissa pas faire. Elle voulait tout savoir, le mettant en garde pourtant :

– Si tu cherches des souvenirs de Vicky, hélas, ne te fais pas d'illusions, tu n'en trouveras aucun ! Et je peux te dire que j'ai cherché partout, me disant que fauchée comme elle devait l'être, elle avait bien dû, comme nous tous, mettre sa mémoire au clou. Mais rien, *nada*.

Joyce alluma une cigarette et poursuivit, chassant la fumée de sa main :

– Tu veux voir le seul souvenir que j'aie d'elle ? Le voici.

Elle sortit de son portefeuille une photo usée des années quatre-vingt. Vicky était sur la plage, un bébé d'un an accroché à son dos, levant une main gracile. Derrière elles, le premier *Man* jamais échafaudé brûlait. L'instant était historique.

Antoine demanda à en prendre une photo, Joyce, mélancolique, la lui tendit.

– Donne-la à Rose. J'aurais dû le faire avant. Ce souvenir lui appartient, c'est sa mère après tout.

Des larmes brillaient dans ses yeux.

Une tempête de sable se leva, les parois de la tente ondulaient sous les rafales. Antoine serra Joyce dans ses bras, gêné de devoir partir après un tel moment. Il ne pouvait pas manquer d'immortaliser Burning Man sous les assauts du vent. Il lui promit de revenir la voir.

– « Paroles, paroles, paroles… », lui répondit-elle en

chantant Dalida et en lui faisant un clin d'œil plein de tendresse. C'était la chanson préférée de Vicky, c'est grâce à elle que je la connais, et en français monsieur, même si je ne comprends pas tout… Tu diras à Rose que je suis fière d'elle.

Antoine réunit tous les membres de la Cacophony Society qui prirent volontiers la pose et soigna la lumière pour capter leur originalité. Puis il sortit affronter la bourrasque.

Les photographies furent sublimes. Des corps à peine visibles luttant contre des tourbillons de sable, spectres travestis aux déguisements déstructurés se laissant guider par leur intuition pour regagner leur caravane.

Un soleil brûlant chassa l'ouragan et le ciel bleu reprit ses droits. Antoine envoya un message à Édouard et à Sara, avec la photo jointe : « Rose et Victoire Récamier, dite Vicky, Burning Man, 1986. » Il hésita à mettre des points d'exclamation. La nouvelle était asscz fascinante ainsi.

Par délicatesse, il n'envoya à Rose que la photo de Joyce et des membres de la Cacophony Society, « Ils t'embrassent tous et moi aussi. À la semaine prochaine ».

Quant à Gabriel, il le jugea trop fragile et instable pour recevoir de cette façon une information aussi cruciale.

26

Installé à sa place habituelle au fond du théâtre sur l'un des sièges de velours rouge, Gabriel délaissait de plus en plus souvent son casque à souvenirs, captivé par la vitalité de son frère qui se dépensait depuis son fauteuil du troisième rang et même souvent sur scène pour diriger ses comédiens. Édouard avait bien saisi que le Neil Simon Theatre n'était pas comparable aux Bouffes du Nord, tant dans sa programmation que dans les attentes du public, et Sam Birdman l'encourageait, lui répétait que s'il l'avait choisi, c'était pour son esprit frondeur, français, ce souffle nouveau qu'il allait faire régner sur Broadway. Loin de le brider, il l'encourageait à dépoussiérer les codes de la comédie musicale, à transcender le genre, et Édouard s'y attelait, en ce moment même, donnant une leçon de jeu à ses acteurs et traduisant comme il le pouvait les préceptes de Diderot à Rose, à Micky et aux autres, qui l'écoutaient intrigués :

– « C'est la sensibilité qui fait les comédiens médiocres ; l'extrême sensibilité, les comédiens bornés ;

le sang-froid et la tête, les comédiens sublimes. » C'est là le paradoxe. Ne me donnez que votre cerveau. Les larmes et les rires des spectateurs viendront tout seuls. Ne jouez surtout pas avec votre âme, réservez-vous, gardez-la pour vos amis, vos amants, « la sensibilité n'est guère la qualité d'un grand génie ».

La troupe buvait ses paroles, et Sam applaudissait intérieurement. Quelle claque allaient prendre les critiques en découvrant sa pièce ! Un retour à Diderot, il fallait oser ! Stanislavski et l'*Actors Studio* renvoyés aux oubliettes ! Édouard revenait sur un siècle de jeu formaté.

Gabriel aussi admirait ce frère, en manches de chemise, au centre de la scène. Tout le fascinait dans cet univers clos cerné par les murs épais du théâtre, microcosme concentré sur le texte et le jeu des acteurs qui se déploierait à chaque représentation par le biais du *quatrième mur*, la rampe, pour mieux transmettre des émotions aux spectateurs.

Édouard poursuivait, passant une main fébrile dans ses cheveux :

– L'acteur doit s'écouter longtemps lui-même, et son talent consiste à rendre si scrupuleusement les signes extérieurs du sentiment que le spectateur s'y trompe. Toi, Gina, par exemple, poursuivit-il en s'adressant à la moins jeune des comédiennes, lorsque tu attaques ton chant du cygne, *Il venait d'avoir dix-huit ans*, et que Mario vient d'être admis à la Dancing School of

Manhattan, que tu sais que tu ne le reverras plus avant longtemps, qu'il ne repensera à toi qu'avec un sourire reconnaissant et rien de plus, le cri feutré de ta peine doit être *noté* dans ton oreille. Là, lui dit-il en s'approchant d'elle et en lui attrapant doucement l'oreille. Il rit en voyant son mouvement de recul. Ce n'est pas *là* que tu dois sentir l'émotion, il lui toucha le ventre, mais bien *ici* – il remonta sa main jusqu'à sa tête –, tout se passe dans et par l'intellect, comme l'amour lorsqu'il est bien fait.

Gabriel releva cette phrase et songea à Oriane, une femme qu'il n'avait jamais approchée, touchée, ni sentie, et qui pourtant régnait sur son corps. L'amour n'aurait-il pas besoin de chair ? La sensualité pouvait-elle se commander par l'entendement ? Il observait les comédiennes, toutes plus belles les unes que les autres, et ne ressentait rien, pas même le début d'une attirance, du moins voulait-il se le faire croire.

Son frère poursuivait :

– Les gestes que vous faites sur scène, ta joie, Rose, lorsque Micky reçoit le prix d'excellence, ton désespoir, Micky, lorsque ton père vient essayer de t'arracher à la Dancing School, sont effectués de mémoire. Ils ont été préparés chez vous, ici, devant moi, devant Sam, notre boussole à tous. Sam lui sourit en lui faisant un signe d'encouragement. Vous connaissez le moment précis où les larmes couleront, vous les attendez à un mot donné, à la syllabe près, ni trop tôt, ni trop tard. Vos tremblements, vos exaltations, vos mots suspendus, vos déclarations d'amour, vos mouvements de fureur – il adressait un regard à chacun des comédiens – ne sont que des leçons préparées à l'avance, des *grimaces pathétiques*, des *singeries sublimes*. Vous produisez l'illusion. En rien, vous ne devez la vivre.

Les explications de son frère pénétraient l'esprit de Gabriel comme une pointe acérée. Il se demandait maintenant si sa sensibilité n'était pas factice, apprise mot à mot au fur et à mesure de sa recherche de souvenirs. Il comparait ses sentiments avec ceux que Sara lui avait exprimés en cette nuit au Louvre où ils avaient récité Victor Hugo et où il avait rompu le charme en se précipitant sur une touriste qu'il avait prise pour Oriane. Avait-il, comme Sara, vraiment senti la passion, ou s'était-il contenté de la mimer, de la *singer sublimement*, comme le disait son frère, de jouer au Don Quichotte pour s'épargner la peine de combattre de vrais géants ? Sa passion pour Oriane n'était-elle qu'un jeu d'illusionniste ? S'était-il écouté répéter un rôle pendant tous ces mois ? Il se revoyait dans des postures qui, à cet instant précis, lui paraissaient pétries de fausseté, lorsqu'il pleurait sur son mouchoir, qu'il écoutait Adélaïde le jour de son mariage, surjouant l'homme malheureux… Il pressentait à cet instant, assis sur ce siège de théâtre, observant le jeu des comédiens, le leurre des mois passés, le mensonge vrai dont il avait réussi à persuader son corps par la force de son esprit.

Il continuait d'écouter son frère, qui maintenant prodiguait des leçons de diction :

– Vous chantez tous merveilleusement, et vous me faites déjà vibrer. Vous devez maintenant travailler à prendre conscience des effets magiques qu'exerce votre voix sur le spectateur.

Il se tourna vers le pianiste et lui demanda de jouer *Mourir sur scène*, que Micky et Rose chantaient en duo au deuxième acte, au moment où il devenait clair que leurs aspirations communes les mèneraient à s'aimer. Il les sommait, tout en fredonnant avec eux, de réfléchir aux effets de crescendo demandés par la chanson…

– Il faut marquer le temps, leur répétait-il, l'importance des silences est capitale, même en chantant, c'est dans le silence que…

Il ne put aller plus avant. Le pianiste avait cessé de jouer car il était pris d'une quinte de toux inextinguible. Rose courut lui chercher un verre d'eau qu'il n'arriva pas même à boire. Toujours toussant, il s'appuya sur un technicien pour aller en coulisses, rassurant Édouard de la main et lui faisant signe de continuer sans lui.

Après une pause subie – lorsqu'il était sur scène, Édouard ne supportait pas la moindre contrariété –, il eut une illumination et se tourna vers Gabriel.

– Puisque tu es là tous les jours, lui dit-il en anglais, autant que cela serve. Allez, viens.

Gabriel se leva, de bonne volonté quoique circonspect, et traversa la salle à petits pas. Les comédiens l'observèrent, soulagés de le voir enfin endosser un rôle auprès d'eux, lui dont ils ne comprenaient pas la présence quotidienne. Rose, qui connaissait l'histoire de ces frères au sort bousculé par la mort de leurs parents, lui avait parfois esquissé un sourire, lancé de légers saluts auxquels il n'avait jamais répondu, comme si, littéralement, il ne les voyait pas. Elle avait même interrogé Édouard sur une éventuelle infirmité de son frère, celui-ci lui avait répondu en riant que c'était juste de l'impolitesse. Elle finit tout de même, à force d'allusions marmonnées par Édouard, par comprendre que Gabriel traversait un chagrin d'amour et que New York devait lui servir de convalescence.

Gabriel s'installa au piano face à la partition et, après quelques tâtonnements, Rose et Micky purent accorder leurs voix à ses doigts. Il modulait les notes, sentait leurs respirations, le son qu'il produisait était doux. Face à ce spectacle, Édouard repensa au contenu du message qu'Antoine leur avait envoyé de Californie et que l'intensité des répétitions lui avait fait momentanément oublier. Il regarda Rose chanter face à Gabriel, Gabriel jouer face Rose.

La fin de la répétition approchait, les comédiens quittèrent peu à peu le plateau. Rose proposa à Gabriel de poursuivre leur séance, elle appréciait l'émotion qu'il donnait à la chanson et souhaitait creuser cet aspect de son personnage. Édouard, accompagné de Micky, alla demander des nouvelles du pianiste, leur recommandant à tous deux de fermer le théâtre en partant, c'était jour de relâche, ils n'étaient donc pas pressés.

Un moment de gêne suivit le départ de la troupe. Gabriel ne savait pas pourquoi lui aussi avait envie de rester auprès de Rose ce soir-là. Malgré lui et contrairement à ce qu'elle croyait, il l'avait observée depuis le début des répétitions, s'inquiétant même lorsqu'elle ne chantait pas. S'il n'avait pas répondu à ses saluts amicaux et ses sourires engageants, c'était pour protéger la tour d'ivoire qu'il avait construite autour de son histoire d'amour avec Oriane, pressentant que la vivacité des yeux de cette jolie blonde américaine pourrait un jour le faire vaciller et renverser sa douleur, qu'il ne voulait quitter pour rien au monde.

Il avait fini par s'habituer à son état de perpétuel abattement et en changer lui aurait demandé trop d'efforts. C'était peut-être à cause de cette rationalisation étrange de sa souffrance que les propos de son frère sur le paradoxe du comédien l'avaient touché. Il sentait bien que Rose représentait pour lui un danger de vie. Tomber amoureux de ces yeux verts qui lui rappelaient ceux d'Oriane, de ce rire franc, de ces épaules souples, de cette nuque qu'on avait envie de caresser, de ces lèvres brillantes…

Il jouait maintenant *Mourir sur scène* pour Rose seule, porté par une légèreté qui l'angoissait autant qu'il l'appréciait. Au bord du précipice, il aimait la sensation de la chute.

Sara devait venir le chercher après la répétition pour aller au cinéma et partager avec lui sa dernière soirée de célibataire à New York, Antoine arrivait le lendemain. Elle croisa Édouard à la sortie du théâtre, qui lui dit d'un air mystérieux que son frère était resté aider Rose à répéter.

Ouvrant discrètement une porte côté jardin, elle vit Rose, appuyée sur le piano, ne quittant pas Gabriel des yeux, chantant de sa voix ronde qu'elle voulait mourir devant les projecteurs. Elle ne voyait pas Gabriel, mais son instinct lui souffla de refermer la porte et de s'éloigner sans bruit.

Un peu désarçonnée par sa soirée subitement solitaire, elle entra dans le cinéma situé à un bloc du théâtre où se donnait *Mission impossible* et sourit devant l'ironie du titre. Gabriel allait tomber amoureux de Rose, et ils auraient pour mission de lui avouer sa filiation avec Oriane.

Pendant ce temps, Rose et Gabriel répétaient toujours, illuminés par le projecteur que le technicien avait laissé allumé. Elle lui faisait jouer tout le répertoire, *Gigi l'amoroso*, *Bambino*, *Love in Portofino*. Gabriel ne se levait pas, comme barricadé derrière son piano. Ce fut elle qui s'assit à côté de lui sur son tabouret.

Il l'écoutait chanter, ne l'accompagnant plus que d'arpèges, sa voix suffisait à faire résonner le théâtre entier, comme à l'époque, Oriane et son archet jouant Bach seule sur scène devant des milliers de spectateurs, sans tremblement, sans accroche, avec une grâce infinie. Rose la possédait aussi, cette grâce, mais elle chantait du Dalida. Et ce chiasme obsédait Gabriel. Il percevait bien qu'il pourrait se résoudre à accepter ce nouvel amour qui s'offrait peut-être à lui, vivre aux États-Unis, quitter l'Institut, s'exiler. Oublier. Revivre. Il le pourrait, il puiserait sa force dans la sienne, deviendrait son Giacomo, l'accompagnerait partout en tournée.

Au fur et à mesure que Rose chantait, se rapprochant doucement de lui, il réfléchissait et se convainquait qu'il en était capable. Au moment où leurs visages ne furent plus distants que de quelques centimètres, où il sentit son souffle se mêler au sien, il abandonna toute résistance, se laissant aller à la douceur de ce baiser sur ce tabouret de piano. Il l'enlaça et cessa de jouer, il lui ôta aussi son micro, petite boule accrochée à son front qui amplifiait les bruits de leurs bouches résonnant de façon grotesque. Ils rirent tous deux, et cette complicité libéra la tension qui pouvait encore exister chez Gabriel. Leurs corps se confondirent sur les planches, illuminés seulement par le projecteur resté pointé sur eux.

La sensation était inouïe, et Gabriel ne comprenait pas pourquoi il avait résisté si longtemps. Il revivait en cet instant des plaisirs délaissés, lui qui croyait que son casque lui permettait de tout ressentir à travers les souvenirs des autres, il avait oublié le bonheur du goût sucré de la peau d'une jolie fille, le délice de la toucher. Il était un prisonnier brisant ses chaînes, un artiste montant sur scène, un écrivain achevant son livre, un homme libre, vivant et heureux. Et Rose percevait cette extase de Gabriel.

Sans connaître tout de son histoire, elle comprenait que cet homme, qui la découvrait comme un explorateur crie enfin « Terre ! » en voyant la banquise, ne la quitterait plus, qu'il serait cet amour dont on ne craint ni n'attend rien de plus que de le laisser évoluer, cette joie sans trouble, ce contentement immuable. C'était la première fois qu'elle pressentait une telle sérénité en rencontrant quelqu'un qui, sans qu'elle eût parlé, semblait déjà connaître tout d'elle et de son passé.

À partir de ce soir-là, ils ne purent se quitter. Édouard, Antoine et Sara ne savaient qu'en penser. Avouer tout à Gabriel risquait de produire un tremblement sismique capable de faire voler en éclats cette confiance regagnée. Il fallait trouver un procédé qui leur permettrait, à Gabriel comme à Rose, d'absorber l'information sans malentendu. Leur annoncer à tous les deux en même temps ? Édouard trouvait cela ridicule.

– Je parlerai à mon frère, et toi, Antoine, tu t'occuperas de tout expliquer à Rose. Après tout, c'est à cause de toi que tout cela est arrivé. Si tu ne m'avais pas présenté

Rose, elle n'aurait jamais participé aux auditions, et Gabriel aurait pu se rétablir auprès d'une inconnue...

La mauvaise foi d'Édouard les faisait tous rire. Il la pratiquait à dessein, cherchant par tous les moyens à dédramatiser cette situation qui n'avait rien de tragique. Sauf qu'il connaissait son frère – Sara et Antoine confirmaient –, impétueux, bouillonnant, exalté comme il l'était, nul ne pouvait prévoir sa réaction.

Gabriel était chaque jour plus heureux. Il élaborait désormais des théories aussi optimistes sur New York que sa première vision en avait été sombre. Même le métro lui semblait exceptionnel, il ne s'exaspérait plus de son bruit de craie raclée avec férocité sur un tableau, il entendait partout la voix de Rose.

Le secret avait trop duré, Édouard prévoyait les reproches de son frère s'il ne lui révélait pas rapidement la vérité. Mais Gabriel était insaisissable, bavardant comme une pie borgne jusqu'à trois heures du matin de tout et de rien, remerciant Édouard d'avoir choisi Rose, de l'avoir obligé à accepter ce voyage. Le mouchoir d'Oriane, que Gabriel conservait, avait quitté son oreiller et les cheveux de Rose le remplaçaient désormais. Il était impossible de trouver un instant de calme pour lui expliquer la situation. Chaque fois qu'Édouard tentait d'aborder le sujet, Gabriel levait les mains au ciel et recommençait son panégyrique de

Rose. S'il parlait encore d'Oriane, c'était comme d'une compagne à laquelle il resterait attaché toute sa vie, et il interprétait son nouvel amour comme un signe que sa violoncelliste lui envoyait de l'au-delà.

En un mot, Gabriel était gai.

Un soir pourtant, Édouard le contraignit à l'écouter. Gabriel, sagement installé sur un fauteuil du salon, se plia au jeu des révélations. Édouard avait pris soin de lui servir un verre du meilleur cognac.

Un sourire paisible aux lèvres et une cigarette à la main, Gabriel écoutait son frère sans manifester le moindre signe de nervosité. Édouard, qui avait prévu toute une tirade pour justifier le retard qu'il avait pris à lui révéler la filiation de Rose à Oriane, était décontenancé.

– Vous me prenez vraiment tous pour un âne. Sara, Adélaïde, et maintenant toi aussi ! Je suis sûr que tu m'avais même préparé une jolie citation de *Phèdre* pour me convaincre de ton innocence.

Édouard rougit en regardant son frère, qui souriait en coin. Gabriel poursuivit :

– Rose est l'arrière-petite-fille d'Oriane. On se demandait tous les deux quand vous nous l'avoueriez enfin. En apprenant qu'Antoine l'invitait à dîner dans un bon restaurant, nous avions parié pour ce soir. Détends-toi, Édouard, l'ébahissement te sied mal, ajouta-t-il en riant.

Et il s'approcha de lui pour lui donner une accolade reconnaissante.

– Ce n'est pas parce que j'ai découvert le nœud de l'intrigue que tu ne m'as pas sauvé la vie ! Merci, mon frère. Comment l'ai-je deviné ? Vous n'étiez pas très discrets, à Paris déjà… Malgré mon chagrin, je n'avais pas de mal à voir que vous conspiriez tous les trois avec Antoine et Sara. Une Louise murmurée par-ci, une Victoire par-là… De toute façon, notre oncle Georges n'a pas pu s'empêcher de me raconter ce qu'il savait, en me répétant qu'il n'était pas censé me dévoiler tout cela, mais que – quelle expression absurde a-t-il utilisée cette fois-ci ? de fil en bobine, je crois – je serais amené à l'apprendre. Et il m'a livré le nom de Victoire Récamier.

Édouard le regardait, sidéré.

– Quelques jours après cette soirée mémorable de répétition au théâtre avec Rose, je suis tombé sur son contrat qui traînait sur ton bureau, reprit Gabriel, et j'ai vu son nom, Rose Récamier. Ça aurait pu être une coïncidence, bien entendu, et j'imagine que vous l'avez prise comme telle.

Édouard, saisi, acquiesça sans conviction.

– Vous ne l'aviez même pas remarqué ? rit Gabriel. Je ne peux pas le croire !

– Je suis le seul à avoir eu le contrat, et je l'ai signé il y a des mois, je n'ai pas fait attention…, avoua Édouard, pris d'une hilarité soudaine. Il se tapait le front en prenant la mesure de leur étourderie. Elle ne donne jamais son nom de famille, elle n'est connue que sous son prénom, Rose.

– Bref, reprit Gabriel, ça pouvait être une coïncidence, et d'ailleurs cela ne change rien car je n'étais pas au courant quand j'ai assisté à toutes les répétitions de ta pièce à la noix ! Toutes ! Du Dalida à longueur de journée ! Merci…

– À la noix, à la noix… Reste poli.

– Tu as raison, je plaisante, d'autant qu'avec l'histoire que tu as inventée, la traduction, les nouveaux arrangements, et le timbre de Rose, les chansons sont méconnaissables. Les Français les redécouvriront, et les Américains adoreront. Mais pour en revenir à Rose, elle a ses yeux, ses gestes même parfois. Elle n'a pas d'instrument mais sa voix les remplace tous. Oriane avait choisi le violoncelle parce qu'il était encombrant, Rose s'en est libérée. Elle n'avait aucune idée de rien concernant sa famille, une orpheline, comme nous. Quand je lui ai raconté, elle a voulu rencontrer Jeanne, qui l'a accueillie par un « Oriane, tu es revenue », c'était sublime et troublant.

Les frères se regardèrent, émus, fiers l'un de l'autre, de ce qu'ils étaient devenus, de ce qu'ils allaient encore accomplir.

Rose revint à ce moment-là avec Antoine de leur dîner et s'élança vers Gabriel, lui tendant la photographie d'elle, souriante, accrochée au dos de sa mère sur la plage au premier Burning Man.

– C'est la seule photo de nous deux jamais prise ! Grâce à vous tous, à votre folie collective, j'ai retrouvé des traces de mon passé, s'exclama-t-elle.

– Et moi, des empreintes de notre futur, murmura Gabriel en l'embrassant.

Pierre et Adélaïde assistèrent à la première, ainsi que Joyce et tous les membres de la Cacophony Society. Les frères firent également venir Ninon, qui pleura pendant toute la représentation, comme chaque fois qu'elle se rendait à une pièce montée par son petit Édouard. Gabriel envoya des invitations à l'académicien qui lui avait prodigué tant de bons conseils, à Isabelle et à toute l'équipe de Radio Académie. Seul M. Labru, le brocanteur, resta à Paris, ne pouvant manquer une vente exceptionnelle concernant Marie Bell. Jeanne put aussi assister à la consécration sur les planches de l'arrière-petite-fille d'Oriane. L'oncle Georges et Sam jubilaient. *Bambino !* fut un triomphe inégalé, 1 800 représentations, une tournée aux États-Unis, en Asie et en Europe.

*

L'année suivante, Rose joua l'adaptation de *Bambino !* au théâtre du Châtelet à Paris, et Gabriel l'emmena voir *Phèdre*, qui se donnait à la Comédie-Française dans une nouvelle mise en scène. Il prit deux places au premier balcon, Rose assise un rang devant lui, et pendant la représentation, sous les soupirs brûlants de la reine d'Athènes, la fille de Minos et de Pasiphaé, Gabriel recouvrit sa nuque de baisers.

Remerciements

Merci à mon ami luthier, Florent Boyer, et à Jean-Yves Tanguy, archetier, qui ont répondu avec patience et précision à toutes mes questions. La corde du *mi* qui siffle, et tant d'autres détails leur doivent beaucoup.

Merci à Carine de m'avoir raconté la vie de sa grand-mère, Lucienne Radisse, magnifique et intrépide violoncelliste qui jouait sur un Castagneri.

Merci à l'Institut de France, et particulièrement à Sybille de Gastines et à Maud Ternon, de m'avoir ouvert les portes de Canal Académie. Je remercie aussi le professeur Pierre Brunel de m'avoir guidée dans cette grande institution.

Francis, toi qui as cru au projet alors qu'il n'était que balbutiements et oscillations, je te remercie de l'élan que tu me donnes chaque fois que nous nous voyons.

Caroline, qui a soutenu le livre avec chaleur et amitié, qui en a suivi toutes les évolutions, merci pour tes relectures, ton intelligence des mots et des situations, tes analyses.

Merci aussi à toutes les équipes des éditions Albin Michel pour leur soutien et leur enthousiasme.

Merci à Lydie Zannini, Antoine Bonnet, Gérard Collard, Corinne Giraud Daverio, Yann Riou pour leur confiance et leur générosité, et à travers eux, à tous les libraires qui m'accueillent et m'accompagnent au fil du temps.

Merci à Éric, Jean-Marie et Claire-Alix qui, depuis sept ans, inconditionnels du MemoryProject, m'engagent à écrire ce livre et m'entourent de leur amour et de leur amitié. Merci à maman pour ses relectures aussi précises que fines et à Olympe et Pierre d'avoir ponctué mes pages de leurs rires.

Merci à mes New-Yorkaises, Livia, Julie, Victoria, Margot, Camille, Marco, Virginie, d'avoir partagé tous ces moments de fête et d'amitié. Rose et Micky leur doivent beaucoup. Merci à Alexandra pour son récit de l'effondrement des tours vu depuis la fenêtre de sa salle de bains.

Et merci à mes Parisiennes, mon socle, Mélanie, Michelle, Lucie, Anne, et à mes voyageuses, Chris, Alex et Clem, elles reconnaîtront sans doute quelques situations.

Merci enfin à Jean-Louis Barrault, Dominique Bona, Hemingway, Dos Passos, Dominique Veillon, Frédéric Vitoux, Claude Arnaud et tant d'autres grands auteurs qui m'ont apporté une aide inestimable et ont éclairé mon écriture.

Merci à la Fondation pour la mémoire de la déportation, ainsi qu'à la Fondation de la Résistance.

DU MÊME AUTEUR

Aux Éditions Albin Michel

LIBRES D'AIMER, essai, 2015.

CONCOURS POUR LE PARADIS, prix du Premier Roman, prix littéraire Grands Destins du *Parisien Week-End*, prix François-Victor Noury de l'Institut de France, 2019.

Composition : IGS-CP
Impression : CPI Bussière en mai 2021
Éditions Albin Michel
22, rue Huyghens, 75014 Paris
www.albin-michel.fr

ISBN : 978-2-226-44476-9
N° d'édition : 23685/01 – N° d'impression : 2057183
Dépôt légal : août 2021
Imprimé en France